# 最後の京都所司代

日川好平
Kouhei Hikawa

風媒社

# 日光東照宮案内人　間瀬仙之進

さあさお客さん方、付いてきているかね。そうそう。言った通りきちんと二列に並んでいるよ。今日のお客は行儀がいいや。こりゃ、案内もやりやすいよ。

何だって？　いやいや、何も言ってませんよ。こっちの話だよ。

そこのお姉ちゃん、足下《あしもと》気を付けてよ。この階段、少し急だからね。ほら、着物の裾《すそ》踏まないように、ぐっと足を上げてご覧なさい。そらっと。おお、いいよ。きれいな足が見えた。こりゃあ白いね。真っ白だ。なめてみたいよ、ほんと。おいおい、顔の方は赤くなってら。可愛いもんだ。こりゃ、またよけいなこと言っちまった。ごめんなさいよ。

さあ皆さん方、ここで止まってちょうだいな。ご覧なさい。言う前に、もうみんなしっかり見てるね。この立派な門が陽明門。一日見ていても飽きない。じーっと見てると、知らないうちに日が暮れちまうっていうから、人呼んで「日暮らし門」。

前の坊や、俺の言ったことわかったかい。大丈夫だね。

ほんとすごいもんだよ、いや立派。ほらほら、この厚化粧は、今流行《はやり》のスカートはいた東京上野あたりのべっぴんさんなんかより、よっぽどいいってもんだ。おまけに彫り物がすごいだろう。これぞ芸術さ。彫り込んでいるんじゃなくて浮彫りだよ、浮彫り。皆さん知ってるかい。横文字で言うと「レリーフ」ってやつだね。英語だよ。わかるかい。エゲレスとメリケンの言葉だよ。彫り物の細工が、そんじょそこらのものとは全然違うだろ。

ちょっと聞いているかい。しっかりしなよ。よそ向いてちゃだめだよ

ところで、門を支えている柱を、ずっと回って見てご覧なさいよ。一つだけ、おかしなことに気づかないかね。ほらほら、よく見て。動いて動いて。そうだよ。奥さんよく気がついたね。こういうことは女の方がよくわかる。その通り。この一本だけが柱が逆になっているだろう。そのまんま、「逆さ柱」っていうんだ。

いいかい、建物ってものは、造ったらその日から今度はだんだん壊れていく。当たり前。だから、まだこの門はできていない、造っている途中だよというんで、これだけ逆さまにしてるんだ。まだ完成していない。だから壊れていくことはまだ先。そういうこと。考えたもんだよ。

何だって？　意味がわからない。まあいいや。一応説明しといたよ。

そこの赤い着物のお姉ちゃん、もうよござんすかい。いつまでも見とれていないで。そんなにぽかんと口開けてると、鳩の糞が落ちてくるよ。見上げてばかりじゃ、首が痛くなっちまう。その短くて太い足を動かして、さあっと中へ入りなさいって。

おいおい、坊ちゃん、坊や。そう、そこの坊やだよ。八っつくらいかい。えっ九つ。

年を少し間違えたからって、そんなに喜んじゃだめだよ。年の違いの一つや二つはどうってことないや。そんなことより、どこで手に入れたんだね。その刀だよ。そんなの振り回しちゃいけない。危ないよ、だから振り回すなってんで。

本物じゃない。おもちゃだからいい？

そんなことはないよ。危ないもんは危ないんだよ。そう、きちんと仕舞って。すぐにやるんだよ。だいたいどこで買ってもらったの、そのおもちゃ。

そこのお土産屋さんかい。あんたが買ってやったの。名所見物の前にお土産を買わせちゃだめだよ。土産ってもんは、見学終わってから買うに決まってるだろう。欲しい物を何でも与えちゃあ、ろくな子はできない。

そうあんただよ。あんたに言ってるんだよ。母親だろう。こんな刀なんか、どれだけ欲しがっても買ってやっちゃだめだよ。いくら竹でできているからって、ぶんぶん振り回したら危ないよ。みんなの迷惑ってこと考えたのかい。

なんだいその不服そうな面《つら》は。態度が無礼ってもんだよ。わかっているかね。言いたかないけど、俺は士族だよ。それも、元旗本直参。三昔前は、花のお江戸で、一千石もらってたんだ。そんじょそこらの案内人とは違うよ。

おや、急にそんな嫌な顔して。別に身分証《あか》して威張ろうと思って言ったんじゃない。今は見事に落ちぶれて、日光東照宮のしがない案内人だからね。気にしなくてもいいよ。まあ、一度言っちまったから無理かな。あんたたち平民だろ、ぶるっちまって。こりゃ身分をひけらかした自分が悪かった。

さあ、拝殿廻るよ。そうこっち。どんどん歩く。

士族にしては言葉遣いが違う？　そりゃぁ当然だ。俺が本当の士族だったのは赤ん坊の頃だよ。あとは流れ流れてここだ。東照宮の案内人を、もう十何年もしてる。「べらんめえ調」になるのは当たり前。何だ、もしかしたら士族っていうのを疑っているのかい。そんなわけないよな。

それより何度も言ったろう、坊や。刀。その刀、収めて。士族の前で無礼だよ。聞いているのかい。おっと、ごめんよ。また士族って口走っちゃった。俺はこれを言わない約束してたんだよ。そうだよ、東照宮様とだよ。

いいんだよ、どうでも。

そうそう、しっかり見るんだよ。もうあんたたち、日光には一生来られないかもしれない。きちんと目を開けて。

やりゃあ、できるじゃないか。端《はな》から、そういうふうにきちんとしてるんだよ。おおっ、背筋も伸びたね。いい子たちだ。

さあさ、こちらへ。ぐるっと回って。さあ行くよ。レッツゴーだ。また英語だよ、英語。はい、歩いて。坊やたちだけじゃない、今日のお客さんは、本当に聞き分けがいいね。

来て来て。止まって。ここでまた顔上げてご覧なさい。あそこの上。

かの有名な『眠り猫』だよ。名人左甚五郎の作だ。聞いたことあるだろう、左甚五郎。名前ぐらいはだれでも知っているはずだ。江戸時代の天才大工職人。

いいかい。ここ東照宮にはね、いろんな動物の彫り物があるけど、それはみんな天下泰平の証し。眠り猫もね、裏側、つまり隠れている真後ろには雀の彫り物があるんだ。わかるかい、猫の裏に雀がのんびりと遊んでいる。つまり、雀も安心できるぐらい泰平な世の中ってことなのさ。応仁の乱以来、戦国の世がずーっと続いて、それは大変なご時勢だった。それを徳川家康様が見事に統一。

それでもって、東照宮がここにできた頃には国家安泰だ。ぶっそうな時代はもう終わりってんで、その証拠がこの彫り物の表裏だよ。ほら、よくご覧なさいよ。見れば見るほど立派なもんだろう。

何、たいしたことない。ちっちゃくて汚い？

そうかもしんねえ。聞いてびっくり、見てがっくり。まあ名物ったあ、こんなもんだ。それでもよく見りゃあ愛嬌ある顔してる。埃《ほこり》が被《かぶ》っているのはしょうがないってもんさ。何せ、できあがってから三百年近く経ってらあ。おまけに、近頃のご時勢で、東照宮さんの実入りもめっきり減って、きちんと掃除もままならないよ。

おいおい何だって。

これって、さっきあった？　さっきも見たって。

さっきあったのは『三猿《さんざる》』。見猿、聞か猿、言わ猿だよ。表門脇の神厩舎《しんきゅうしゃ》の上にあったやつと間違えてるのかい。あんた、木彫りの見分けもつかないのかね。猿と猫では違うだろ。困ったお人だ。それにここは回廊の中だよ。全然場所も違うだろう。ほんとに、開いた口がふさがらないよ。

だいたいお客さん方、どこから来たの。そうだよ、あんたたちは。

えっ、京都。

そりゃあ遠くからご苦労さんだね。そんな人たちに悪態ついちゃあいけない。勘弁しておくんなさいよ。京都なら、立派なお寺や神社がいっぱいあって見飽きているかね。左甚五郎ってと、知恩院の「忘れ傘」が有名だね。行ったことあるでしょ。

ない。

ないんですか、お客さん。

京都に住んでても、知恩院行ったことない。まあ、知恩院だ清水寺って言ったって、東照宮と比べちゃ、どこもたいしたことはないかもしれねえけどね。わざわざ、行く価値はないかね。どうかね、えへへっ。おや怒ったのかい。行ったことないんだろう。そんなにとんがらない。へへっ。

ところで京の様子はどうだね。御一新のあと、天朝様が東京へ移ってもうすっかり寂れたっていうけど、どうだい。そんなことないかい？　そうだよ。明治ももう二十七年だよ。今や、「眠れる獅子」清国と戦争をおっぱじめようとする時代だ。世の中変わるよ。

何かね、昔は江戸へ行くことを「東下《とうげ》」って言ったもんだけど、今じゃ京都から東京へ旅したら「上京」だよ。世の中びっくりすることばかりだね。御上《おかみ》の役所も、全部東京だよ。京なんて、いまや化け寺みたいなもんだよね。そう廃寺。知ってるかい。

おっと、話がそれたね。おれは、すぐに話が横道にそれるから気をつけてくんなさいよ。自分でも気を付けているけど、気になったらときどき戻してちょうだいよ。

それにしても東照宮は。京都のどのお寺よりよほど、負けちゃあいないでしょ。

さっきも言った？　さっきは独り言だよ。聞こえたから、言ったと同じっていうのかい。どうでもいいよ、そんなこと。話を戻すよ。それにしても、これだけのもん造るには、よほどの暇とお金が必要ってもんだ。いやはや、東照大権現様は、まことすごいお人よ。

そうか、造ったのは三代家光さんだから家康様は関係ないか。もっとも、家康様がご立派だったから、こんなたいした建物こしらえたんだろうけどね。

さあ、ずっと帰るよ。いいかいその人。いやいや、そこの人だよ。お兄さん。聞いているのかい、横ばかり向いて。まったくもう、見る気あるのかいねえ。

ごめんなさいよ。さっき悪態をつかないって言ったばかりなのに、もう口から出ちまう。いやいや、困ったもんだ。俺の口が悪いのは生まれつきだからね。勘弁してくんなさいよ。何せ、あんたたちと生まれも育ちも違うからね、いやいや独り言の続きだよ。

おいおい、坊やたち。そんなに走り回ったら転んじまうよ。ほら、前の人にぶつかった。ちゃんと謝るんだよ。

おい、そこの坊。さっき仕舞っとけって言ったろう。また刀抜いて振り回して。困った奴だよ。あんた親だろう。しっかり躾《しつ》けなきゃ。さあ、きちんと叱って。今からちゃんとさせないと、ろくな大人にならないよ。さあさ、本殿回って、しっかり拝んで。

これで見学するとこはほとんど終わりだから、今度は戻るよ。みんな付いてきてるね。階段だ。下りは、特に足下気を付けてね。

こらおい。こらって、斬りかかってくるんじゃないよ。このくそ餓鬼《がき》。いいかげんにしないかい。世が世なら無礼討ちだよ。士族様に平民が、そんななめた態度じゃ。

なんだい、そこのおっかさん。甘やかしちゃあいけないって言ってるだろ。チャンバラやりたけりゃ、ここじゃないとこでやりなよ。今日は東照宮さんの見学。しっかり見なよ。

だいたい坊や、だれのつもりだい。そんな鉢巻きまで取り出して。その『誠』の鉢巻きだよ。何っ？近藤勇。近藤勇かい。新選組の局長じゃないかい。天然理心流《てんねんりしん》だね。知らないかい。流派知らない。当たり前だね。知ってるわけないよな。まあいいや、だったら後ろの子は土方歳三かい。

当たり。当たりだって。

「おじさんえらいね」とは、偉そうな口聞く餓鬼だな。いやいや坊やだな。おまえも、そんな汚い棒を拾ってきて、それが刀のつもりかい。どこから、持ってきたの。困った新選組だ。この頃、妙に新選組が受けているからね。あの人殺しどもがどうなっちまったのか。世の中どんどん変わっていくもんだ。

だったらこら。おいおい、いいかい。ちょうどいいよ、よく聞きなよ。坊やたち、ご覧よ。向こうから東照宮の宮司様が来たよ。ほらほらあの方。

あの方だよ。見ろよ、真正面の。

おまえが近藤勇なら、あの人に会ったら、土下座しなくちゃいけないんだよ。わかってるかね。お辞儀じゃだめだよ、土下座をするんだ。

どうしてかって？　いいこと聞くね。そら、当たり前だよ。あの宮司さんは、御一新の頃は、新選組を束ねていたお方なんだよ。争乱の京都で、所司代っていうえらいお役についていた人だ。新選組の親分さんをしてたんだ。新選組だけでなく、京都見廻組も奉行所も、みんな配下にしてたんだよ。そうよ、あの宮司様だ。

嘘？

嘘って何だ。おまえ、嘘とはどういう言いぐさだ。俺はね、嘘と坊主の頭は、昔からゆったことがないんだよ。お前さんたちが何と言おうと、間違いなくあの宮司さんは、新選組の親玉だったんだから。近藤勇も土方歳三も、講談で有名な山南《さんなん》敬介も、沖田総司も永倉新八も、全部が全部あの方の命令で、あっちこっち動いていたんだよ。

何、びっくりしたような顔してんだよ。

驚いていない？　こりゃあ、信じちゃいないね。

何だって。あんな小柄で大人しそうな人が、新選組の親分って、そんなことは絶対にない。おいおい、今度は親が割り込んできたね。出しゃばりだね。別に信じようと信じまいと、間違いないことだからどうでもいいよ。そう無気になるなって。

だけどいいかい。これは誰が何と言ってもひっくり返ることはない。あの人は最後の京都所司代を務めた方だよ。英語で言ってやろうか。「ラスト京都所司代」だよ。上方じゃ、泣く子も黙る所司代様。

聞いたことあるかい。新選組だけでなく、桑名藩士や京都見廻組なんか率いて、都の警護に大活躍だよ。蛤御門《はまぐりごもん》のいくさじゃ鬼のような働きさ。京の巷《ちまた》も、あの方が歩くと、どんなに混雑していても、道がざっと開いたもんだよ。鍾馗《しょうき》様か、閻魔《えんま》大王のようだった。そうだよ、もちろんお命も狙われた。何度もやさぐれ浪士たちの武勇伝に巻き込まれそうになった。でもしっかり切り抜けたよ。奴らは、「カイソウは人ではない」なんてほざいて、闇雲《やみくも》に、誰彼なく斬りかかってきたもんだ。ひどいよ。

何っ、「カイソウ」がわからない。

これは失礼したね。大人がわからないんじゃあ、子供はもっとちんぷんかんぷんだね。教えてやるよ。そうだよ、カイソウとは会津藩と桑名藩のことさ。頭文字《かしら》をつなげた言葉だ。会津、桑名の両藩に京にて力づくで押さえ込まれたもんだから、逆恨みさ。京都守護職に就いていた会津藩主松平容保《かたもり》様、所司代のうちの宮司様、すごかったよ。まっしぐらに仕事に励まれた。

そのあと、戊辰《ぼしん》の役でもそりゃあすごかったさ。官軍真っ青だ。何度も何度も打ち負かされた。あとはいろいろあった。お縄にもなった。薩賊に捕まったんだ。

そういやあ、かの清国にも行かれたことがあるそうだ。順序がどうかはよく知らないが。こんど皇国が戦争をおっ始めようというあの国さ。そりゃあ、すごいもんさ。それでも最後は天朝様から許されて、男爵様になって、帝から従三位の位までもらって、今は日光東照宮の宮司様さ。ほんとに偉いお方だね。しがない案内人とはえらい違いさ。

今日は俺は、昔話が多すぎるかな。まあ、たまたまってやつだよ。

ほら、宮司様がすぐ近くへおいでなさった。さっき嘘って言った餓鬼。何なら、直《じか》に聞いてご覧なよ。細くてスマートだからって、おっとまた英語だよ。スマートってのは細身ってことさ。だから、細くてスマートは、馬から落ちて落馬だね。こりゃいけない。

そんなことはどうでもいいよ。とにかく嘗《な》めちゃいけない。さあ、お近くへ行って、「あなた様は、新選組の親分様ですか」ってね。おい、坊や。何だい、急に大人しくなっちまった。姿勢がよくなったね。びっくりしたのかい。

そうじゃない？　だったら何だよ。

おじさんこそ、汗びっしょりかいているって。まあいいってもんさ。さあ、宮司さんが通り過ぎたら、また東照宮見学を続けるよ、ほら。

はい、こんにちは、宮司様。

ああ、お世話になります。

はい宮司様。今日は、京都から来たお客さんたちを案内しているんですよ。お世話になります。今日もいい天気ですね。ご機嫌よろしく。ハウアーユー、ってやつですね。

それがね、宮司様。このくそ餓鬼どもがね、いえいえお坊ちゃんたちが、近藤勇だ土方歳三だって、暴れやがるもんで、だったら宮司様に怒られるよって、たった今、懇々《こんこん》と諭していたところなんですよ。うちの宮司様は、京の都を警護し、新選組を率いていた偉いお人なんだよって言ってね。

ありゃ、宮司様まで急に真面目なお顔になっちゃった。いえいえ、またいらないことを口走ったもんですから。元はといやあ、刀振り回して遊んでいるこいつらがいけないんですよ。ばか小僧たちめ。

怒っちゃいけないって？　もちろんですよ。怒ったりしませんよ。遠くから来た大事なお客さんですからね。

宮司様、この御一行様は、わざわざ京都からお越しだそうですよ。宮司様がご活躍された天朝様の都からです。はい、しっかりとご案内いたします。粗相《そそう》のないよう励みますので、はい。

そんな、どうもすみません、お言葉ありがとうございます。またよろしくお願いいたします。どうも、いえいえ。はい。

さあ、お行きになられた。

みなさんお待たせいたしました。案内を続けますよ。おや、坊ちゃんたち、顔が青いや。やっぱり松平定敬《さだあき》宮司さん、見えないすごいお力があるのかねえ。

違うって？　どう違うんだい。

青くなっているのはおじちゃんの方だって。そんなことは金輪際《こんりんざい》ないよ。背筋が伸びたのも、俺の方だって言いたいのかい。

いいよ。まあ、そうかも知れない。何てったって、うちの宮司様は、御一新のときは、最後の最後まで立派なお方だったよ。

正月の、鳥羽伏見の戦いじゃあ、芸州《げい》浅野様、津の藤堂家もいくさの途中に趣旨替えだよ。大砲の筒先を、藪から棒に幕府軍へ向けやがった。それどころか彦根の井伊様も、御三家筆頭の尾張様までも、「官軍には逆らえない」なんぞと抜かしてすぐに寝返った。つい何刻か前までは、「倒薩表」を掲げていたくせにだよ。

あのお方は違う。徳川将軍家に忠義を尽くしていくさを仕掛けて、越後から蝦夷まで転戦なされた。どいつもこいつもみんなどんどん転んで、すぐ前まであれほど嫌っていた薩長にしっぽを振っていった時にだよ。

だいいち官軍なんて言葉はもともとなかったのさ。あいつら薩長だ、訳のわからない言葉をしゃべる薩長軍だって、みんな毛嫌いしていた。それが錦の御旗《みはた》見たら、だれもが萎《な》えちまった。不思議な世の中さ。

ちょっと話がこんがらかったね。今日は横道に逸《そ》れっぱなしだよ。ごめんなすって。

聞きたい？ 今の話の続きが聞きたいとおっしゃる。だけども、こんな子どもが走り回っているときに、じっくりと話なんかできないってもんですよ。やっぱりここのところは東照宮のご説明に戻りましょうぜ。

ほらほら、松平宮司様が戻ってこられたよ。歩きっぷりがいいねえ。ほれぼれするよ。新選組の坊ちゃんたち、またしっかりお辞儀をするんだよ。いいよ、そうだよ。何なら、頭を撫《な》でてもらったらどうだい。字がうまくなるよ、宮司様みたいにね。

ええ、いいお天気で。はい、今日もがんばって案内しております。天気のことはさっき言ったばかりですね。どうもすみません。

お世話になります。いえいえ。はい、うちの子供も元気にやっております。いつぞやはお声を掛けていただき、ありがとうございました。

失礼します。宮司様もご機嫌よろしく。こんな所でお会いできて、大変うれしく思います。ええ、がんばります。はい。

ほら、行かれたよ。

後ろ姿をご覧よ。ご立派だね。小柄だけども本当にきちんとしたお姿だ。いや本当に。姿勢がいいって、俺は何回言ったかね。まあいいよそんなこと。

何、何だって？ 俺があの方の家来だったのかって。とんでもないよ。そりゃあ、うちは先祖代々将軍様から禄を頂いていた旗本だよ。禄高一千石さ。江戸の旗本直参の家系だよ。士族様さ。何度も言ったよね。

そういう風に見えないかい。どうでもいいよ、今となっては。

とにかく、将軍様のお膝元で、二百六十年もただ飯食ってよ。威張りくさってね。

それが御一新のときには、情けないことになっちまった。父親がいくさしたくないもんだから、官軍がお江戸に迫ってきているって時に、「隠居届け」を目付様に出してね。自分に跡目相続だよ。知ってるかい、そのとき俺が幾つだったか。

知るわけないやね。数えの五つだよ。欧米の数え方なら三歳だ。そんな子供に身代《しんだい》譲って父上様は隠居だよ。将軍様のお膝元で、先祖代々のうのうと暮らして、あげくがこのざまさ。そのときの新政府軍なんか、全部集めても一万人もいやしなかった。対して旗本は八万旗だ。洋式の最新兵器を持った奴らも結構いた。それがみんな降参さ。

そうだよ、薩長軍に装備だって負けてなかったんだ。フランス式の陸軍作って、俺の父親なんか新式鉄砲撃つ訓練の指導を何百回もしたって、年取ってからでも自慢していた。

「父君は撃たなかったんですか」といつか聞いたら、「鉄砲撃つのは足軽の仕事だ。天下の旗本が飛道具など持てるか」ときっぱりと言った。

自尊心だけは、体にあり余るほど詰まっていた。長い間、旗本というぬるま湯に浸っていると、ああなっちまう。それが急に隠居だ。働き盛りなのに隠居だよ。そして江戸城無血開城。情けないったらありゃしない。

まあ、中には粘った奴らもいた。上野寛永寺に将軍様が蟄居《ちっきょ》ってんで、翻意を願って周りに人が集まってきた。日に日にどんどん増えて、最後は三千を超えたらしい。もっとも、ほとんどが旗本の次、三男や食い詰め御家人ばかり。中には遊女にもてたいからって加わった奴もいた。だから威勢だけはいいけど、将軍様が知らないうちに水戸へ逃げて、あげく大砲を何発か撃たれたら、蜘蛛の子散らすみたいに逃げまくった。上野のいくさは一日で終わりだ。

将軍様を筆頭に、どいつもこいつもろくな者はいなかったよ。だいいちあの将軍様は何を考えていたのかね。そうだよ、慶喜《よしのぶ》さんだよ。思い出すと、情けなくって涙が出てくる。まさに外国話の蝙蝠《こうもり》だ。あっちふらふら、こっちふらふら。

そこいくとうちの宮司さんは偉いよ。意気地なしの俺の父親みたいな旗本連中とは大違いさ。だから余計に、徳川の御代に身も心も捧げた宮司様に、俺は頭が上がらないんだ。よく聞きなよ。あの方は、最後の最後まで徳川将軍家に身も心も捧げた、正真正銘の、本物の忠臣だよ。俺たちとは天と地ほどの違いがあらあ。月とスッポンだよ。提灯に釣り鐘さ。まだ言い足りないくらいだ。ちょっとくどいね。

何、俺の父親がそのあとどうしたかいって？　思い出したくもないよ。

命は長らえたさ。官軍が江戸へ来たときは、震えて屋敷に籠《こも》っていた。俺は物心ついたばかりだったけれど、ぼんやり覚えている。そのあと、御一新。当座は働かなくても俸禄あてがわれて、ほくそ笑んでいたけれども、打ち切られて一時金を貰《もら》った。

これではやりきれないって、新政府の悪口ばかり毎日言っていた。来る日も来る日もふくれっ面だったけど、どうしようもない。その金で薬屋を始めたらしいが、威張ってばかりで失敗さ。俺も少し大きくなってたから覚えているよ。「なぜお前は、品物を見るだけで買わないんだ」と怒鳴っていた。怒られた客はびっくりして買っていった。

子供心に思ったね。「これでは、次は絶対に買いに来ないな」って。その通り、二度と来ない。すぐに店が立ちゆかなくなる。「士族の商法」ってやつだ。やがて一文無しになって、旗本時代の知行地だった日光へ都落ち。けれど、ここでも誰からも相手にされず嫌われ者だ。我が親ながら、正直情けなかったね。

その親かい。十年ほど前に死んだよ。乞食同然の暮らしでも、最後までお上に不平ばかり言っていた。死ぬ前に一度だけ、俺が聞いたことがあるよ。「父上は、どうしてそんなに嫌いな薩長と戦わなかったのですか」ってね。

返事はなかった。気になったもんだから、もう一回同じことを聞いた。そしたらそのうちに、「旗本の誰もがみんなそうだったからだ」と、ぼんやり宣《のたま》った。恥ずかしそうにね。少しは気にしていたのかも知れない。そんなら二言目には「わしは士族だ、士族だ」って威張り散らすのをやめたらどうかって思ったけど、それは言わなかった。どっちにしても没落さ。

だから俺がこうして東照宮の案内人。やっと話が戻ったね。

けど、こうも思うんだ。あのとき江戸の御家人たちが、勇気奮って大戦争おっ始めていたら、まあ一度や二度は官軍を追い返したかもしれない。三月十五日の江戸総攻撃だって、一回くらいは守りきることはできた。何せ兵力は数倍だ。だが、世の中変わる必要があったんだ。御一新は世の流れだったんだよ。

へたにもめて、京都の「どんどん焼け」みたいに、江戸八百八町が焼け野原にならなくてよかった。武士はいいよ。武士は戦うのが仕事だからいい。比べて、罪もない庶民が死んだり、略奪や乱暴されたりするのを見るのは辛いもんだ。あれでよかった。近頃、何だかそう思うようになってきた。

その時かい？　さっき言ったろう。俺は御一新の時は五歳だよ。そんな理屈っぽいこと思ったのは、ずーっと後になってからだよ。

今日は、声が大きくなりすぎたよ。さあ、東照宮の案内に戻るよ。そう言ったら、とたんにまた坊ちゃまたち、走り出したね。さっきの難しい話の方がよかったのかい。そんなことはないやね。俺の言ってる話なんかわかるはずがない。当たり前だよ。

だから走るなって。おもちゃの刀収めて。そこの近藤勇さんよ。いったいぜんたい、今日びの子たちには困ったもんだよ。そんな風だと、ろくな大人にならないよ。御一新のときの幕府の奴らみたいに、文句言いの腰抜けばかりになっちまうよ。

まったく、まともなのがいなかった。きちんとしてたのは、うちの宮司様か会津中将様くらいだよ。俺の父親を筆頭に、忠義を尽くした奴なんか、ほんとにいなかった。もう何度も言ったね。

うちの宮司様かい。

身分のこと？

会津中将様と変わりないよ。桑名少将、大名様さ。途中に中将に格上げされた、桑名藩十一万石のお殿様だよ。知ってるかい、桑名。東海道のでっかい宿場町で、おまけに譜代大名の城下町だ。

おっと、後ろで腕組みしている旦那さん、初めてうなずいたね。そうだよ、今は華族様だ。でも御一新の時は、朝敵ってんで、日本中から目の敵《かたき》。大変だった。またうなずいたね。お父さんだろ、この子に顔がそっくりさ。立派な髭《ひげ》はやして、役人さんかい？

いや違うね。髭の端っこが上がっていない。役人にしちゃあ、髭の形が少し違う。当ててやろうか。尋常小学校の訓導ってとこだろ。

違う？　だったら何。
新聞記者。
奥さん本当かい。新聞って、毎朝届くあの奴だろ。俺は読んだことがないけど、まあとにかく偉い仕事には違いないってことだね。おっと、ご本人さんは、何だか難しい顔になっちまったね。身分をみんなに明かすのは嫌いかい。

そんなことはいいよ、どうでも。とにかくうちの宮司様は、勤王の親玉で孝明天皇様から信頼されて、最後はどんでん返しの朝敵さ。腐れ浪士や薩長土肥の馬鹿たれから命を狙われた。ご苦労なされた。それでもって、大赦後は男爵だよ。華族様さ。そして今は、神君家康公をお祀りする日光東照宮の宮司様。

報われたね。命を惜しがった俺の父親とは大違いさ。忠臣だよ、忠臣。本物さ。

だけどね、もっと偉いことも俺は聞いたよ。松平様は、戊辰の役が一段落したあとは、何と華族から平民に降ろしてくれって、わざわざ太政官様に願い出ていたんだよ。あり得るかいそんなこと。逆ならわかるよ。本当なら自分は華族に列せられるところが平民だ、もしくは士族だ。何とかしろって怒鳴り込む。それが普通さ。

違うんだよ、平民にしてくれって申し出た。もちろん却下さ。つい先日まで大名のお殿様が、いくら自分から言いだしたからって、平民にしちまったら身分社会はお仕舞いだよ。するわけない。で、男爵様にご就任さ。いやはや、見上げた根性だよ。うちの親に爪の垢《あか》煎じて飲ませたいよ。

もう一つ、とっておきのこと教えてやろうか。びっくりするなよ。何と、うちの宮司様は英語が話せるのさ。エゲレス人に教えてもらったんだって。今でもメリケンの偉い様が来たら、あの方の出番さ。

ぺらぺら話している所なんか、ほれぼれするよ。

おっと、今度こそ本当に、話が横道にそれたね。まあ、今日は本当に変な日さ。

さあ、案内を続けるよ。付いて来ているかい坊やたち。

おい、近藤勇。返事がいいよね。やっぱり立派だよ。お前さんは、いい人生送れるよ。末は博士か大臣だ。がんばって勉強しなよ。剣の鍛錬はもういい。時代遅れだよ。

〈尾張支藩　高須陣屋〉

輪中という言葉を聞いたことがあるだろうか。

尾張と、美濃伊勢の国境《くにざかい》にある、少し風変わりな土地のことである。

あいだを流れる三つの大きな流れが作った地形である。この場で、こうだああだと詳しく述べても、他の地域に住む人には想像できない。日本中探しても、ここにしかない。

「わじゅう」と読む。古くは「輪之内《わのうち》」とも、場所によっては「曲輪《くるわ》」とも言った。広さはいろいろだ。見晴らしがきかないくらい大きいのもあれば、大名家の屋敷くらいの、こぢんまりしたものもある。

形も様々である。字のごとく輪のように丸いものや、長細いものの三角のもの、中には魚の鱗《うろこ》のように半円が重なっている輪中もある。

分布も広い。明治中頃より以前の地図を見ると、驚くほど内陸部まで広がっている。平成の今では、どこが輪中でどこが輪中でないのか判別できないほどだ。ここに一つ、このあたりに一つと、うまく数えることができないくらいにある。

数が変わるのも当たり前で、輪中がまとまることも頻繁《ひんぱん》にあった。例えば有名な温泉保養地のある長島輪中。現在では、この地域で一番大きな輪中とされているが、もとはここには七つの輪中があった。七つの島、「ななしま」がなまって長島になったというのは、地元ではよく知られた常識である。七つが一つになった。

数えるのも難しければ、輪中の定義も難しい。辞書を引くと、ぐるりと囲んだ堤防のこと、あるいは堤防内の土地のことと書いてある。この二つには微妙な違いがある。さらに当の住民に聞けば、「水害を防ぐ人々の組織」が輪中だ、と答える人もいる。意味すらはっきりしない、この地域独特の、とにかく変わった地形である。

この輪中ができたのは、次のような歴史がある。

もともと現在の美濃から尾張に続く土地は、遙か内陸まで広がる「浅瀬」であった。これも現在の感覚では説明しにくい。一番近いイメージでいえば湿地帯だろうか。見渡す限り葭原《よしはら》が続き、数本の川の上流からは真水が流れこむ。南からは塩水。とりわけ、大潮の満潮には伊勢の海水が果てしなく遡《さかのぼ》る。真水と塩水が、境界線なく混ざり合う。

流れ込む川は、平成の今は三つにきれいに分流され、まとめて木曽三川と呼ばれている。しかし、もともとはそんな言葉はなかった。大きな流れは、今の岐阜県羽島市あたりで、陸地や湿地と区別なく混ざり合い、人々はそれより下流のごたごたしたあたりを、たんに「大川」と言っていた。

だがここは川ではない。真水と海水が混ざり合う汽水域だ。それが雄大に豊かに広がっていた。

水だけでなく、生き物も混ざり合っていた。葦の間を小魚が群れをなし、卵を産み育てる。淡水魚も海水魚もない、様々な魚たちの「ゆりかご」だ。真っ黒に固まった小魚の群れが行き来し、それらを狙って鳥たちが乱れ飛ぶ。アサリやシジミ、ハマグリなどが、海川の区別なく砂の中に生息し、エビやカニがその上をはい回る。まさしく生き物の楽園だった。

その大川に長い年月が過ぎた。広い浅瀬が、土砂によってだんだん埋め立てられる。現在は東から、木曽、長良、揖斐と名付けられた三本の大河は、上流の山々を削り、土を運び、そして下流の流れが緩やかになったところへ積もらせる。それが、悠久の年月続く。葭原にゆっくりと砂山ができる。

時には、ゆっくりでないこともあった。夏から秋の時期、思いがけない大雨が上流に降り、大河の流れが爆発して恐ろしい濁流が上流からやってきた。台風や集中豪雨で、水量が考えられないほど上昇し、大川の流域を巻き込んだ。

うちに氾濫は収まる。上流から一気に運ばれた土で、川筋が大きく動いていることもたびたびあった。そしてまた、のんびりと土砂が積もる日々が戻る。つまり、日常でも非常時でも、量こそ違え、徐々に芦の原に砂山を作り続けた。

やがて大川のあちこちに、「州《す》」と呼ばれる小島ができる。州は、川上方向に自然堤防を造った。堤防の川下側には、農業に向いた栄養満点の土がたっぷりと積もる。その肥えた中州に、人々が田畑を作り始めたのが、鎌倉に幕府があった頃。当然ながら作物がよくできる。水の便もよい。人々は小舟で出かけては、農業に励んだ。うちに、わざわざ出かけるのを面倒臭く思ったのか、この中州に住みだす人たちも現れた。耕地のそばに引っ越した方が、農家としての生業《なりわい》を続けるのに都合がよい。やがて、州のあちこちに集落ができる。

そこへ、また川が氾濫して泥水が流れ込む。田んぼや住居が水浸しになり、一年分の穀物と何人かの命が犠牲になる。懲りた農民たちは、協力して州の川下側にも堤防を築いた。造られた堤防はやがて州をぐるりと一周する。述べたように、輪中とは、その堤防のことども、堤防の中の土地のことども、あるいは堤防を守るための人々の組織のこととも言われている。

少しだけ輪中がわかってもらえたであろうか。地形も、営まれる暮らしも、他の地域から見ればずいぶんと変わっている。

もっとも、州の周りに大きな堤防を築いたからといって、水害がなくなったわけではない。数年に一度、さらに思いもよらない雨が降れば、堤が壊れた。「決壊《けっかい》した」という。濁流に人は呑まれ、家々は流され、作物は台無しになる。それでも人々はこの地を離れず、輪中に住み続けた。

思った。数年に一度の作物の損失はある程度仕方がない。しかしせめて命だけは守ろうと、住居をかさ上げした。だがかさ上げは限度がある。考えぬいた末、「水屋《みずや》」という珍しい建物も造った。母屋の脇に、土を積み上げて一段上がった高台を作る。水屋は、その上に造った避難小屋のことである。中に非常食を蓄え、縁側《えんがわ》の軒には「田舟《たぶね》」も収めておいた。「上げ舟」と、このあたりでは呼ばれている。周りがすべて水に囲まれた時、降ろして使う移動用の小舟のことである。

だが、水屋を造ることのできる家は限られていた。庄屋くらいの豪農しか、敷地内にそんな場所を確保することはできない。他の人々は、大水のときは集落内に一カ所だけ作られた高台へ避難した。集落のなるべく中央部に、土を盛り上げて土塁を築き、非常時には村人そろってそこへ集まる。この高台のことを、人々は「助命壇《じょめいだん》」と呼んでいた。輪中の農民たちは、助命壇に集まることで氾濫した川の濁流から命を守った。助命壇は人々の命塚であった。

壇の最も高いところには、たいてい木を植えた。モチノキやトチノキなどの、大きく幹を広げる木である。木は年月と共に深く根を張り、高台の地盤を固めると同時に、暴風の時にしがみついたり、田舟を縛ったりするために使えた。

また木の脇には水神様を奉った。水神様は、人々を水難から守ってくれると信じられている。神社が立派になると、助命壇の中央に神社が建つ形となって、のちには助命壇とは神社のあるところ、というのが人々の常識になった。

堤防の話に戻ろう。

さらに考えた。洪水を防ぐには、堤を頑丈にすればいい。周囲に大きくて立派な土手を築き、数年に一度という大水のときも、濁流が輪中内に入らないようにしよう。住民たちは協力し、堤防をかさ上げする。他の輪中より高くしようと、人々は競って土木工事に励んだ。これで一安心だ。

しかし、川の自然がまた困ったことを起こさせる。年月が経って土砂をさらに積み重ね、河床《かわどこ》が上がるのだ。当然、川の水位も上がる。輪中内の地面は、元の高さのまま。そこへ大雨が降り、また氾濫する。輪中住民は負けずに、堤をさらに高くする。何年かが過ぎて、河床がさらに上がる。

この繰り返しで、「天井川《てんじょうがわ》」という、信じられない地形も作った。これも説明が難しい。川の方が堤防内の地面より高い所を流れる。あり得ないが、ある。実は天井川という地形は、日本中に、というより世界のあちこちに結構みられる。治水工事の積み重ねがなせる技である。こうなると、根本的な改善は期待できない。川底を掘って水位を下げることは、平成の今ならともかく、明治以前の技術では不可能である。その場しのぎの対応になり、やがてまた氾濫。

かように輪中に住む人々は、水との戦いを気の遠くなるほど長く続けていた。

さてその輪中の北の端に、「高須藩」という小さな藩があった。石高は三万石。城はない。高須輪中の中央に、陣屋と呼ぶ大きめの屋敷を造って住んだ。代々の藩主が、川に囲まれた土地をひっそり統治していた。

もちろん水害にも何度かあった。その都度復興に尽力し、時々は高みへの引っ越しも議題とした。現に領内端の山際へ一度城替えをしたが、一代で輪中へ戻った。やはり穀倉地帯から遠く離れた場所では、政《まつりごと》に不向きであったのだ。結果として、この藩は輪中にしがみつき、そのまま幕末まで続く。

この高須藩ができたのは次のような理由がある。話は、尾張徳川家の誕生まで遡る。尾張初代藩主の徳川義直は、家康の九男であった。母は側室お亀の方。慶長五（一六〇〇）年の生まれというから、関ヶ原の戦いの年。家康五十八歳の時の子である。昔ならというか、今でもなかなか考えられない高齢出産児である。

年をとってからの子を老父は溺愛するというが、例に漏れず、義直はひどく家康から可愛がられた。慶長八年には、わずか三歳で甲斐二十五万石の大名となる。

慶長十一（一六〇六）年、七歳で元服したのちは、尾張清洲藩主となり、同時に狭い清洲から城を移転。南へ十里ほど下った台地上に、巨大な城を造営してもらう。これが名古屋城であり、その初代城主に収まる。徳川御三家の筆頭、尾張六十二万石の誕生である。

尾張藩というと、今の愛知県西部を思い浮かべるだろうが、藩の領地は、三河や美濃の一部、そして信濃南部の飯田あたりまで及んでいた。東西交通の要所を支配下に治め、併せて産業の流通拠点も確保した。高級建築材の木曽檜《ひのき》は、尾張藩が一手に司《つかさど》り、利権を独占した。改めて言うまでもなく、木曽檜の価値は極めて高い。尾張藩の専売品目として出荷を厳しく制限。許可なく伐採するを禁じ、ついには「木一本首一つ」という厳しいお触れを出すまでに至る。

義直自身も、幼年にして将軍以外では最高の地位を占めた。朝廷からいただいた官位も従二位大納言であり、彼以後の尾張徳川家当主は、代々「尾張大納言」と呼ばれている。

義直も、自身の扱いと広大な領地に溺れたのか、年を重ねた後も生涯分家するを好まず、六十二万石をゆうゆうと支配した。生まれもっての大大名。となれば、甘やかされた馬鹿殿様を思い浮かべると思うが、実はきわめて優れた人物であったという。治世下に、現在の東海地方の基礎を築いた。新田開発、灌漑用水の整備など積極的に手がけ、領内の米増産に努めた。また商業を保護発展させ、特産物を数多く生み出した。城下町を整備し、税も低めに押さえた。功績を上げればきりがない。

さらには名君の常として学問を奨励する。とりわけ儒学を好み、自身の政治哲学にも生かした。承知のように、儒学は「礼」を重んじている。徳川宗家を敬い、義直自身は「尾張は将軍位を争わず」との家訓を残す。

子孫は頑《かたく》なにこの教えを守った。江戸宗家が乱れたときにも、天下を論ずるをはばかり、決して将軍の地位を求めなかった。故に御三家筆頭の立場にありながら、十五代に渡る徳川幕府の歴史で、ついに将軍を輩出せず明治を迎える。

ただし義直自身は、その立場からか、時の将軍に対し厳しい忠告を繰り返した。特に甥にあたる三代将軍家光には、たびたび苦言を呈したという。徳川十五代将軍の中でただ一人正室が産んだ跡継ぎ。生まれもっての将軍である徳川家光と、その叔父である尾張大納言義直は、度々江戸城中で衝突する。儒教の教えが体にしみこんでいる義直は、家光の「唯我独尊」の言動が目に余ったということであろうか。詳しくは、ここでは触れない。

さておき、徳川義直は名古屋城にて東海道の防衛拠点を作った。やがて来る東征の大切な防衛地である新都名古屋は、初めは大坂の豊臣家に対し構えた。これは東海道の道筋では必ず見られたことで、西向きの陣を構築。仮想敵国は、初めは大坂であった。豊臣秀頼が大坂夏の陣で滅んでのちは、毛利、そして島津。幻の東征軍から江戸を守るために、東海道に次々と戦術拠点を築く。尾張名古屋はその中核であった。

藩の西の端には、「御囲堤《おかこいづつみ》」という巨大な堤防も作られた。この防衛線のために、美濃側に水害が頻発することとなるのだが、御囲堤についてはあとでまた触れる。

話を尾張藩に戻そう。述べたように、義直は藩を分けるを好まなかった。つまり分家をせず、尾張藩をひとまとめに統治しようとした。

分家についてはこんな話がある。尾張地方に「たわけ」という言葉がある。「ばか」とか「間抜け」という意味であろうか。「たわけ」は漢字で書くと「田分け」。少々意外な漢字を充てる。由来は次のようだ。農家のある代に、男の子の兄弟が何人かできる。どの子も可愛いと思った親が、先祖代々受け継いでいる田を、子たちに「分け」与える。耕作地は子の数だけ細分化され、一戸あたりの耕地面積が減る。子たちは、分けられた耕地で農業に勤《いそ》しみ、生計を立てる。

与えられた子も、親の真似をしてその子に農地を「分け」たとする。また耕作地が分割される。すると、少なくなった田からの収穫では、一家を支えるだけの収入が得られなくなり、生活ができなくなる。田を、十反、二十反とまとめていれば、それなりの収穫が確実に得られ、家は安泰。それを、五反、三反、ついには一反などと分ければ、家の収穫は絶望的に減る。やがてその家族が養えなくなり、滅ぶ。

結果、「あそこの家は田分けだ」と周りから軽蔑された。目先の人情で家を滅ぼす考えが浅い家。言えば、馬鹿な家庭。対して、「田分け」をしない家は長子相続を必死に守り、何人男の子ができても分家することをはばかった。次男以下は、養子として貰い手を探すか、ない場合は、部屋住みとして一生を終えさせた。かくして「田分け」にならず、代々家が守られる。もし長子のできが悪いと、勘当して、つまり縁を切って、次の弟に一切を与える。これが賢明な長子相続の常道であった。

大名家でもこの風潮は大いに意識される。可愛い子が何人かいても、領地を細かく分封すれば年貢収入は減り、やがて藩の経営が立ちいかなくなる。尾張徳川家六十二万石とて例外ではない。加えて、触れたように、義直自身も尾張大大名の名に浸っていた。

ところが事態が大きく変わる。

当時の幕府の方針を、まとめて「武断政治」と呼んでいる。字のごとく、武力で断ずる政治である。いわゆる恐怖政治のことで、江戸時代初期に次々と大名家が取りつぶされた。豊臣恩顧の大名だけではなく、親藩譜代でも容赦なかった。藩主の法度《はっと》に触れる行為や不手際、あるいは「跡継ぎなし」をもって簡単に取りつぶされた。神君《しんくん》家康公直系の大名、三河以来の古参大名、譜代そして親藩も区別なかった。抹殺《まっさつ》された藩名を挙げればきりがない。

家康六男の松平忠輝は、大坂夏の陣での藩主自身の狼狽から、越後高田藩七十五万石を追われた。藩はこっぱみじんに取りつぶされ、大勢の家臣が路頭に迷った。元和《げんわ》二（一六一六）年のことである。

さらに衝撃を与えたのは、二代将軍徳川秀忠の三男、忠長が自害させられた事件である。承知のごとく忠長は将軍家光の弟であり、乳母春日局の逸話で有名な、家光と三代将軍の地位を争った人物である。結果として家光が即位したあとは、駿河の国主となり、大納言の位を頂いた。現在の静岡県東部から山梨県まで支配する大大名となる。石高は五十五万石。そのまさしく大御所直系が、寛永八年（一六三一）、家臣に無慈悲な行いがあったと難癖をつけられ蟄居、二年後に自刃させられる。

これには日本中が震え上がった。「武断政治」は、というよりも三代将軍家光は、徳川直系などという家柄も関係なく、つぎつぎにその刃を向ける。

各大名は考えた。幕府の御法度に触れるような行いを厳に慎むことは当然であるが、「李下《りか》に冠を正さず」、幕府に疑いをもたれるような行いはことごとく控えた。城の石垣が大雨で崩れても放置した。火事で天守閣が燃えても再建するをはばかった。家臣団の多くが参加するような鷹狩りはいっさいやめた。武芸をあえて勧めず、藩主が率先して茶の湯や芸能をたしなんだ。

とりわけ世継ぎがいなくなるという事態は、絶対に避けなければならない。跡取りがいなければ、即座に取りつぶしの対象になる。尾張に限っても、もともと徳川義直が藩主になる前は、ここは家康四男の徳川忠吉の領地であった。忠吉に子がなく、自身が死んだ慶長十二（一六〇七）年に取りつぶされる。ために、一時天領にもなっていた藩地だ。家康九男である徳川義直、御三家筆頭の尾張徳川家とて例外ではなく、廃嫡《はいちゃく》の可能性はある。義直の跡を継いだ二代藩主光友は、真剣に分家創設に取り組む。当然の思いであった。

徳川光友についても触れておこう。

簡単に論評すれば、尾張二代光友は、戦国の世ならば日本中にその名を激しく轟かせたことであろう。いくさ場にて光り輝く猛将となったに違いない。父義直に倣《なら》い、馬術、槍術を進んで会得。とりわけ剣術では、新陰流の使い手として内外に名をはせた。自ら道場師範となり、藩内の師弟を指導、腕前は尋常でなかったという。

だけでなく書や絵画も優れた才能を示した。書は、当時、後西《ごさい》天皇、近衛信尋などとともに「三筆」と称された。藩政にも力を発揮し、父の路線を引き継いで藩内の産業を奨励、交通網も整備した。税を低く押さえ、特産物を作るなどし、庶民からの信任もすこぶる厚かった。

その名君がぶるった。お取りつぶしの危険を感じた。

（尾張藩とて安泰ではない。）

述べたように、父義直は将軍家光と幾度となくぶつかっている。将軍は尾張藩という存在を煙たがっているかもしれない。御三家筆頭、六十二万石とて断絶の可能性もある。とりあえずは跡継ぎ問題だ。そこで、分家をあわてて作る。

父義直には、光友以外に女児が一人いただけであった。正室である春姫（浅野幸長の娘）とは仲睦まじかったが、残念ながら二人の間に子ができなかった。後に側室を二人迎え、うち一人の「お佐井」が光友を産む。義直二十四歳のときの子であった。他に男子はいない。分家を作ろうにも不可能だ。

対して光友は子だくさんであった。十人もの男子をもうけた。長男の綱誠が尾張藩を継ぎ、次に弟義行ができる。明暦二（一六五六）年生まれ。この次男を、藩主光友は分家する。

願いが幕府に認められ、天和元（一六八一）年に信濃国高井藩にて三万石で新知が与えられる。木曽檜の利権を鑑《かんが》みた配置だったろうか。

しかし、尾張藩に隣接しているとはいえ、信濃は遠い。江戸表へ再び申し出て、信濃の領地はそのままに、元禄十三（一七〇〇）年に美濃国高須藩へ移封され、その藩主となる。

長い前置きの末、ここでやっと美濃高須藩へ話がつながった。

もともと高須という地に城はあった。述べた輪中の北限あたりに位置する高須は、戦略上の位置でいうと関ヶ原のすぐ南になる。東西交通の要地脇に、いくさの拠点としての砦は古く南北朝時代から存在していた。城は拡張縮小を繰り返し、慶長五年関ヶ原の役では大切な陣取りの駒となる。

関ヶ原で戦いが起こった当時は、高木盛兼《もりかね》が一万石を拝して西軍に与《くみ》したが、敗戦。高木は改易となり、今度は東軍方の美濃松ノ木城主であった徳永寿昌《ながまさ》が入封、高須藩が興った。彼は城下を整備し、藩制を整える。その功あってか、二代昌重の代には加増を受けて五万三千石の大名となった。しかし、豊臣家が滅んだ後の大坂城補修の不備をもって改易される。その後城主は流転を繰り返し、元禄十三（一七〇〇）年、尾張藩お抱え大名として、述べた松平義行が入封する。尾張支藩高須藩の誕生である。

　この支藩の役割は大きかった。

　宗家である尾張徳川家に嗣子が絶えたときは、必ず高須藩から補充された。高須三代藩主であった松平義淳《よしあつ》が、尾張藩八代徳川宗勝《むねかつ》となり、高須五代藩主だった松平義柄《よしもと》が、宗勝の子である尾張九代藩主宗睦《むねちか》の養子となった。

　当然ながら、逆の事態も生じる。寛永年間、高須藩六代藩主義裕《よしひろ》に子がなく、尾張藩主徳川宗勝の七男であった勝當《かつまさ》を、高須藩七代藩主として迎えている。

　尾張藩からではないが、九代藩主であった義和《よしなり》は水戸藩から縁づいた。尊皇思想の牙城水戸藩からの家督相続は、幕末の高須藩思想に少なくない影響を及ぼすことになるのだが、そのことについては後述したい。

　さておき、尾張藩と高須藩は強い結びつきをもった。ある藩に世継ぎのない時は、必ずこの藩から出すという関係を、『御胤《ごいん》継ぎ』という。日本中あちこちに見られた処置であり、つまり格式として二つの藩はほぼ同格であった。高須藩は禄高三万石で、これは信州領からの収入も加えてのことである。しかし、御三家筆頭の尾張徳川家唯一の分家ということで家格は高く、藩主は代々「従四位下少将」を賜り、同時に摂津守を兼ねた。江戸城へ上がれば大広間詰めである。親藩の大名でも、石高が何十万石の外様大名でも一目置く、格式高き藩であった。よって、高須藩から養子をもらうことは、その藩の価値を上げることにもなる。男子が多くいた時などは、引く手あまたであり、多くの藩が頭を下げて嫡子《ちゃくし》を譲り受けに来た。当然、藩主は鼻が高い。

その代表が、九代義和の子、高須藩十代藩主松平義建《よしたつ》である。彼は文武に長け、名君の誉れ高かった。江戸城内でも各所に存在感を示し、小藩ながら大広間詰め筆頭の位置を占める。

この義建が子だくさんでなかったら、高須という藩は、歴史の渦の中に吸い込まれ、とうの昔に忘れ去られたことだろう。義建が産み育てた子供たちが、幕末に大きな役割を果たすことで、高須藩は平成の今に大きく名を残している。

もったいぶった言い方はほどほどにして、義建の子たちを列挙しよう。彼には十人の男子と九人の女子がいた。うち四男八女は早世する。嫡子が亡くなる確率としてはかなり高い。当時は死産、もしくは臨月に近くなった子も数えていた習慣があるが、それにしても多い。しかし成人した六男は、いずれも有力大名家に望まれて縁づき、藩主となって活躍する。

早世《そうせい》した長男の次に生まれた慶勝《よしかつ》は、尾張徳川家の十四代藩主となる。御胤継ぎの役目を果たしたわけである。彼は祖父義和譲りの水戸藩思想が体に染み込んでいて、幕末に様々な尊皇的行動をとることが多かった。詳しくは物語の展開に従いたい。

三男武成《たけしげ》は天文十三（一八四二）年、石見浜田藩六万石、松平右近将監の養子となる。残念ながら二十二歳で早死にする。

五男義比《よしちか》は父義建が隠居したため、早々に高須藩十一代藩主に修まる。その後、尾張徳川家の十五代藩主へ立場を変え、名も茂徳《もちなが》とした。兄である十四代藩主慶勝が、安政の大獄で連座隠居したためにとられた処置である。彼も御胤継ぎの役を果たした。義比はその後、幕末の江戸城内で立場を変え活躍するのだが、これについても後述する。

義建の七男が容保《かたもり》である。彼は、この物語で後半に大きな役割を果たす。十一歳で会津藩二十三万石の養子となり、松平家を継ぐ。ちなみに、容保の養父容敬《かたたか》も高須藩からの養子であり、容保にとっては叔父にあたる。

三人飛ばして、十男が義勇《よしたけ》。安政六（一八五九）年生まれというから、父義建が六十歳のときの子である。高須藩十二代藩主松平義比の子義端が五歳で病死したため、甥の役目を継いで高須藩十三代藩主となる。彼が藩主のときに高須藩は明治維新を迎えた。

さて、三人飛ばした兄弟のうちの一番上。松平義建の八男が、本著の主人公松平定敬《さだあき》である。弘化三（一八四六）年生まれ。母は今西久太夫の娘、亀の方。いわゆる脇腹である。幼名を欽之助といい、のちに大病を患った折、鍥之助《けいのすけ》と改名した。

安政六（一八五九）年、この少年が十三歳のときに、請われて桑名藩十一万石の藩主となり、この物語が始まる。

## 松平定敬 (一) 松平義建八男、鍥之助

あの頃のことを語るのか。

今更わたしのことなど、どこかの物語に綴っても何もならないとは思うが、まあいいだろう。聞き合わせがあったときに、少し迷ったけれども、一度「よろしい」と返事をした手前もあるからな。門前払いでは、せっかく東京からこんなところまで来てもらった君にも悪い。

それに、自分の胸に詰まった思いを吐き出す一つの区切りかも知れない。わたしの寿命もそんなに長くないからな。いや本心だ。

君は小説家なのか。

新聞記者？　新聞の記事を書く者だな。

そうか、今の住まいは京都か。京都の新聞記者が、わざわざ日光まで出向いてきて、わたしの話を聞く。ということは、今から話すことは新聞に載るのか。新聞記事に書けるほど、自分の話は短いものではないぞ。

困った顔になったが、まだどう扱うか決めかねているのだろう。どちらでもよい。聞くだけでもよい。何なら書き表さなくてもよい。わたしも、桑名のたくさんの家臣も、「朝敵」の汚名を着せられて、言いようのない半生を送った。あの頃は言い訳一つしなかったが、本当は誰もが、腸《はらわた》は煮えくり返っておった。思いの一端を話してみる。

そうだ。我々は勤王の義士だった。天皇の忠臣と言われていた。孝明帝から直々、御所の護衛を依頼された。慣れない土地での警護は大変だったが、誰もが自分の役目に、誇りとそしてやりがいを感じていた。

それがどうだ。ある日突然「朝敵」と言われた。直前まで桑名、会津とつながりをもって、討幕派と戦っていた薩摩が長州と手を組んだ。「薩長」という聞いたこともない言葉が歩き出し、うちにその薩長が驚いたことに官軍になった。錦の御旗が目の前に掲げられた。誰もが目が回った。

急に頭に血が上ったな。落ち着こう。

あれから長い年月が過ぎた。わたしはこうしてむざむざと生き残った。すこぶる残念だ。死んだ家臣たちには申し訳ない。奴らには、無念の思いが渦巻いておるだろう。しかし、明治ももう二十七年だ。わたしと同じように生き残った者の中には、陸軍少将まで昇進し、皇国のために励んでいる者も出ておる。経済界で活躍しておる者もいる。御一新の話も昔話になった。溜まっているものを吐き出すのにいい機会だろう。天気ももってこいの花曇りだ。

いいか、始めても。そうか、手帳というのだろう、手にしている物は。それに書くのか。さあ言うぞ。どきどきしてきた。

わたしは長い夢を見た。長く苦しく、そして楽しい夢だった。

生まれた。育った。育ったところは、江戸の小さな屋敷だった。春には花の香りが、夏には厳しい日差しが、冬には冷たい木枯らしが屋敷の上を通り過ぎた。黒く長い塀がぐるりを取り囲んでいた。わたしは、塀から外へ一歩も出たことがなかった。

信じられるか。そこが自分の世の中のすべてだ。古ぼけた屋敷と、猫の額ほどの小さな庭の中だけで暮らしていた。それが大名の子息の待遇だ。わかっていると思うが、人質なんだよ、大名の妻子は。檻《おり》のない牢屋の中で生活する。その中でわたしはたいそう厳しく育てられた。

そうだよ、いつも叱られていた。

知っているか、ご飯を人に盛ってもらったことなど一度もない。後片づけも自分でした。風呂はみんなの最後に入って、桶を洗ってから出た。洗い方が汚いとやり直しだ。洗濯も自分のものは自分でした。

これも汚いとやり直しだ。

愚痴を言い出したらきりがない。全部が全部だ。いつも気が狂いそうだった。鬱憤《うっぷん》が体中に溜まり、部屋から庭を見ては気を晴していた。

狭い庭には、大きな木が二本並んでいた。

木の名前か。知らない。葉の小さな木だ。二本がほぼ同じ大きさの、同じ種類の木だ。毎日その木を眺めていた。春には萌葱《もえぎ》色の新芽が、枝という枝に出た。葉が濃い緑になる頃、たくさんの鳥や、ときには大きな蛇がやってきて幹に絡みついていたりした。鳥の雛を狙ってやってくるのだ。毎年必ず出る。思い悩んでいたが、ある時思い立って、蛇を木刀でめった打ちにした。母君たちに散々に怒られた。父上様が偶然通りかかって、逆に自分を褒《ほ》めてくれた。「さすが武家の子だ」とな。父君に褒められたのは、後にも先にもあの時だけだ。

秋には木の葉が全部落ちて、日差しが障子越しに部屋の中へ届く。そうなると木登りの季節だ。わたしは周りが止めるのも聞かず、何度も遙か高みまで登った。下では女どもが大騒ぎしていた。大声で泣きわめく姿を見ていて気持ちよかった。もう一つよかったのは、木に登ると、隣の屋敷の脇に富士の山がかすかに見えるのだ。晴れ晴れした。せっかく登っても、曇っていて山が見えないと、癇癪《かんしゃく》を起こした。ひときわ大暴れをした。

思えば、やんちゃだった。きかん気だった。だからというわけでもないが、学問についてはたいそう厳しく育てられたと思う。育ててくれたのは、正室である母君、規《のり》様の取り巻きだ。規様という方は老人だった。皺が顔に浮き出ている。会うときはいつもわたしは緊張していた。産みの母ではない。本当の母はどこかにいるらしい。かすかに覚えがあるが、物心ついた時には身近にいなかった。

そうだよ、もちろん気にはなった。なったが、誰かに聞いても答えはないだろうと思った。よって、尋ねることもはばかった。自分のこだわりでもあったがね。文明開化の世に育った君には、この気持ちはわかるまい。

正室の規様はその後早くに亡くなられた。たいそうな葬儀が行われたが、わたしは長い間正座していることにくたびれ果てた。早く足を伸ばして走り回りたい、それればかり考えていた。五日間ほど身の置き所がなかった。

そんなことより、父君だ。名は義建という。苗字はわかっているな。いや、別に君を試したわけではない。これがたいそうな年寄りだった。母様よりさらに皺《しわ》だらけの顔で、歯もほとんどなかった。その老父が、顔を合わせるごとに耳元でこう囁《ささや》かれた。囁くたびに、頭が痛くなるようないやな臭いが口から出た。

「励めよ。励めば必ずよいことがある」

励んだ。言われたとおりに、学問に武芸に、懸命に励んだ。とりわけ書は、「人の上に立つ者は必定」とうるさく言われ、人一倍励んだ。ばかりでなく、能楽から茶の湯まで懸命にたしなんだ。乗馬にも努めた。武士たる者、馬を操ることができなければだめだと、厳しく勧められた。十日に一度くらいだったが、これは楽しみだった。まず狭い塀から出られる。といっても、北側に面した川沿いに、これも狭い馬場が作ってあって、そこへ行くだけだったがな。

わたしは景色を眺めながら乗馬の訓練をした。よその屋敷の長い塀が見えるだけでも、心が激しく躍った。乗馬もすぐに周りから褒められるほどに上達した。自分は小器用だったのだ。そして励めば励むほどに、周りの目が光った。ことあるごとに、兄たちと比べられた。

「この若様は鎮三郎様より、よほど利発にございます」

「鎖之丞様に似て、ご活発にあられます」

「銈之允様より、お体がご丈夫なのが何よりでしょう」

見たこともない兄たちの名が次々に出た。うち、だんだんと幻の兄たちの輪郭《りんかく》がつかめた。あの兄はこんな人だった。次の兄はこういう体格、こういう特技がある。ほとんど諳《そら》んじれた。しかし、その比べるべき兄弟はすでに高須藩上屋敷にはいない。弟もいない。血を分けた兄弟たちは、いったいどこにおわすのか。

噂では、ひとつ違いの姉がいると聞いたが、会ったことがない。違う屋敷にいるのだろうか。畳ばかりの屋敷の中で、自分はいつも天涯孤独だった。

その比べるべき血縁が、あちこちの大名家に養子として入っていると理解したのが、十歳になる頃だったろうか。

のちに確かめた。鎮三郎様とは高須藩主にして、のちに尾張徳川家藩主となった徳川茂徳《もちなが》様。鎖之丞様とは浜田松平藩の松平武成《たけしげ》様。もっともこの兄は、早々に鬼籍に入ったと聞いた。

十一歳違うすぐ上の兄、つまり銈之允様は、自分が産まれた時分に会津藩に縁組みした。時に会津中将として、江戸城内にてご活躍という。ご活躍といっても、頭の中で足し算をすれば、兄松平容保《かたもり》様は確か二十歳《はたち》そこそこのはず。そんな若造が羽根を伸ばせるほど、江戸城内というところは捌《さば》けたところか。年功序列、年寄が力をもっているところではないのか。そう推測していた。しかし、違うらしい。

聞いた時は、何となく憧れをもった。嘉永六（一八五三）年の黒船来航以来、天地がひっくり返ったような騒ぎが続いている。太平の世は大きく揺れ動いていた。国中のあちこちの混乱も耳に入っている。

そんな時分にご活躍。うらやましい。同じような道を自分も歩みたい。

「励めよ。励めばお前も、必ずよい貰い口があるぞ。死ぬときは大名家の墓に名を刻める」

繰り返し、父君はおっしゃられた。同じ話を何度もされた。本来なら気が滅入るところであろうが、自分にとっては、やる気と勇気を与えてくれる魔法の言葉だった。自分もどこかの大名家に入ることが、当たり前のように思えてきた。

うちに、恐ろしいことが起こった。重い病気にかかったのだ。三日三晩熱にうなされたが、何とか引いた。五日目に少し正気に戻って鏡を見たら、顔一面にかさぶたができていた。しょうがない。どうしようもない。昔からある病気だそうだが、横浜が開港してから急に増えた流行病《はやりやまい》だ。人から人へと伝わる病気。奥の部屋にて、ただ一人で寝ていた。やっと移る心配のなくなった頃、父君が枕元においでになった。回復の祝いを簡単に述べ、こう付け加えられた。

「このままでは大名家の貰い口などない。ますます文武に励まなければならないぞ」

その通りだ。鏡を見るたび思った。自分の顔は、はっきり醜い。

それも昔話だ。今となっては、このあばた顔にも愛着がある。

ところで考えた。兄者たちはどんなお顔をしていたのであろうか。眉目秀麗《びもくしゅうれい》であったのか。女たちがときめくお顔だったのか。興味が沸いてきた。じっくり周りに聞いてみた。ただ、尋ねても誰もが口を濁した。自分に気を遣って言わなかったのか、あるいは本当に知らないのか。しっかり見極めることはできなかった。

果たせぬ前に、婿養子の話が出た。十三歳のときだ。相手は桑名藩十一万石。現藩主の松平猷《みち》公が明日をもしれぬ重病という。

桑名藩。

「十一万石。伊勢の国の入り口にある。譜代の名門だが、三万石の我が藩より格は落ちる。しかし、領地たるや東海道中央にあたる交通の要地じゃ。心して職務に励め」

父は、また励めという言葉を掛けてくれた。自分は学問に励んでいた。地勢も理解していて、桑名藩の領主や石高、由来などわかっていた。ただ、藩領はどれほどか。付きの者に持ってこさせた地図を開いて、桑名藩を探した。

（大きな川に面しているな。）

それだけわかった。東海道で二番目に大きい宿場町であることは、いつか書物にて学んでいた。あとは何を調べておけばよいのか。財政は、藩主の出自は…。これ以上は詮索する気が涌かない。なるようになる。

ところで記者殿。君は本当に記録するのが早いな。わたしの言ったことをすべて残しているわけではないだろうが、それにしても早い。手帳を次々にめくっているが、その筆は何だ。見たことがない。船来の物なのか。どこで手に入れた。話が早いなら、もっとゆっくり話してもよいが。

よいか。そうかよいか。なら続けるぞ。

のちに聞いた話だが、父君義建様はこの婿養子の話を持ち掛けられたとき、使いの者にこう述べたという。

「鍥之助は、我が実子の中でもお子柄が極めてよい。聡明にして活発、おまけに生まれながら大変丈夫だ。幼少のみぎりに疱瘡《ほうそう》に罹《かか》っても、見事にこれに堪えた。体も折り紙付きである。これで桑名藩は末代まで安泰であろう」

決して恩着せがましく述べたわけではない。心の底からそう思っていたらしい。今から思えばこの老父は、我が子を正しく育て、それを高く売ることに己れのすべてを賭けていたのだ。わたしは、というか我が兄弟は、できのよい家畜だ。しかし、それもよし。育児にきちんとした理由がある。いかにも自分たちは期待に応えた。

本来なら嫡子の中で最も利発な子に、自分の跡目、つまり高須藩を継がせるべきであろうが、名家とはいえ高須はわずか三万石。はっきり言って幕府の力の弱まった昨今では、五体満足な跡継ぎならどうとでもなる。したがって、逼迫《ひっぱく》した他藩に自慢の子を譲り渡す。そして恩を売る、それが、父君松平義建様の役目であった。

話はトントン拍子に進んだ。何せ桑名は、藩主猷様が今日か明日かという状態らしい。跡取り息子であるはずの万之助君《ぎみ》は、御年わずか三歳という。幕末の激動の時代、東海道の要である桑名藩を治めるには、はっきり若すぎる。少なくとも元服の頃までは誰かが補佐しなければならない。そこでわたしの出番だった。

いよいよ養子の内約が整い、高須藩屋敷を出るときが来た。安政六（一八五九）年十月三日のことだった。初めて屋敷を出る。出ると言っても、実はこの縁組みが決まった頃に、四谷伊賀町の上屋敷が貰い火により焼失していた。わたしは避難して無事だったが、もちろん引っ越しをした。雑木林に囲まれた下屋敷に移っていたので、初めて塀の外へ出たというわけではない。

やがて新築した上屋敷に戻った。見れば、以前ほどの立派な建物ではなくなっていた。財政が厳しいのだろうと改めて思った。そんなことも、今となってはどうでもよい。いずれにしても、まっ昼間に堂々と屋敷の玄関から出られる。胸が高鳴った。心の臓の動きが、頭にごんごん響いた。

その日はたまたま、父義建様は病気を患い奥の部屋に寝込んでいた。襖《ふすま》を静かに開け、床に伏す父君に向かい、「行って参ります」と精一杯の声を張り上げた。父君は、舶来のぼあぼあした氷枕で頭を冷やしながら、こちらに首を向けた。

（こんな高価な氷枕が、財政豊かでない我が藩ごときに入手できるのか。）

何となく、養子縁組の結納《ゆいのう》金でも入ったのかなどと思いながら、ぼんやり父の顔を眺めた。父君は、病に伏せっている割には張りのある、ただし掠《かす》れた声で確かこうおっしゃった。

「お前のごときかん気一点張りの者でなく、もっと沈着冷静な者なら、たとえ十一万石の賢い姫でも扱いやすいが、気位ばかり高い愚かな姫を扱うのは難しかろう。心いたせよ」

おっしゃった意味が今ひとつわからなかったが、そのとき初めて知った。兄たちは大名家の嫡男として、跡取りに入ったという。自分は違った。桑名藩十一万石の姫君に婿養子に入って、そのまま藩主になる。そうらしい。

自分には、すでに正室が決まっている…。少しだけ目眩《めまい》がしたが、待遇に何が違うのかわからずじまいに、そのまま高須藩上屋敷を出た。ずっと後になって、すぐ上の兄、京都で共に戦線を組んだ会津中将松平肥後守殿も、同じ婿養子だったと聞いた。その時はまだ知らなかったがな。まあよい。どうでもよい。父君とはそれ以来お会いしていない。江戸城内ですれ違ったこともない。

いよいよ出発。これまでの自分にとっては立派すぎる篭《かご》。その中からまさしく目を凝らして周りを眺めていると、やがて門が開いた。塀の外へ出る。

過ぎる折、門の脇にいる細身の女が目に入った。取り聞きが数人。真ん中に佇《たたず》んでいる。目が合った。小さく会釈が返る。初めて会ったはずなのに、かすかに見覚えがあった。隣に、やせぎすの娘が一人。

わかった。この方が、自分の本当の母君様に違いない。顔をつぶさに眺めた。一見して品がいいのに少し安心した。身なりもすこぶるよい。息子の旅立ちを送りにきたのか。源平や戦国の昔話なら涙の別れだが、決して泣いているわけではない。にこやかに行列を眺めている。考えた。なら、横にいるのは血を分けた姉か。篭を止めて「母君様」と声を掛けたい気持ちにかられたが、やめた。思い過ごしかもしれない。また、相手が立場を申し出ないのに、こちらから名乗る必要などない。それが家を出て行く者のとる態度だと思った。

今でも彼《か》の方が母君なのか、わからない。わたしが勝手に作った講談話かも知れないし、当たっているのかもしれない。そのまま何ごともなく高須屋敷を出る。母はのちに名前だけはわかった。亀の方というらしい。何だか吹き出しそうな名前だが、よく考えればわたしの母らしくてよい。

明治になり、自分が大赦の身になった時に、母君をお捜しすることもできた。だが、しなかった。わたしはそういった感傷をもち合わせていなかった。面倒くさいと思っただけかもしれない。以後も顔合わせしたことはない。一つ違いの姉は、自分が桑名へ入るよりあとに、米沢藩上杉家へ嫁入りしたと小耳にはさんだ。こちらも、以後お会いすることはなかった。のち一度だけ機会を得たもの、叶わなかった。その時のことは気が向いたら話すかもしれない。

そんな中も篭は進む。行く先は、桑名藩江戸屋敷。

何だか妙に時間がかかったと記憶している。高須藩も桑名藩も譜代だ。薩摩などの外様大名と違って、江戸屋敷は城に近いはず。共に江戸城内で暮らしている。城の中を少し動くだけだ。そう思っていた。しかし違った。

ずっとのち、藩主になってからの特権で江戸城絵地図を見る機会があった。そこでわかったが、高須藩邸は外堀のなお外側にあった。傍系の後発大名であったからか、あるいは内堀内にしかるべき土地がなかったのか。そういえば御三家の尾張、紀伊、水戸の各藩上屋敷も、江戸本丸を囲むように、外堀の脇にある。いずれも遠い。

これものちに訳を知った。世に残る「明暦の大火」までは、御三家、つまり尾張、紀伊、水戸の上屋敷は、半蔵門を入った道灌《どうかん》堀脇に三つきれいに並んでいたそうだ。それが火事できれいさっぱり類焼して以後、遥か離れた場所に屋敷を再建した。もちろん三藩別々に。そこまではわかった。さらに外側に高須藩上屋敷があった。なぜか。やはり尾張の支藩だからなのか。

今となっては確かめる相手もいない。何にしても桑名屋敷は、ちょうど将軍様が住む本丸を挟んでまったく反対側にあった。地名でいうと高須藩邸が四谷伊賀町。対して桑名藩上屋敷は北八丁堀。ぐるりと外堀脇を迂回して進む。遠かった。もっともその分、周りの景色を十分楽しめたがな。

そして着いた。表玄関が大きく開き、その瞬間から自分は桑名藩主になった。

江戸家老が一人、他に何人かが片膝をついて出迎えてくれた。吹き始めた木枯らしが落ち葉を巻き上げ、袴に幾つか絡みついた。前の方にいた一人が、あわてて取り除いてくれた。胸を張って表玄関から上がり、立派な虎の絵の衝立《ついたて》を回る。そのまま黒光りした廊下を歩けば、両側に人の列。誰もが推し量るような上目遣いで、自分を見上げていた。進むにつれ、だんだんと息苦しくなった。背筋がひんやり寒くなった。

奥座敷に入る。当たり前だが上座だ。落ち着いて見渡せば、自分の右手後ろに、黒い衣装の新しい母君様もいた。あとから思えば、父猷様が亡くなったばかりであり、喪に服していたのだ。まだ若い女だ。会釈したときに顔が合った。まばゆいばかりの美貌だった。むんむんと色香が漂っている。この母が、自分を一番鋭い目で見ていたように思う。何を考えていたのか。自分の娘の婿に嫌悪感をもったのか、あるいは自分とそれほど年の違わない婿に、どう接するか迷っていたのか。この態度は、のちずっと続く。御一新後に再会したあとまで変わらなかった。

気が付けば、その視線の脇に童《わらべ》がいた。男と女。女の方がわたしの妻らしい。目が合うと、甲《かん》高い声で「初にございます」と名乗った。言葉は話せるようだか、まだ乳飲み子だ。あとは何がなんだかわからないままに、時が過ぎた。

家臣が次々に紹介される。家老はわかった。先ほど出迎えるときに手前にいた男。このたびも一番上座に座る年輩。吉村外記《よしむらげき》と名乗った。大きな藩であるから、家老は何人かいるはずであろうが、この時期江戸詰めは一人だけという。四十歳くらいに見えた。後に聞いたら、確かに四十歳だそうだ。たいそう落ち着いていた。驚いたことに、初対面の自分に対し、畳に額を擦りつけてお辞儀をした。当然とわかっていても、思わずわたしは身をすくめた。

この家老とは、のち運命的な別れをする。そのことは痛く反省している。まあ記者殿、話の展開を楽しみにしておいてくれ。

その他の者も、名前を覚えるよう努めて励んだ。

小姓もあてがわれる。少し拍子抜けしたが、小姓は一人のみだった。これはすぐに名前を覚えた。立《たつ》見鑑三郎《みかんざぶろう》という。肩幅の広い、目の鋭い青年だ。何と言葉を掛けようか迷ったが、少し経ってから、「よろしく頼む」と口にした。立見は「ははーっ」と、同じく畳に頭を擦りつけた。やがて上げた額に、面擦《ず》れの跡がしっかり見える。かなり剣術に励んでいるのだろう。改めて顔を見れば、片えくぼが可愛いらしい。目が合った。互いに微笑んだように思う。少しだけ余裕ができたのか、一同が居並ぶ前で、「そちは幾つじゃ」と聞くことができた。

「率爾《そつじ》ながら申し上げます。弘化二年七月生まれ、殿様より一つだけ年長にてございます」と答えた。

（一つ年上。）

自分が期待した一番よい答えだ。生涯の友、というか兄になる男のような気がした。この男のことは後々、ゆっくり話そう。驚くべき人物だった。自分が会ったときには、もうすでに風伝流の槍術、柳生新陰流の剣術の使い手として藩内に並ぶ者がないと言われていた。学問にもすぐれ、桑名藩校立教館で首席、江戸昌平坂学問所へ転籍し、そこでも甚だしい存在感を見せたという。とにかく簡単には言い尽くせない猛者であった。

そうか、知っているのか。立見尚文《なおふみ》を。そうであろうな。清国と戦おうという今、彼はまさしく軍神だ。日本の宝だ。少なくとも報道に関わる身で知らぬ者はいないだろう。

立見と同世代の家臣はまだ他にもいたが、この時はすべて国元にいた。在郷の家老たちはほぼ自分と同じ世代だと聞いた。いずれも自分と大きく関わった。これものち詳しく話す。とりわけ筆頭公用人として自分に仕えた森陳明《つらあき》は今でもよく思い出す。彼のことものちに伝えよう。そうした機会を、またいつか作ってくれ。話すことが妙に楽しくなってきた。戻すぞ、よいか。

曇りと思っていたが、雨が降ってきたようだ。今晩泊まるところは決めてあるのか。何なら、東照宮内の寝所へ泊まってもよいが、まあ余計なことか。もう、出口の門は閉まっているぞ。

続けよう。わたしは少し余裕ができたのか部屋を見渡してみた。四十畳くらいだったろうか、座敷の中には、色香漂う母君とその乳臭い幼女、そして若君。他は三十名くらい。誰もが皆、微笑んでいるように見えたが、何だか胡散《うさん》臭い。いわゆる愛想笑いだ。先ほど述べたように、本当ににこやかだったのは、小姓に充てられた立見だけのように見えた。こいつは、いやこいつだけは信用できる。心を許せるかも知れぬ、そう思った。その男が、先ほど述べた陸軍少将閣下だ。

人生の黄昏時《たそがれどき》を迎えた今、改めて思い返すと、あの時の心細い気持ちは大きな勘違いだった。立見以外の藩士も、誰もがわたしの忠臣であった。身も心も自分に捧げてくれた。一瞬でも疑心暗鬼にかかったことを、大いに反省したい。

少し声が大きかったかな。勘弁願おう。

それで一つ思い出したが、清国が「眠れる獅子」だというのは本当か。君のような仕事に就いていれば、実際のところがつかめているかも知れないから聞くが、もはやぼろ雑巾ではないのか。阿片戦争でエゲレスに負けたのが、五十年以上も前であろう。その後イヤラップの国々と、何回かいくさをやって負け続けたはずだ。そんな国が獅子とは信じがたいが、まあ日本が勝つことはよいことだ。

わたしも二十年以上前に、ほんのひとときだけだったが、清国を訪れたことがある。ひどいものだった。独立国とはいえ、欧米の属国のようだった。日本もこうなってはいけない、そう強く思った。

ただ自分が見たのは、清国のほんの一部だ。あれから長い年月が過ぎた。日本が成長したように、清国も立ち直っているかも知れない。まあ遠からぬ先、日本が戦おうとしている国が、眠れる獅子かぼろ雑巾かはどちらでもよい。要は勝てばよい。これは聞かなかったことにしてくれ。

続けよう。己れの身の急転はなおも続いた。ふかふかの布団で眠った。湯殿で毎朝女中たちが体を拭いてくれた。名を松平定敬と変えた。

緊張することばかりでなかったことを、付け加えておこう。先ほどの初姫だ。三歳。父君の正室貞子、今は剃髪して珠光院《じゅこういん》様の娘。この許嫁《いいなずけ》が、本当にやんちゃで困った。新しく屋敷に来た若い男が、将来の自分の夫などとは、その時は理解していないと思う。思うが、育ちがいいはずなのに、部屋の中や廊下を走り回り、自分に跳びついてくる。あげくは、わたしの寝所の障子を朝早くから開けて、布団の上に乗ってくる。その度、追いかけてきたお女中衆が引き離しにくるのだが、初めは面食らっていた自分も、だんだん面白くなってきた。

うちに、やって来るのを待っている自分に気が付いた。そうだよ。わたしは兄弟も母も知らない天涯孤独の身だ。肉親との触れ合いを、心のどこかで求めていたのだ。したがって女中たちに「よい、捨て置け」と声を掛けることが多かった。そのことが、鷹揚《おうよう》な殿様として自分の評価につながったらしいが、正直「捨て置け」は本音であった。うれしかったのだ。

それにしても、初はじゃじゃ馬だった。面白い子であった。この小娘と婚姻など、とうてい想像もできなかった。

さて神無月十六日には、幕府より正式に遺領相続の許しが出たらしい。ところで自分は思った。病気の父君はどこにおいでなのか。周りに聞けば、誰もがいぶかしい顔をした。そうなのだ、父君はとうの昔にお亡くなりになっていたのだ。それは八月下旬に遡る。自分の元へ養子縁組の話が来たのは九月二十三日だったたと思う。幕府から正式に家督相続が認められたのが、十月一日のこと。初めてそこで父献様の死が公にされ、命日は九月二十二日となった。

自分の身に起こったことなのに、何だか時代物の小説を読んでいるような不思議な気がした。さらに不思議だったのは、周りの誰もが、この縁組みを喜んでいることだ。先代藩主の死を悲しんでいる者は誰もいなくて、皆がお家存続に安心していた。それとも、すでに涙も涸れ果てていたのか。つかめないまま数日が経った。

やがて、初めて江戸城に登った。触れたように桑名藩上屋敷も、大きく言えば江戸城内にある。外堀の中だ。正しくは、本丸に入ったと言うべきだろうか。

忘れもしない、安政六（一八五九）年師走一日のこと。例の篭に乗り、大きな堀を二つ越えて、大手門から本丸御殿に入った。降りて歩き始めると、目の前の大きな扉が何度も開いた。白く磨かれた長い廊下を、うんざりするほど歩く。やっとのことで、将軍家茂《いえもち》様に目通った。こんなに奥の部屋まで上がれることに胸が高鳴ったが、それよりも何よりも、やがて目の前に本物の将軍様がやって来たことに、心底気持ちが高ぶった。

「おなーり」との高く通る声、今度はこちらが平身低頭する。袴が床に擦れる音。「面《おもて》を上げよ」と声を掛けられても、なかなか頭が上がらない。やっとのことでゆっくりと上げれば、しきりも何もなく、すぐ目の前に将軍がいた。小柄な細身の青年だった。色が白い。言葉があった。

「御白書院諸太夫に任じ、桑名藩代々官位、越中守《えっちゅうのかみ》を与える」

桑名藩上屋敷を出るとき周りに言われたように、「ははーっ、謹んでお受けいたします」と答えた。頭を畳に擦りつける。気持ちよい香りがした。これでよい。

「大儀じゃ」と、これも約束通りの答え。

（殿は譜代にて、早晩溜《たまり》間詰めになられるお立場にございます。余りに謙遜した態度は慎みくださりませ。）

出かける時に、家老の吉村から言われた。「自分は偉い」、そう思えということか。ならばすぐ頭を上げてよいのか。迷っているうちに、横目であたりを見ながら姿勢を正した。自分以外の者は、皆将軍に正対し、横目でこちらを見ていた。顔が赤くなった。

奥の座敷は本当に静かであった。物音一つしない。息が白くなるほど寒い日だったはずなのに、奇妙に体が火照《ほて》った。

改めて思った。目の前に十四代将軍、徳川家茂様。白い顔の上に、つり上がった細い目が付いている。心なしか、お体が震えているように感じた。目が合った。やがて自分だけにお声掛かりがあるはずである。

「越中守殿、貴公は弘化三年の生まれじゃそうだな。ということは余と同い年。こうして初めて会って何だか体つきも似ておる。今後もしっかり、余とそして幕府の体制を支えていただきたい」

初御目見えした場合は、必ず将軍から直々言葉を掛けてもらえる。そう聞いていた。当たり前のことであるはずなのに、声を聞いたとたん、自分の体の中の血がすべて逆流したようだった。今後の半生の生き方を決める声が、頭の中にどーんと響いた。強ばっていた体に電撃が走り、木槌か何かで頭を殴られたようになった。生まれてこの方、これほど身が震えたことはない。「この御方のためなら……」と心の底から思った。

見回せば、家茂様の脇にいたのは、先代の将軍の正室である天璋院《てんしょういん》様か。薩摩から嫁いだ篤姫様だ。白無垢《むく》人形のように、まったく無表情でいた。

どうだ記者殿、聞いているか。君には今までにそういう経験はあったかね。わたしは生涯に二度だけあった。何がって、聞いていたのか。体がびりびりとしびれるほどの感激だ。もう一度か？　話をするうちに、また出てくる。楽しみに待ってほしい。

続けるぞ。いいかな。どんどん調子が出てきた。大変心持ちがいい。しっかり聞き取ってもらいたい。

将軍の声がさらに続いた。

「越中守殿には、朝廷より従四位下の位を承っておる。お受けいただきたい」

位のことも必ず言われるはず。そう申しつかってきたが、まあどうでもいい。お言葉を賜ることが大事だ。頭に血が上ったまま、声が流れる。

「加えて、先代の定猶《さだみち》殿より引き続いて、京都警備役を務めていただきたい。心構えはよいかな」

桑名前藩主の、自分にとっての新しい父君の名が出た。父君定猷は先の将軍家定様に遠慮して、名を猷《みち》に改名されていたと聞いた。将軍様も父も共に亡くなり、晴れて元の定猷に名を戻していた。ご位牌でしか知らない先代藩主松平定猷殿。その名を将軍が語ってくれた。よいも悪いもあるはずがない。御《お》上《かみ》からの依頼は引き受けるに決まっている。考えているうちに涙が自然とにじんできた。意外なお言葉はなお続く。

「そういえば、会津中将肥後守《ひごのかみ》殿は、血を分けた兄君殿と聞いたが、それに相違ないか」

返事をしなければならない。何と答えればよいのか。考えているうちに「はあーっ」と素っ頓狂《とんきょう》な声を上げていた。間違いなく会津松平藩主は、すぐ上の兄である松平容保。会津二十三万石の大名だ。承知している。

ただし面識はない。言ったように、自分が生まれたその直前に、会津松平家に縁づいている。この兄については勉強していた。また七男と八男ということで、周りから様々比べられた。共に脇腹。父のお手が付いてできた子である。

のちに聞くところでは、正室の規様がお厳しいお方で、側室とその子を事あるごとにいたぶったという。とりわけが自分とすぐ上の兄容保様だった。兄君の母様と自分の母はもちろん違う。早くに生みの母と別れ、御正室とその取り巻きが厳しく養育してくれた。規様が亡くなったあとも、取り巻きの側室をいたぶる姿勢は変わらなかったらしい。

しかし、それこそどうでもよい。自分は自分。母君とは人格が違う。別に殺されたわけではない。最前、門にて目にした方が母様ならば、幸せそうに見えた。結果として自分は厳格に育てられたことで、こうして大名家に婿入りすることができた。亡き正室様とそのお女中衆に感謝こそすれ、恨む気持ちは毛頭ない。

「越中守殿もこれから頼むことが多くなろう。会津肥後守殿にも、余はいろいろと助けていただいておる。今後とも両名、よろしくお願いしたい」

将軍の声がまた掛かった。

「ははーっ、もったいないお言葉。この肥後守、全身全霊を懸けてお仕え申し上げます」

突然後ろから声が上った。驚いた。瞼《まぶた》の兄君が後ろに並ぶ諸侯の列の中にいたのだ。考えれば着座しているのは当たり前だが、不意を突かれた。振り向きたい気持ちに駆られたものの、はっきりそれはできない。前列から下がる時に、少しだけ近辺を見回した。どなたが兄君、つまり会津中将殿か。わかるわけがない。自分に付きの者でもいれば聞くこともできたが、今は奥深い殿中にただ一人自分だけ。そのまま、誰が誰なのかわからないまま部屋を辞した。やがて何事もなく上屋敷へ帰る。

まあいいだろう。いずれ顔を合わせる機会は出てくるはず、そう考えることにした。思った通り、あとでうんざりするほど一緒になったがな。

話がなかなか進まないか。少しのんびりしすぎかな。

京都に入ってからの話が聞きたい？　あわてているな。まあよい。少し話を飛ばしてみようか。また途中のことは、気になったら戻って話してもよい。

京都に入ったのは、翌安政七年明け早々のことだった。そう、伊勢桑名へお国入りするより前だ。桑名藩の抱える仕事を確かめるということで、幕府より命が下った。仕事というのは、述べたように京都警備だ。幕府が以前に購入した汽船に乗って、品川沖から外洋に出た。船の名前は咸臨丸《かんりん》。直前にはメリケンまで行ったそうだ。その後も九州対馬から、南は小笠原諸島、北は蝦夷地のまだ北まで足を伸ばしたという。

わたしは興味津々だった。汽船とかいう。聞いたことはあるが実物は見たことがない。かのサスケハナ号より小さいものの、船自体の性能は負けていないそう。

八丁堀の屋敷から小舟に乗って、沖に停泊している船へ向かった。やがて目の前に、巨大な黒山が浮かんでいる。縄ばしごに足を掛けよじ登った船は、まるで豪華な屋敷だった。確かに船であるのに、もくもくと煙が出ている。船は火事が一番怖い、そう聞いていた。だがこの船は燃えている。何がどうなっているのか。

あとは、見るもの聞くもの、すべてが新鮮だった。帆を張っていないのに、するすると船が動く。まるで魔法を見る思いだった。

さて出航。帆を上げる前から静かに船は滑り出す。あっという江戸湾を出た。外洋に出る前に通り過ぎた横浜沖には、外国船が驚くほどたくさん泊まっていた。三十隻まで数えたが、気味が悪くなってあとはやめた。これにも目を見張った。そして未知なる大海原へ。揺れが大きくなった。船の北側に陸が見えるが、左手、つまり南には恐ろしいくらい水平線が広がっていた。乗組員が「今日はよく揺れ申します。船酔いにご注意くださいませ」と言っていた。自分が気持ち悪いのかさえわからない。心地よい風に吹かれながら、あっという間に大坂に着いた。

江戸湾と同じく、小舟に乗り換え上陸。そこからは、京都まで篭に乗って半日だ。わたしは請うて馬で進んだ。皆があわてたが、馬の方がすこぶる眺めがよい。それにわたしは乗馬が得手だった。周りの景色に見とれながら、京へ入った。今では誰も言わないが、上洛したという。知ってるかな、この言葉。そうか知っているか。まあ、新聞に関わっている者なら当たり前か。いやそれより君は京都人だったな。忘れていた、失礼した。

思った。「これが京か」と。自分は歴史読本や軍記物を数多く読んでいた。太平記や平家物語は何度も目を通した。徳川譜代でありながらと言っていいのか、太閤記も熟読した。寺の名前もたくさん知っている。しかし、初めに感じたのは、町の乱雑さだ。道の脇に黒ずんだ家がひしめき合い、噂の鴨川を渡れば、橋の下に多くの貧民がたむろしている。江戸もあちこち見たわけではない。一部しか知らない。しかしここは狭い。町や人が混み合っている。都大路は広いが家々の間口は小さく、どの玄関も古ぼけていた。苔の生えた町、それが京の第一印象であった。こんな町に長居は無用、そう思った。もっともあとで知れば知るほど、京は奥深く謎めいた町だった。狭い間口の奥に、長い歴史と魅力的な秘密が潜んでいた。のちに思う話だ。

戻す。京の町衆は、隊列を組んで進む行列を好奇の目で見ていた。藩旗を先頭に、脇目もふらず我々は進んだ。総勢四十名ほど。騎馬は三騎のみで、残りは徒《かち》だ。それぞれ姿勢を正し、視線をそらさずまっすぐ進む。

実は桑名藩は、先代藩主定猷様の頃から進んで洋式訓練を取り入れていた。港町の便利さを生かし、近代兵器も他藩に先駆けて購入していた。近隣にある、「攘夷」に凝り固まった時代遅れの藩とは違う。したがって行進も、手と足を同じに出す従来の行列と違って、手足が交互に動くものである。右足と左手が前に出る。次は逆だ。今では当たり前だが、これが珍しかったらしい。

意味がわかるか。そうか、わかるか。

ただし、服装は様式ではなく、仙台平《ひら》に義経袴《ばかま》だった。京雀にはこれも奇異に映ったらしい。道の両脇に、どんどん人がたむろってきた。我が藩兵が掲げる梅鉢の旗印を見て、「桑名藩だ」、「焼き蛤《はまぐり》だよ」、「松平家だ」、「見事な隊列。さすが御譜代」、などと囁いているのが聞こえた。半分以上、我々に聞こえるように話している。自分たちは期待されている、そう感じた。少し誇らしくなった。やがて錦小路上ルの桑名藩邸に入る。ここで休息。

当時すでに、京には不逞浪士が縦横に闊歩《かっぽ》していた。少し進歩的なことを口にすれば「天誅《てんちゅう》」とばかりに人斬りが横行。公家から岡っ引き、果ては寺子屋の教師まで容赦はない。加えて攘夷御用金と称し、町屋に白昼堂々押し入る盗賊があとを絶たず、町奉行もそうした食い詰め浪人に対して手が出せなかった。治安は最悪に近い。庶民は安定を求め、強い権力を欲していた。

次の日から休む間もなく、仕事にかかった。

まずは京都所司代と目通る。時の所司代は、若狭国小浜藩主酒井忠義様だった。二度目の赴任で、足かけ十年近く所司代職在任である。五十歳近くの大人だが、京の様子を順々に伺うにつけ、悲惨な状況だとぼやき続けていた。途中から気が重くなって、上の空で聞いていた覚えがある。

今回の上洛の目的は、情報収集ともう一つ。直前に、幕府から蓮台寺野に四千坪の敷地を頂いていた。ここに桑名藩の新しい仕事場を造る手はずをする。ことは順調に進んだ。屋敷図面も担当大工も簡単に決めた。

ところがこの同時刻に、天地がひっくり返るような事件が起きた。

安政七年三月三日。今の暦で言うと、もう三月も終わりのころだ。雪が降っていたなんてのは、講談師が作った嘘っぱちだ。春の風は少し冷たかったが、空はよく晴れ渡っていたそうだ。誰に聞いても同じことを言う。そうだよ、桜田門外のあの一件。

国中の攘夷派を押し切って開国し、反対する者を力ずくで押さえ込んだ幕府最後の砦が、あっけなく殺された。開国の強い方針は中途で終わってしまう。志半ばで倒れた井伊直弼《なおすけ》様は、さぞかし無念だったろう。お察しする。葬儀が済むか済まないかのうちに、押さえ込まれていた尊王攘夷派が蠢《うごめ》きだした。あっという間だった。

わたしか。わたしは何をおいてもすぐ江戸へ戻れという指図が入ったので、また船の旅だ。すぐ四谷の桑名藩邸へ引き返した。戻った時には、江戸中が、まさしく上を下への大騒ぎだった。元号が「万延《まんえん》」に変わっていた。攘夷派大名が勢いを取り戻していた。できないと知っているのに、「攘夷」と言わないと国賊のような扱いをされる世がまた来ていた。五年前に逆戻りだ。

わかるか。いつの時代も議論というのはそういうものだ。冷静になって考えれば、開国しかない。上に立つ者はそれをつかんでいる。ところがだ。話し合いをすればするほど、感情論というやつが出てくるのだ。過激な意見が場を支配し、それを押さえるのに四苦八苦する。要は、言ったもの勝ち。「攘夷だ」と大声で叫んだ方が安易で楽なのだ。井伊様は苦労に苦労を重ねて、国を前へ進めた。心中お察しする。だが苦労の結果がこれだ。歴史とは、ときにひどい判断を下す。

もう一つ付け加えてやろう。彦根藩は、この事件ののち、幕府からさんざんな仕打ちを受けた。これまでの混乱はすべて彦根藩のせいだとばかりに、罵詈雑言《ばりぞうごん》を浴びせられた。むごいやりようだった。よかれと思って懸命に取り組んだ直弼様は、殺されたあとも後ろ足で砂を掛けられた。藩も三十五万石から二十五万石へ減封だ。

日本中が思った。懸命に忠義を尽くしてもこのざま。述べたように、井伊直弼大老は、日本全体を鑑み国を前へ進めた。結果がこれだ。いらぬ汗かきはやめたが一番。風向きをしっかり見て、身の置き方を考えた方がいいと。

それもあったのか、伏見の戦いの折には、井伊家はさっと転んだ。薩長軍に簡単になびいた。当時井伊家の寝返りを周りは嘲《あざけ》っていたけれども、桜田門外以降の仕打ちに対する悔しさが、藩士の誰もの腹に籠もっていたのだろう。自分の考え過ぎだろうか。いやそんなことはないはずだ。

それよりも、君は知っているか。いや、さっきからこの言葉ばかり使っているな。何だか君の器量を試しているように聞こえるが、気にしないでくれ。井伊家の、つまり彦根藩の江戸屋敷がどこにあったかを。内堀の中、二の丸御殿のつい目と鼻の先だ。江戸城内まで一息の道中、今では大きな役所が建っているあたりで大老が殺された。距離六丁。洋式単位で言うと六百メートルというやつだ。メートルの方がわかるか。たった六丁行く間に天下の大老様が襲われた。暗殺は大成功。ということは、幕府はそんな短い間も警護ができない。面目丸つぶれだ。

今でも思うが、本当にお守りすることはできなかったのか。ひょっとしたら、こんな横暴な赤鬼は、殺されてもしょうがない。それくらいに周りが思っていたのか。でもなければ、あんなにうまく襲撃が成功するはずがない。いや、わたしの邪推だがね。

その上にだよ。あの頃のご時世がわかっているか。黒船が来てからだ。攘夷だ開国というのはもちろん、勤王だ佐幕だって国中が真っ二つに分かれて大騒ぎ。それもそうだが、何より天変地異がすごかったこと。聞いたことがあるか。

何百年に一度のはずの大地震が何回も起き、その都度大きな津波が襲来した。水害とは無縁と思っていた大坂でも、大津波が押し寄せ何万人も死んだ。時に、桑名でもひどい高波が起きたという。もっとも正確な被害については、さらにあとになってから聞いたがな。

加えて疫病がどんどん流行《はや》って、人が虫けらのようにばたばた死んだ。もともと日本にあった疱瘡も、この時大流行した。他に、見たことも聞いたこともない恐ろしい病気が次々に出てきた。疫病は異人が運んできたのに間違いない。すべて毛唐が悪い、ということは開国が悪い。ひいては幕府が悪い。やはり攘夷だ。そう日本中が思っていた。

誰もが願ったよ。「嘉永年間前の、平和な神州が戻りますように」ってね。

だがそれはもうあり得ない。世界はどんどん変わっていた。少し知恵のある者ならわかっていた。日本とて、その流れの中に必ず巻き込まれる。要は早いか遅いかだけだ。しかしまだ叫んでいた。攘夷だ、攘夷しかない、誰もが憑《つ》きものに付かれたように吠えていた。外国人を打ち払うなどはできっこない、心の底ではわかっていながらも、「攘夷断行だ」と言わないと国賊だ。

また話が戻った。京都入城の後だったね。もちろん覚えている。言ったように、大老暗殺ですべてが止まってしまった。自分もすぐ東下した。桑名藩京都屋敷を造る話は動いていた。しかし、この後一年近く、幕府は身動きできなかった。井伊大老の勇気ある決断で、やっと日本が動き出したら、元の黙阿弥だ。時が五年戻った。さっき言ったたか。

わたしか？　この頃わたしが思っていたことは一つだけ。それはな、早く桑名というところが見たいという願いだった。そこへ話を飛ばそうか。実は京都から江戸へとって返す時、混乱に乗じて桑名へ立ち寄ろうかとも考えた。少しくらい寄り道をしても、言い訳なんかどうとでもなる。だが、まだ藩主になりたてだ。同船している者の迷惑になってもいけない。迷ったが自重し、江戸へ戻った。

その後も、わたしに対してなかなかお国入りの許しが出なかった。理由はわからない。桑名藩士に限らず、江戸詰め人数全体が少ないということで、将軍の元へ留まれと言われた。

当時参勤交代が緩んで、江戸から国表に無断で帰る大名家が続出していた。幕府の言うことを、知らぬ顔で済ます大名が増えたということだ。仕方ない。十三代将軍は痴呆に近く、十四代は紀伊からきた少年だ。補佐する老中たちも右往左往するばかり。

したがって、江戸の警備そのものがお留守になっていた。自分一人くらいが上屋敷を離れても、この乱れた天下国家が収まることはない。そうも思ったが仕方ない。待った。そのうちに許しが出るだろう、開き直ってそう考えていた。

そんな折に、また事件が起きた。坂下門外で、公武合体派の老中安藤信正様が襲われた。犯人はまたも水戸藩士だ。公武合体とはいかにも名案とわたしは思っていたが、気にくわない輩《やから》がたくさんいたのだ。ほとぼりがさめるまで、またお国入りは伸びた。

公武合体はわかるな。朝廷と幕府と近づこうという方針だ。知っての通り、皇女和宮《かずのみや》様が将軍家茂様へ降嫁《こうか》されたこともその一環だ。しかしこれについても天下の公論が真っ二つに別れていた。どこでも言い出せば大げんかで、討論のあげくに血の雨もたびたび降った。下向を推進した公家たちも、命を狙われて田舎に籠もった人が出たと聞いた。ひどい世の中だ。

この間、よいこともあった。順序が逆になるが、何もせずに参内しているだけで、十一月には江戸城黒書院溜之間へ入ることを命じられた。通称溜間詰《たまりまづ》めというやつだ。初めは訳がわからなかった。大名は、格によって江戸城での居場所が違う。いちばん格上は大廊下で、そこには御三家、御三郷がいた。

次が大広間。溜間とは、その次の部屋だ。話し出すと長くなるが、簡単に言えば三番目の部屋に入ることを許された。

当時は、広くない部屋に十五人も大名がひしめき合っていた。それでも藩邸に帰ったら、誰もが祝いの言葉を掛けてくれた。わたしは褒められることに飢えていた。うれしかった。

次いで十二月には侍従を命じられた。これもよくわからない。朝廷に関係することだと、何となく理解した。まあよい。わたしがわからないものを、君に話すことに意味があるのかどうか。ついにお国入りのお許しが出たのは、文久二（一八六二）年夏だ。文久という元号はわかるか。

そうか、わかるか。この頃の元号は難しいぞ。安政七年が、桜田門外の事件の直後、万延と元号を変えた。だから次の年が万延二年だ。ところが二月にまた急に元号を変えた。これが文久だ。君はわかるらしいが、わたしは当時は訳がわからなかった。

実は万延元年には、桑名でもたいそうな事件が起きていたのだ。高潮に見舞われて、堤防が二カ所切れたという。高潮というものも、また堤防が切れるということも、いったいどんなことなのか。見当もつかなかったが、上屋敷内も天地をひっくり返したような大騒ぎだったから、よほどのことだったのだろう。桑名にての一大事。そう密かに思った。故郷《くに》を知っている者は、来る日も来る日も複雑な顔をしていた。次々と早馬を使って知らせが来たが、海の水が桑名城内にも周りの武家屋敷にも流れ込んだという。

自分は、「城の脇を流れるのは、川ではなかったのか…」などと、違うことを考えていた。理解できないものの、藩主として指示を出さなければならない。居並ぶ衆目の中、「ご差配を」と求められたとき、「各々状況をよくつかみ、すみやかにできる限りの対応を図れ」などと、通り一遍の言葉を声高に述べた。どよめきが起き、誰もが「ははーっ」と低頭した。小姓の立見は一段落したあと、にこやかに近づいてきて、「殿、それでよろしうございます」と耳打ちしてくれた。これが頂点に立つ者の役目か。少しだけ納得した。

あわただしい日が少し続いた後に、待ちに待ったお国入りの日がやってきた。

屋敷を出たのは、忘れもしない文久二（一八六二）年六月二七日。自分としては、東海道を行列を組んでのんびり歩きたいという気持ちもあった。どういたしましょうか、という問いかけもあった。しかし、藩財政を考えた上で海路を選んだ。先日の上洛にて、自分は船旅の便利さをしっかりとつかんでいる。それまで船酔いに対する話も様々聞いていた。改めて藩主であるわたしの身を心配する家臣もいたが、過日乗った折も、いっさい気分を害することはなかった。自分は船の旅は問題ない。

しかし、今回は廻船だ。まだ蒸気船というものは我が藩には手が届かなかったらしい。「現在購入を検討中です。申し訳ございません」という家老吉村外記の声も聞いた。

わたしは少し厳しい顔を作って、「次の機会でよい」と答えた。しかし桑名藩は、とうとう汽船を買うことはできなかった。藩財政が傾いたままの交渉で、明治まで縁がなかったのだ。だが自分はこののち、汽船には嫌というほど乗る。まあそれもいつかの機会にでも話そう。

ところで驚いたのは、帆船は汽船と違って夜は動かない。暗くなったら岸の見えるところで停泊したまま朝を待つ。そして夜明けと共に帆を上げる。のんびりしたものだ。それでも、東海道を行列を作って行くよりはよほど早く、そして安上がりらしい。

四日目の昼には、船は伊勢の海に入って広い湾を北上した。だんだん陸地が狭《せば》まってくる。右手には葭原、左手に高い堤が続いた。堤の末に立派な櫓《やぐら》が見え、これが天守閣かと思ったらそうではなくて、蟠竜櫓《ばんりゅうやぐら》という桑名城の入り口だった。

君は、広重の「東海道五十三次」の浮世絵を見たことがあるか。中の桑名宿に描かれている櫓だ。

ない。

知らない。

いや、ないのなら結構。気にしなくてよろしい。しかし、東海道五十三次浮世絵も知らないか。これは驚いた。広重の浮世絵を、近頃の新聞記者は知らんか。浮世絵は知っているか。

あまり知らない。水墨画はどうだ。

そうか、いつの時代も滅んでいくものはある。誇るべき日本の文化だと思ったが、消えていくのか。

いや、独り言だ。戻そう。

文久二年七月二日、いよいよお国入りした。言ったな。わたしは、気持ちが高ぶっていた。わかるか。将軍と初お目見えしたときとは違う高ぶりがあった。それが、例の二回目かと言うのか?

それは違う。高ぶったといっても、だんだんこみ上げてくる感情だ。そんなことは何度もあった。まあよい。説明するのは難しい。いや、怒ったわけではない。気にするな、続けるぞ。

帆船から小舟に乗り換えたが、これがなかなか難しい。わたしはすっかり紺袴の裾をぬらした。これもよし。いよいよ上陸。七里の渡しから城内に入った。上がったとたん驚いたのは、城の中に宿屋が並んでいることだった。あとから思えば、桑名は東海道有数の宿場町なのだから当たり前だ。しかし城内の、それも本丸のすぐ脇を旅人が行き交い、それを宿女たちが当たり前のように客引きしている。横を大名篭が通る。もちろん自分が通るときには客引きなどしていないが、真剣に驚いた。

びっくりすることは、ほんの序の口だったがな。言ってみればわしは「井の中の蛙《かわず》」だったのだ。世のことを何も知らなかった。当たり前だが、このあと次から次に発見があった。見るもの聞くもの、何もかもが驚愕《きょうがく》だった。気を失うほど驚いたことが何度もあった。目から鱗が落ちたとかいうが、まさしくそれだ。

暗くなってきたな。雨脚は少し弱まったようだが、今日はこれくらいにしておくか。君に再び話を聞く気があるなら、次の楽しみにとっておく時間になったようだ。お互い疲れてきた。今日の所はお開きにしよう。

最後に一つ失敗談を付け加えておこう。江戸城とは比べものにならないが、そこそこ立派な本丸御殿に入った。ここが自分の居場所。思っていたような、丁重な対応を受けた。到着翌日早朝、城下の桑名藩菩提寺に連れて行かれた。城の真西にある照源寺という古刹《こさつ》だ。山際にあり、妙に木立が頭の上に覆《おお》い被《かぶ》さってきた。順々に先祖の位牌に向かい、忠節を誓う。

松平家といっても、違う系列もある。名前を知っているのは、父君と松平定信様だけだったが、定信様を含めて、次から次に講釈を受けた。この事態は予想していたものの、次第に頭が混乱してきた。

「殿、何かお尋ねになりたいことでもございますか」

家老の奥平八郎左衛門が一休みと思ったのか、こう声を掛けてきた。

何を聞いていいのかさえわからない自分は、目を擦りながらこう尋ねた。

「美濃高須藩の陣屋は、桑名からそんなに遠くないと聞いたが、どちらの方角だ」

奥平は、「はぁ」と唸《うな》ったまま、答えなかった。返答のないのを不満に思い、続けてこう聞いた。

「輪中というのは、どこのことを言うのだ」

これに対しても、皆が顔を見合わせたまま答えはなかった。周りが静まりかえった。ややあって、もう一人控えていた森弥一左衛門という公用人が口を開いた。

「輪中とは、見渡す限りすべてでございます。強いて言えば桑名城のある場所も輪中ということができます」

いかにも気を遣った物言いに、端《はな》からしくじったと密かに思った。そのせいでもあるまいが、桑名に入った夜から発熱、おかしな病気に罹ってしまった。病名は麻疹《ましん》。そう、今で言う「はしか」だ。おかげで、藩士たちとの接見が数日遅れた。ここでもしくじった。


〈桑名藩〉


かつて東海道には、恐るべき通行の難所があった。行き交う旅人たちが、過ぎるのに大変苦心したところ。鈴鹿や箱根の峠、大井川や天竜川よりも、比べものにならないほどの桁違いの難所。平成の今は、何のためらいもなく通り過ぎる場所だ。聞いたら、誰もが不思議に思う。それはいったいどこか。じらさずに答えを言おう。

尾張と伊勢の国境にあった。ここに、人の行き来がきわめて困難な、大湿地帯が広がっていた。海なのか川なのか、陸なのか干潟なのかよくわからない広大な土地だ。

湿地沿いにつなぎつなぎ作られた街道は、常にぬかるんでいた。少しだけ乾いた砂地の上を歩けば、すぐに足を取られる泥地に出会う。やっとのことで抜けれると、今度は濁流渦巻く大きな流れがある。その都度、旅人は舟に乗り換えなければならない。小銭を渡し乗船、足下を濡らしてやっとのことで丘に上がれば、また遙かに生い茂る芦原。

触れたように、人々はあたりをまとめて「大川」と呼んでいた。何本かの流れがからみあって作った、未曾有《みぞう》の難所である。京から東国へ行く旅人は、常にこの場所と格闘した。

いくつかの別の道も考えた。

まずは大きく山道をとる方法である。江戸時代で言えば、中山道がこれに当たる。現に参勤交代の大名行列は、多くが中山道を通った。遠回りで、なおかつ上り下りの多い山道をわざわざ通ったのは、この湿地帯を避けるためである。大人数の移動には、少々長くまた高低差があっても、中山道のほうが確実に通行できる。

山道が嫌な旅人、つまり足腰の弱い者か、あるいは山賊を恐れての女旅は太平洋脇を歩いた。そして尾張国、熱田神宮あたりまできたら、北へ大きく迂回した。美濃関ヶ原を通る道である。大人数の行軍も、この道が便利であった。

もっともこの街道も、三度以上は大きな河を渡らなければならない。着物の裾を濡らし、小舟を乗り継がなければならない。馬や大八車はなお困った。実に不便で面倒くさい。

では、いわゆる東海道とはどこを通っていたのか。鎌倉に幕府があった頃までは、三河の国碧海《へきかい》から、海を小舟で対岸の半田亀崎まで渡る。知多の半島を徒歩で横切り、野間という小さな湊から伊勢の海を阿野津《あのつ》（現在の津市）まで船で渡った。そして鈴鹿山脈を超え、陸路京あるいは奈良へ入る。それが室町後半くらいから少し北へ上がり、知多大野という港町から、対岸の伊勢白子《しろこ》（現在の鈴鹿市）へ渡る。そして同じく山道へ。

江戸時代になると、道がさらに整備されますます北へ上がる。名古屋熱田《あつた》神宮脇に宮の宿ができ、桑名まで「七里の渡し」が作られた。現在の距離にして二十八キロメートル、まさしく七里の船旅をした。

長い海路が苦手な人々は、もう少し陸路を進んで、佐屋《さや》宿まで歩き、そこから桑名まで小舟で行く「三里の渡し」もよく使われた。

天気のよい日は、さぞかし快適な旅だったろう。何せ歩く必要がない。のんびり舟に揺られているだけで、七里稼げる。普段は二刻《ふたとき》（約四時間）、風向きさえよければ一刻半の旅であった。江戸から伊勢神宮、または京まで行く旅人たちは、この船旅を心から楽しんだことだろう。船賃も、米一升ぶんくらいと、そんなに法外なものではなかった。

しかし、天候がよければという前置き付きである。少し風が強ければ舟止めになり、大雨が降っても欠航である。

舟は、多くが四、五人乗りの小さなものだ。中には四十人から五十人乗りの大型船まであったが、どちらも天候に大きく左右された。もし大名行列なら、大型船を何度も行き来させなければならない。うちに、たいてい雲行きが変わる。大人数でも一人旅でも、行き来に困難なことには代わりがない。その度に旅人は足止めをくう。宿場でむなしく日を過ごす。今からは考えられないような旅であった。

話が変わるが、東海道に関してこういう問題を知っているだろうか。江戸時代の東海道五十三次で、一番宿屋の多かった宿場町はどこか、また二番目はどこか。

答えは、一番が名古屋宮宿で、二番が桑名宿である。この一、二位は残りの五十一宿と比べ群を抜いていた。述べたように、渡しは気候に左右され、欠航も多い。舟が動かなければ、港の宿屋で日々を過ごす。行き場のない旅人は、何日も何日もこの宿場で、舟を、つまり天候改善を待って時間を費やした。

致し方ない。地形から見れば、東から陸地づたいに辿って、今の名古屋市熱田区あたりで陸地がとぎれ、逆に西から来れば桑名でとぎれた。その間には、見渡せないほどの芦原が広がる。いきおい宮と桑名は、古来から交通の要地として重要な役割を果たしていた。
宮の方はさておいて、桑名に目を向けてみよう。東西交通の分岐点であり、古代より歴史上の大きな出来事にたびたびその名が出てくる。壬申《じんしん》の乱では、大海人《おおあまの》皇子逃亡の経路であった。皇子は首尾よく東国へ落ち延びたあとは、陣形を立て直して近江へ取って返し、弘文天皇の軍を打ち破る。そして天武天皇として即位した。

南北朝時代や戦国時代でも、幾度となく歴史の舞台となった。輪中に起こった長島一向一揆は、織田信長の足下を揺るがす難敵であった。

旅人も東国から上方へ向かう場合、多くが桑名を経由した。西国の玄関、また伊勢神宮の入り口でもある。江戸時代、天明年間以降のことであるが、伊勢神宮の一の鳥居は、七里の渡しを上がったすぐに造られた。伊勢参りが盛んになった頃には、宿場町としての役割がいよいよ増す。東日本からの伊勢参りは、必ず桑名を通った。

商業も古来より盛んであった。様々な物資の集積地として、商人たちが力を発揮する。すでに鎌倉時代より活気ある町が作られ、室町末期になると地元住民による自治が行われた。財力豊かな大商人たちが戦国大名の支配を実力で退け、町のぐるりを堀で囲んだ「我々持《われわれもち》の町」と呼ばれる自治都市を作り上げた。

戦国時代の自治都市といえば、泉州堺が思い浮かぶ。次には京都、あるいは奈良の今井町、九州博多あたりか。歴史の表舞台に立った町の名が出てくる。しかしここ伊勢の地でも、伊勢神宮の玄関、大湊《おおみなと》とともに、桑名は確固たる自治都市として君臨していた。帆船を使った運送業が盛んで、領地争いに明け暮れる地方豪族に飽き飽きした商人たちが、財力にものを言わせ桑名を統治していた。人呼んで「十《じゅう》楽《らく》の津」。

大いに隆盛を極め、戦国時代において桑名は日本有数の貿易都市となった。

その十楽の津を侵攻したのは、やはり織田信長である。圧倒的な武力で町衆を支配下に治め、甲賀の忍者あがりといわれている滝川一益を領主として置いた。商人を力づくで支配し、貿易利益を横取りした。述べたように、桑名脇の長島輪中には、当時信長に敵対する本願寺勢力の中心地があった。この攻略拠点としても、桑名は重要な役割を果たす。天正二（一五七四）年に長島一向一揆が鎮圧されたあと、滝川一益自身が長島城へ移り、この地には一益の代官が置かれる。

当時の桑名城は、現在よりかなり山側にあった。天正十九（一五九一）年、豊臣秀吉天下統一後に一柳右近が入府、今の揖斐川沿い、州の上に城割を始める。これが現在の桑名城の基となる。

さて関ヶ原。

豊臣方の勢力が駆逐され、街道の重要拠点桑名には、徳川四天王の一人本多忠勝が入る。忠勝は勇猛果敢で知られ、その武功は枚挙に暇《いとま》がない。古くは三河一向一揆の鎮圧、近江浅井氏との姉川決戦から、小牧長久手の役。果ては関ヶ原の西軍凋落などが挙げられる。

彼の武勇は敵将からも愛された。織田信長には、「花実兼備の勇士」とその並はずれた技量を讃えられ、豊臣秀吉にも「日本第一、古今独歩の勇士」と称された。徳川幕府は彼がいなかったら存在しなかったのではないかとさえ言われた。

そして江戸幕府成立後に、褒美《ほうび》として東海道の要地桑名入封となる。以後幕末まで、桑名は、譜代大名の中でも武勇を誇り、徳川家にとりわけ忠誠を尽くす大名が位置することとなった。

本多忠勝は、入城と同時に一柳氏の城割改修を受け継いだ。述べたように、以前の桑名城は今よりかなり山の手にあった。そこへ、「慶長の町割」と呼ばれる大改修を実施する。従来の商人町はなるべくそのままにし、揖斐川沿いに当時流れていた町屋川の流れを付け替え、四重の堀を整備した。堀の間には、それぞれ武家屋敷を造った。結果として桑名という町は、土地の高い方が商家、低い方が武家という配置になる。これがのちに武家に幾たびか苦難を与えることになるが、詳しくはまた述べる。

東海道の宿駅制度も同時に整備され、桑名は東海道四二番目の宿場町となった。本丸すぐ脇に海上七里の渡し船着き場が作られて、上陸した旅人は桑名城内の街道を歩く。街道は内堀と平行して走り、行き交う人は桑名城本丸長塀を横目に見ながら、足を進める。つまり城内に東海道が走っていた。

これは別に珍しいことではない。東海道にある城下町で宿場を兼ねているところでは通常のことであった。例外なく城内に東海道が引き込まれ、旅人はそこを歩く。例えば岡崎宿だ。名古屋城より大きな城割がなされ、中に東海道がちょうど岡崎城をぐるりと迂回するように設置されている。街道は幾度も折れ曲がり、寺町や商人町を通る。地元ではこれを、東海道「二十七曲り」と呼んで現在も大切に保存している。

すべては、西からいつか進軍してくる敵を迎え撃つためのものであった。述べたように、仮想敵国は当初は大坂の豊臣家。慶長十五（一六一五）年に豊臣が滅んでからは毛利、あるいは島津に対する防衛を考えてのものであった。

桑名藩も同様に対策を考え、城内の少し高くなった土手の上に街道を置いた。船上の旅人は、城を脇目に見ながら北の端、蟠龍櫓と呼ばれる隅櫓の脇へ上陸し、今度は歩いて城の西沿いを南下する。

街道が整備されるのと同時に、いざという時には戦闘の拠点となる城郭寺も数カ所設けられた。また同業者を集めた町屋町も造られる。現在も残る魚町、船町、鍛冶屋町、油町などが、城下の西側に配置される。その東側が武家屋敷。

これは実に不思議だ。冬に北西の鈴鹿降ろしが吹き荒れる風下側に武家町。火事延焼の心配が大いにある。さらに述べたように、東側は水害の被害を受けやすい低地である。それだけ桑名が商業で栄えた町だからということか。まただ単に、昔からの商家を立ち退かせることに藩主がためらったのか。

桑名城主の話に戻ろう。徳川幕府最初の領主であった本多忠勝が現在の城割を行った。根本的な町の改修を行い、該当の住民を全戸立ち退かせた。幾筋もの堀をめぐらせ、城下町を形成。揖斐川に面した北西の端に、四層の天守閣を建立し、周囲に本丸、二の丸、三の丸屋敷を配置した。またその外側に武家屋敷を建てた。

彼は慶長十五（一六一〇）年、桑名で亡くなり、浄土寺に葬られる。あとを息子の忠政が継いだ。忠政は大坂の陣にて大活躍する。特筆すべきが、大坂城内堀事件である。外堀だけを埋めるという講和条件を無視して、内堀まで埋めてしまったという例の出来事だ。結果、大坂城は裸城になり、そして夏の陣を迎える。落城。言い変えれば、大坂城攻略の影の功労者であり、認められ、戦後に姫路十五万石へ転封された。

ちなみに忠政の息子が忠刻《ただとき》で、夏の陣で死んだ豊臣秀頼の妻千姫と恋に落ちたことでも知られる。城から助け出されて江戸へ下る時、船上で手を取り導いてくれた忠刻に一目惚れした千姫は、父秀忠に願い出て桑名に嫁ぐ。元和二（一六一六）年のこと。秀忠は嫁入りに際し、化粧料として十万石を与えている。

翌元和三年、本多忠政は述べたように大坂夏の陣の功績をもって姫路へ移封される。千姫もそれに従い、姫路入り。そこで一男一女をもうける。大坂城攻略の殊勲者の息子と、落城側の正室が恋に落ちるのは奇妙にも感じるが、いつの世も、男女の仲に理屈はないということか。

さて本多家転封後の桑名には、松平定勝が入る。彼は徳川家康の種違いの弟であった。家康の母である於大《おだい》の方が、岡崎を出され久松家に嫁いでから産んだ子である。ために久松姓を改め、松平を名乗ることを許された。

久松松平家直系の桑名支配は二代続いた。定勝の子の定行が、伊予松山に十五万石へ移封。定行の子孫たちは、そのまま伊予で幕末を迎える。この処置は、移封というよりも支藩を作ったと考える方がよいだろう。伊予松山藩は幕末において、対長州戦で特異な役割を果たすが、別の機会に記したい。

松平定行が去ったあと桑名は、松平定綱が藩主として入る。大垣にて六万石の大名だった人物である。入封に際し五万石の加増を頂き、桑名十一万三千石の藩主となった。この定綱は定行の実弟であった。若年の折、荒川家に養子に出され、その後桑名へ、実兄の跡を継いで藩主となる。つまり、久松松平家は形を変えて存続したこととなる。

松平定綱は、多少ゆるんだ藩政の改革に努め、灌漑《かんがい》用水の確保、新田開発等に尽力した。彼の治世に約四万石の新田が開発されている。また産業を振興し、茶や温州《うんしゅう》蜜柑《みかん》などの特産品を開発する。有力家臣も進んで抱えた。吉村家、久徳家、伊賀忍者の流れを汲む服部家など、名門武士を家老として迎えた。それぞれ石高も高く、とりわけこの物語の後半で大きな役割を果たす吉村家は、一族で一万石を所領していた。

定綱は学問も奨励した。藩校「立教館」を城内に設立し、家臣の子弟を学ばせた。儒学や書、そろばんや、今で言う高等数学までたしなませた。

彼の治世は十七年に及び、在位中に桑名の経済は飛躍的に上昇する。しかし繁栄は長く続かなかった。

定綱の後を継いだ定良は、幼少より病弱だった。領主就任後のわずか五年後に病死。急遽支藩となっていた伊予松山より跡取りを迎える。これが松平定重である。彼は五十三年という当時としては驚異的に長い在位を数えたが、在任中洪水が相次ぎ、藩南部に作られた干拓地の新田は、毎年のように水没した。

凶事はなおも続く。元禄十四（一七〇一）年二月、町の西から上がった火の手が、鈴鹿降ろしに吹きさらされ、桑名城を含む町のほとんどを燃えつくした。城の北東端にあった四層の天守閣も焼失し、以後再建されていない。武家町も見事に焼け野原になった。町の配置についての予感が当たったのである。

さらに悪いことに、宝永四（一七〇七）年に再び大水害と、また地震による津波が相次いで起こった。藩全体で六万石の被害を出すに至る。余談だが、この年は富士山が大噴火した年でもある。日本中が安政年間と同じく、大きく鳴動していた。

焼け野原になり水没した桑名において、ある事件が起きる。藩の復興に大きな成果を上げた野村増右衛門という男がいた。彼方の出来事であり出自を詮索することはできないが、それまで藩史等に名前が出ていないことから、低い身分の者だったと想像できる。野村は行政能力に優れ、被災地を実際に指導して、瞬く間に桑名を立ち直らせた。成果を感じとった定重から重用され、やがて藩内で要職を占めるに至る。藩主のすぐ下に大奉行という地位を特設し、家老以下を押さえて強大な権力を握った。大栄進である。

それを妬んだ重臣たちの讒言《ざんげん》により、失脚。ばかりでなく本人を含め一族全員が処刑された。いつの時代も保守的旧体制と、実務的な新勢力との衝突はある。結果、保守側つまり権力側が勝って、出る釘が打たれてしまうのは世の習いであろうか。時代劇に出てくるような、典型的なお家騒動であった。

この騒動を幕府が知るところとなり、宝永七（一七一〇）年、とがめられた定重は越後高田へ転封される。藩内の混乱を考えれば、公儀による裁きも当然といえる。

藩主不在となった桑名には、また松平姓の大名が入封する。陸奥国白河にて十五万石を頂いていた奥平氏である。もとは三河の地方豪族であった。武田勝頼との長篠の戦いにおいて功あり、取り立てられ家康の娘婿となって松平姓を許される。

以後、徳川家の有能な駒となり、各領地を転々としていた。桑名では十万石に減封されての着任となる。こうした場合、通常は家臣を三分の二にして国替えするのが通常だが、減員するを好まずそのままの陣容にて桑名へ入る。いきおい、桑名城近郊に多くの武家屋敷が増築された。当然、財政に苦労する。

そのせいもあって、七代百十余年に渡る治世で、藩内を引き締め、厳しく領民に税をかけた。藩の収入を少しでも増やそうと尽力したわけだが、ために大きな農民一揆が二度起きている。二度とも幕府の指示を細かく受けながら、やっとのことでこれを鎮圧する。

文政六（一八二三）年になり、奥平松平氏は理由がないまま移封の命を受ける。行く先は武蔵国忍《しの》。これといった不祥事もなく、また一揆もさっぱり収まったのちの幕府の処置に、藩は大きく動揺した。だが公儀の命は絶対。藩中が引っ越しに力を合わせた。

費用は、当時の桑名最大の豪商だった山田家から十万両を借り受けた。山田家はこの転封にしたがい、武蔵国へ身代のほとんどを移転、その地にて藩のお勝手商人に取り立てられている。

代わって桑名へ入ったのが、かつて藩主であった久松松平家である。つまり百年以上の歳月をへて出戻った格好だ。この時久松松平家は奥羽白河藩主で、白河から桑名へ移動。その白河へは武蔵忍藩の阿部家が入った。三藩主が、玉突きのような形で動いたこととなる。

久松松平家は、宝永八年に越後高田へ転封後、陸奥国白河藩へと再び移動していた。転封後二代目の定邦に子がなく、御三卿の田安家から養子としてもらいうけたのが松平定信である。彼は八代将軍徳川吉宗の孫にあたるが、白河藩主就任後の天明飢饉にても、藩内に一人の餓死者も出さなかった。功を認められ、田沼意次失脚後の幕政に新風を吹き込むよう、老中に抜擢された。家柄としては異例の人事であるという。天明七（一七八七）年、定信三十歳のこと。

さらに筆頭老中となり、思い切った改革を断行する。これが寛政の改革である。

祖父吉宗の改革を手本とし、質素倹約に努め、武芸を奨励。また農業を重視し、財政の引き締めを行った。改革は多岐にわたり、武家だけでなく庶民にも統制を強めた。浮浪者を集め人足寄場を作るなど、ある程度の成果を上げたものの、田沼時代の重商主義が懐かしかった人々からは不評を買う。「白河の 清きに魚も住みかねて もとの濁りの 田沼恋しき」などという狂歌も読まれた。白河とは白河藩主だった松平定信のこと。水清くして魚住まず。昔の汚れていた田沼（時代）が懐かしいという意味である。

定信は三十六歳にて中央から引退し、再び白河藩へ戻る。二十年ほど藩主に専念したあと隠居、幕府より頂いた江戸築地の浴恩園にて、悠々自適の生活を送った。久松松平家が寒い奥州白河から再び桑名の地へ戻れたのは、この論功行賞であったと考えるのが一般的であろう。

話を戻すが、文政六年の玉突き移封により、松平定信の考え方が染み込んだ潔癖な藩士たちが、百十余年の期間を経て桑名へ戻ってくることとなった。この時の石高十一万三千石。越後に五万石の領地を持ったままの入封である。飛び地は、実際には十万石を超える収穫を上げていたというが、詳細は不明である。今も昔も越後はおいしい米の産地であり、桑名藩にとっては、非常に大切な資金源であった。特に新田開発で作られた干拓地がたびたび水浸しになる事態が続いた江戸後期、窮乏した桑名藩にとって、頼みの綱となる場所であった。

越後という場所が、この著の主人公松平定敬の藩主としての転換点となるが、物語の展開に従い、のちに述べたい。

さて、桑名入封時の藩主は松平定永であった。定信の長子である。家臣は定信の息の掛かった者ばかりで、定信を鎮国大明神として崇《あが》め奉っていた。定信の思想の中心は幕藩体制擁護である。家臣団がこの考えで凝り固まっていた。幕末において、桑名が佐幕の中心になるのは、藩独自の哲学が関わりあるといえよう。

定永の弟、つまり定信の二男であった幸貫《ゆきつら》は信州松代藩へ養子として入り、藩主として活躍、幕末には請われて老中にもなっている。親子そろって、斜陽期の幕府を懸命に支えた。

定永に次いで、桑名藩主は定和、定猷《さだみち》と続く。定和は水戸藩からの養子であり、尊皇思想に傾倒していた。彼の就任で、桑名藩の藩意は尊皇、佐幕が入り乱れることとなる。

定和の子定猷は天保十二（一八四一）年に家督を相続した。当時八歳。定猷が藩主の時に黒船が来航し、日本が世界の潮流に巻き込まれる。この嘉永六（一八五三）年、国中大混乱の中就任した将軍が十二代徳川家定である。定猷は将軍と同じ字を使用しては不遜であるという判断から、「定」の字を取り、「松平猷《みち》」と改名した。

将軍家定についての評価は大きく分かれる。幼児並みの頭脳しかなかったとか、てんかん気質であったとか、あるいは努めて暗愚を装っていたとか様々である。

さておき、着任と同時の黒船来航。アメリカとの交渉において将軍としての力を発揮できずに生涯を終える。家定は正室を二人得るが、共に早世《そうせい》。三人目の正室として薩摩から縁づいたのが篤姫、のちの天障院である。

黒船来航の話題に移ろう。ペリーの国書を幕府が受けとったのち、開国か攘夷か国論が真っ二つに分かれていた。あわてた幕府は、きわめて異例であったが、諸大名から広く意見を求めた。時の筆頭老中阿部正弘の私案にして、徳川政権下で初めてのことであった。

松平猷は、意見書を嘉永六（一八五三）年八月に幕府へ提出している。黒船が浦賀へ来たのが六月、意見書の提出を幕府が求めたのが七月。素早い対応といえよう。内容はおおむね次のようなものであった。

「清国など海外の情勢から見て、今アメリカの要求を拒むと、戦争になるのは避けられない。しかし今の我が国の情勢から、外国の軍備に対抗するだけのものはない。ここはとりあえず要求をのんで通商を行う。そして時間を稼いで軍備を増強。外国と対抗できる力を養い、その上でアメリカなどを退けるべきである」

衆目を納得させる内容であった。当時松平猷はわずか十二歳。政治の中央へのデビューとなる事件であった。残念ながらこの意見は表だって取り上げられることなかった。「これはよい判断」と一部に評価されるも、おおむねは江戸城内でむなしく空論を繰り返すのみで、前向きな決定はなかった。

時は過ぎる。江戸湾内にお台場を作りかけただけで、翌年のペリーの再航を迎える。

この年松平猷は、正室として松代藩から貞姫を迎えた。姫は桑名松平家から松代へ養子に入った真田幸貫の孫である。天保五（一八三四）年生まれ。猷と同年であった。安政四（一八五七）年二月に、桑名藩江戸屋敷にて長女初姫が生まれる。同時期に、正しくは二ヶ月後に、側室が桑名にて長男万之助を産む。二人は二ヶ月違いの同い年であった。さらに別の側室が、翌年次女高姫を江戸にて産む。一年半の間に、猷は三人の子をなしたこととなる。

同じ年の六月七日、猷は桑名に戻った。休む間もなく、同月二十一日に京都警衛役を仰せつかる。安政五年と言えば、すでに京都は不逞浪士の巣窟であった。勤王の志士と言えば聞こえはよいが、ほとんどは食い詰めの浪人である。それも仕方ない状態ではあった。下級武士の収入は決まっていて、どんなに世が動いても同額。それが経験なき物価高で、これまでもらっていた家禄ではまったく食っていけない。れっきとした藩士でも、家族を養うことが不可能になる。

内職しても、また武士の命である刀を売りさばいても焼け石に水。いきおい、次、三男はおろか、妻子を抱えた者でも脱藩し、金を求めて諸国をさまよった。脱藩というと坂本龍馬が思い浮かぶ人も多いだろうが、彼のように大志を抱いて故郷を出る武士は稀で、多くが生活困窮者であった。したがって人間としての価値そのものが低い。もっともそういった輩の中から、明治に元勲と呼ばれる人が出てきたことも事実だが…。

話を戻す。京都の治安維持を桑名藩に求めたことは自然の流れであった。松平猷はそれに乗る。桑名藩は、触れたように松平定信公の流れを汲む幕藩体制維持の本流である。警衛役を名誉にこそ思え、反対する者は藩内に一人もいなかった。

京都警衛役とは、古くは鎌倉時代にその原型はあった。歴史という河の水面に、消えたり浮かんだりする役職であった。この度は京都の治安が最低であり、力ある大名にその役目を託したということであろう。選任にあたり、先年の意見書が突然浮かび上がってきた。若いが松平猷という桑名藩主はなかなか切れる。江戸城内で再評価された上での京都警衛役。以後、桑名藩と京都の関わりは明治維新まで続く。

だが京都には、所司代という伝統的な役職があった。京都所司代は江戸幕府の登竜門的役職で、所司代を勤めた大名はその後老中に栄転、というのが通常の道筋である。故に、各大名は争って所司代拝命に向け尽力した。さらに京都所司代はやりがいを感じる職務でもあった。西日本の目付役であり、日本の西半分を統括する大切な仕事。配下に、実際に京を警護する町奉行や、朝廷を監視する禁裏《きんり》付などが置かれた。もっとも幕末の頃は、名誉職に成り下がり影響力は低下する。それが京都守護職という臨時職の設置にもつながるのだが、この点についてはまた述べる。

さて、触れたように京都警衛役も臨時職であった。桑名藩は京丹後路、地区で言えば、加茂川から大井川までの警護を任される。東山は範囲にないものの、内裏《だいり》は含まれる。担当地域は京の中枢である。猷は京へ赴き、鷹ケ峰常照寺に本陣を置いた。この時はすぐに撤収するも、少なくない数の家臣を京に常駐させた。こうした体制も、鳥羽伏見の戦いまで続く。

直後、江戸へ東下した猷は、長旅の疲れが出たのか、翌年の安政六年八月中頃、病で伏せるようになった。初めは微熱程度であったというが、病状にわかに急変し、八月下旬に急死した。死因は定かでない。享年二十六歳。家臣はうろたえた。逝去を隠し、すぐさま跡目相続の相談に入るも、議論は沸騰した。

嫡子万之助はわずか三歳。世の中が鳴動し、いつ戦乱が始まるかもしれない時期である。領地桑名は東海道の要所。さらに京都警衛役を仰せつかり、その務めも尋常ではない。乳飲み子に藩主が務まるのか。江戸表でも桑名でも、夜を徹して会議が続けられた。

会議の結論は承知の通りである。尾張支藩高須藩に聡明な若者がいるという。御年十三歳。武芸や書画にも優れ、また若年に大病を患うも見事にこれをはね返し、身もいたって頑強。血を分けた兄君たちは、古くは尾張徳川家、すぐ上の容保は会津二十三万石に縁づき、いずれも名君として活躍中という。

これだ。

すぐさま使者が高須藩江戸屋敷に走った。時に、まだ先代松平猷死去は表沙汰になっていない。使者である家老吉村外記に、高須藩主松平義建はにやつきながらこう言ったという。

「我が藩は三万石とはいえ、御三家尾張徳川家の御胤《ごいん》継ぎの家系である。譜代の桑名藩ごときが縁組みを望むのなら、それなりの用意はあると承知してよいな」

早い話が金だ。家老吉村は唇を噛みしめ頭を下げた。当時の例外なく、桑名藩の台所も火の車である。しかし、嫡子なしとて取りつぶしよりはいい。「なんなりと」と答え、内諾を得た。

猷の死後一ヶ月後の九月二十三日、美濃高須藩主松平義建の八男、鍥之助君を初姫の婿養子として迎え入れ、藩主とすることに決定した。そして、前日の九月二十二日に、前藩主猷が死去と幕府に届け出たのである。

かくして、桑名藩主松平定敬が誕生する。併せて松平猷は、晴れて元の定猷と改名し、葬儀を行うこととなった。ちなみに、「定」の字を使うをはばかり、改名の気配りであった相手徳川家定は、前年の安政五（一八五八）年七月に病死していた。

## 松平定敬㈡　桑名から京都へ

今日も来てくれたかね。一昨日は少し調子に乗りすぎたかもしれないが、どうだね、あんなふうでいいのか。

実はあの晩は妙に興奮して、床に入ってもなかなか寝付けなかった。君が聞き上手だったせいかもしれないが、昔を思い出して若返ったようだ。亡くなられた兄様のように、明治をいっさい語らず、と念じていたが、今日の話をする前に、お礼を言わなくてはならないかもしれないな。君の尋ね方のうまさにね。

いや、よい。自分が話したことは、君がどう使ってもよい。新聞に載せてもよいし、何なら腹の中に仕舞って、そのままでもよい。どっちにしてもすべて君の胸先三寸だ。任せる。何せ、三十年近く前の夢物語だ。前置きはこれくらいでいいな。始めるとするか。

確か桑名城へ入ったところまでだったな。何を話そうか朝早くから考えていた。まとまらないうちに君の姿が見えた。あわてたよ。これも前置きか、失礼。

病気になったというところで前回は終わったな。船に乗っている頃から、実は体が火照っていた。風邪だろう程度に考えていたら、本丸御殿に落ち着いたくらいから熱が出て、うちに体中に赤い斑点が出てきた。疱瘡ではない。なぜなら君も見てわかるように、自分は一度疱瘡に罹っている。あの病気は二度患いはない。

御殿医がやってきて、麻疹だと告げた。これも開国以来一気に日本中に広まった病気だ。今では「はしか」と言ったほうがわかりがよいかな。天平《てんぴょう》の昔からあるにはあったらしいが、大流行したのは幕末の混乱期だ。他の病気と同じで、死人もたくさん出た。わたしは家臣に移すことがないよう、奥深い部屋に押し込められて回復を待った。あっという間に日が経った。

二十日近く過ぎたと思う。あばた面の上の赤い斑点がさっぱり消えた七月二十日に、ついに大広間で家臣たちと顔を合わせた。

わたしは、こうした事態に慣れてきていた。居並ぶ家臣団の前に、遅れて入室。「面《おもて》を上げよ」と声を掛け、うやうやしい態度であたりを見回す。名乗った後、「父君には、まだとうてい及ばぬことが多い。よろしく頼む」と口を開いた。これでよし。

続いて家臣たちが、次々に名乗った。上席家老酒井孫八郎。溌剌《はつらつ》とした青年だった。自分より少しだけ年上に見えた。同じく家老、服部半蔵。伊賀忍者を祖先に持つ温厚な男だ。やはり若く、わたしと違って美形。江戸城半蔵門の名の由来となった人物の子孫である。自分は軍記物や絵物語はよく読んでいた。当然ながら服部半蔵は知っている。だが、子孫が桑名藩にいることを直前まで承知していなかった。少し驚いたものの、よく考えれば心強い。あとで知ったが、二人は実の兄弟だということだった。

家老はあと五人いた。奥平八郎左衛門、沢采女《うねめ》、三輪権右衛門、久徳隼人、兵藤八右衛門。次々と名乗った。ということは、江戸屋敷にいる吉村外記と併せて、全部で八人も家老がいるということか。家老が多い理由は、のち理解した。機会があったらまた話す。

その家老だが、二つに分かれていた。

分け方か。そう、歳だよ。かなりの大人か、そうでない者は自分とほぼ同い年だった。言ったように、江戸詰めの吉村は大人。四十歳前くらいか。父君から家老職を受け継いだばかりと聞いた服部半蔵や酒井は若い。家老は若い方が自分を理解してくれる、何となくそう感じていた。だが歳で括《くく》ることはできず、一人一人の感じ方で、のちの行動が決められた。当たり前だ。

例えばこのときもっとも高齢と感じた沢采女は、最後まで自分を擁護し、優しく温かく受け止めてくれた。御一新の混乱中も、常に自分に付き従い、最後は箱館まで行動を共にしてくれた。ついては心から感謝している。

奉行も七人紹介された。大目付、公用人と続く。筆頭公用人が、先に輪中について助け船を出してくれた森弥一左衛門だ。何かにつけてわたしを支えてくれた立見鑑三郎も、その中で名乗った。目が合って、互いに微笑んだのを覚えている。

部屋の中には五十名ほどか。いやもっといたかもしれない。見れば、わたしが一言話すたびに、涙ぐんでいる藩士もいた。驚いた。期待に応えなければならないと、改めて思った。その日から藩主としての仕事が始まった。

まずは領地見学だ。心配そうに「殿は乗馬はお得意でございますか」と聞いてきたので、「当たり前だ。無礼なことを聞くでない」ときつく言った。かわいそうなくらい首をすくめて公用人が下がった。少し悔やんだ。

時にあった笑い話を、一つ教えてやろう。家老の沢が領地巡りに行くと、自分の耳元へ近づいてきた。ひそひそ話で言うのは次のようなことだった。

「殿様。代々桑名に伝わる秘伝がございます。心してお聞きください」

わたしは身構えた。何を言うのだろうかと、体が強《こわ》ばった。

「渡しの船着き場から宿場町へ上がりますと、東海道が始まります」

知っている。うんうんとうなずいた。それでどうしたのだ。

「すると街道の真ん中に、高く大きな井戸が幾つか連なってあります。この井戸は、実は隠して平地にすることができるのです」

何の話が始まるのか、体を乗り出した。

「つまり、親藩、譜代の大名家が行列をなす折には、蓋《ふた》をして仕舞います。ご通行に便利になるよう、配慮するわけであります」

回りくどい言い方に少しだけいらだった。「それでどうした」とせかした。

「外様大名の行列の時には、また道の真ん中に、大きな井戸をこしらえるのでございます。通行の邪魔になり、少しでも行列が苦労して進むようにと」

耳を疑った。

「これは本多忠勝公以来の、桑名藩の秘伝でございます。薩摩や長門はおろか、他の外様大名に知られては大変なことになります。ゆめゆめご口外なさりませんよう」

開いた口がふさがらなかった。これが藩主が抱える秘伝か。二百五十年以上もこうしたことを続けていた。面白い。部屋に帰り、膝を抱えて一人大笑いした。

それにしても、桑名という場所は興味深いところだった。京から山を越えて続いていた土地が終わる。山際から木曽の三川に、地面がのめり込んでいる。蟠竜櫓に登って東を見れば、目の前は見渡す限り平らな平地。低い堤に囲まれた島が横たわり、それが長島。さらに向こうにも島があるという。

「これがお尋ねになられた輪中です」

立見が教えてくれた。ここから見ただけではわからないが、地形として理解した。

「輪中が切れた尾張藩側に、御囲堤《おかこいづつみ》があります」

御囲堤については聞いていた。尾張徳川家の領地及び農地を守るために、木曽川左岸沿いに、長く大きな堤防を築いた。その上で、伊勢、美濃にお触れを出す。「美濃側の堤は御囲堤より三寸低くすべし」と。

つまり大水になり堤が切れる場合には、尾張側ではなく美濃、伊勢側に被害がいくようにということだ。これはきわめて有効な洪水対策だ。

わかるか。川には両岸がある。大雨で水位が上がって、今にも堤が切れるという時、絶対に洪水にならない方法がある。それは向こう側の堤防が切れることだ。切れた瞬間にこちら側は安心だ。治水の歴史を紐解《ひもと》けば、大雨の折、自分の方に水が流れ込まないよう反対側の堤を力づくで壊しに行く。阻止しようとした人々と暴力沙汰になったなどという記録は、大河の中下流域に呆れるほどあったという。

要は自分の方さえ良ければ、相手方はどうなってもよい。その典型が御囲堤だ。さらにこの堤は、いざ西軍が江戸へ進軍してくるときの軍備上の防御線にもなる。これもわかるか。大川がお堀で、御囲堤が石垣だ。ここで、いつか来る東征軍を迎え撃つ。

続けるが、美濃側はしぶしぶこのお触れに従ったという。以後江戸時代の洪水は、ほとんどが、美濃、伊勢側で起こった。何度も何度も起こった。あまりの災害の頻繁《ひんぱん》さに、幕府が重い腰を上げた指図の一つが、薩摩に対する宝暦年間の治水工事だ。美濃の水害対策を、縁もゆかりもない薩摩島津家に命じた。島津は命を懸けてこれを遂行。何十万両の銭金《ぜにかね》と、多くの命を費やして工事を完成させた。完成後、現地指導の家老であった平田靫負《ゆきえ》は、責任を取って切腹する。無念であったろう。宝暦治水の恨みも、薩摩は執念深くもっていたに違いない。当たり前だ。

話が少しそれたな。

江戸のことだ。

自分がお国入りした年、つまり文久二（一八六二）年の八月に、起こるべきことが起きた。参勤交代が緩やかになった。というより、なし崩しになったのだ。大名が江戸藩邸へ定期的に行かなくてもよくなったというわけだ。

「将軍後見職」なる役に付かれた一橋慶喜様の進言による決定と聞いた。つまらぬところで金銭を浪費するより、国表《くにおもて》でしっかりと財政管理に励めということと理解した。何せ、あの頃の物価上昇はひどかったからな。日本国内にある金《きん》がどんどん外国へ出て行く。代わりに安い西洋の品物が、茶色い濁流のように入ってきた。国内の商工業者は、軒並みたち行かなくなった。ひどいものだった。目も当てられない。

大名家とても、家計は火の車だ。江戸と地方を行ったり来たりする暇があったら、藩財政立て直しという切実で喫緊な仕事をしろ、ということか。

参勤交代緩和には、もう一つ狙いがあったと思う。幕府にとっては、口うるさい大名家が江戸へやってくるの止めることができる。この頃には、もう大名の誰もが言いたい放題だった。てんで勝手に思っていることを口走る。議論なんてものではない。言った者勝ちだ。だが、誰がどれだけ力説してもまとまらない。かみ合わない。自分も横で聞いていて頭が痛くなった。みんな自分のことしか考えていない、そう思った。

だから参勤交代がなくなると、それらの顔を見なくて済む。将軍は、というか江戸表は一安心だ。わたしの考えすぎではないと思う。それくらい江戸の老中たちは、いつも渋い顔をしていた。

ところで参勤交代がなくなるということは、人質もいらなくなる。我が藩も江戸屋敷に住んでいる家族が帰ってくるということだ。八月中旬、母君である珠光院様とその娘の初姫、つまりわたしの許嫁《いいなずけ》、そして弟である万之助が帰ってきた。まだ乳飲み子の次女高姫も来た。珠光院様はともかく、初と会えるのは実は楽しみでもあった。あのやんちゃには正直癒される。案の定、お国入り早々に、初は人見知りもせず暴れまくった。

口癖は「その手は桑名の焼き蛤」だ。何に付けてもこれを一番に言いまくる。おかしいだろう。家臣たちは右往左往していたが、はっきり憎めない。

実はわたしは、少しだけ心配していた。ご覧のようにこの「あばた面」だ。自分の顔を見ておびえる子供もいる。高姫や万之助はまあよい。江戸屋敷の頃より少し物心ついた初が、わたしのことを気味悪く思ったらどうしようと考えていた。だが杞憂《きゆう》に終わった。顔を合わせたら、とたんに飛びついて頬ずりしてきた。小便臭い匂いがしたが、心底ほっとした。あのじゃじゃ馬は、本当に可愛い子だった。

折に、父君である元高須藩主松平義建様が亡くなったという知らせが入る。「喪に服しますか」という家老たちの問いかけもあったものの、自分は桑名藩主だ。葬儀をしにわざわざ江戸まで下る必要もない。ただ神棚に祈っただけだった。そのまま年の瀬を迎える。そして年が明けた。文久三（一八六三）年が始まる。

この年は体の休まることない一年となった。二月に江戸へ出立。

思えばそれまでの数ヶ月が、わたしの人生で一番の安住の時間だったかも知れない。気持ちが落ち着いていた。藩内をのんびり見て回れることができた。好きな乗馬にも励んだ。言ったかな。高須藩江戸屋敷にも馬場はあった。しかし、桑名城の馬場は比べものにならないくらい広い。本丸のすぐ脇、揖斐川に沿って長い砂場がこしらえてある。ここを駆け回るのは気分爽快だった。川風が頬に気持ちよかった。

川と言えば、舟遊びもした。釣りというのも楽しかった。あれは爽快だ。君はしたことがあるか。魚も名前もたくさん覚えた。そして焼き蛤はやはりおいしかった。

知っておるか。蛤は泳ぐのだぞ。船の上からあれを見たときは気を失うくらい驚いた。大げさではない。貝の口から水を吐き出して、河の中をすーっと進む。知らぬだろう。まあ、説明しにくいが…。

もちろんよいことばかりではない。桑名城は言ったように大川に面している。堀を二つほど超えた向こうは葭原が続いている。夏になるとそこから「ギョギョシ」と、一日中甲高い声が聞こえてくる。何か生き物の声だとはすぐわかったが、それにしてもすさまじい。朝早くから耳について気が休まらないほどだ。「あの声は何だ」と女中に聞いたが、用を得ない。女たちはいらぬ会話をせぬよう言い含められているようで、口数が極端に少ない。何人かに尋ねて、やっと「よしきり」という鳥の鳴き声だとわかった。姿を見るのになお一ヶ月ほどかかった。藩主というのは不自由なものだと痛感した。

ただし女中たちで楽しいこともあった。どの女も自分に優しかった。当時わたしは十六歳、もちろん色欲はあった。流し目をしてきたり、湯殿でそれとなく手を触れてきた女中には、はっきりもよおした。それがいわゆる「お手つき」を狙ってのことだとわかるには少し時間が掛かったがな。実際に手がついたかどうかは、言えぬ。

いや、失礼。話を続けよう。今日も楽しい。君は本当に聞き上手だ。相づちの打ち方も、すこぶるよい。続けるぞ。

楽しい時間はいつまでも続かなかった。述べたように、文久三年は目が回った。京都警備のご沙汰が下ったのだ。時に、京都蓮台寺に桑名藩の陣屋も完成していた。

それまで桑名藩は京都護衛役を仰せつかるも、陣屋は鷹ケ峯にある常照寺だった。有名な鹿苑《ろくおん》寺、金閣寺といった方がとおりがよいか、あのまだ北だ。洛中からは遠い。そこで蓮台寺だ。同じく御所から見て北西にあるものの断然近い。いざというときには四半刻もかからずに参上できる、ありがたい場所だ。そこへ入る。

忘れもしない二月二十一日、大安吉日だった。江戸を発ち再び桑名へ。一休みしたのち、鈴鹿を越えて京へ向かった。供はちょうど百名。軍事奉行に任命した杉山弘枝を先頭に、屈強な若手をほとんど連れていった。立見鑑三郎も含まれておる。当たり前だ。

家老は全員桑名へ残した。というのは、将軍家茂《いえもち》様が近々桑名に宿泊されるからだ。天皇とご会見のため上洛されることになった。将軍の上洛は、三代将軍家光様以来二百三十年ぶりという。自分が京へ行くのも、将軍入京について前検分の意味合いが強い。

さて、京へ入ったのが二月二十四日。すっかり春めいた王城は、以前とは比べものにならないほど活況を呈していた。道行く人もめっきり増え、以前は閉まっていた店も、大いに繁盛しているように見えた。

治安が戻った？　そうだよ。理由はあとでわかる。

そのまま隊列をなして蓮台寺野の陣屋へ入った。同じ頃、将軍家茂様の一行は桑名本統寺へ入られた。そこで御宿泊。本来なら大きな大名の宿泊は、二つある大きい方の大塚本陣に泊まる。将軍様とてそうしたいところだが、嘉永七（一八五四）年の大地震で大塚本陣が壊れたままだった。そこで、桑名城内堀脇にあるお寺に泊まられた。上洛が二百三十年ぶりなら、桑名に将軍が宿泊されるのも二百三十年ぶりだ。桑名をあげて歓待。翌朝発たれる。京への到着はすぐだ。

自分は先達として、都の治安を安定させなければならない。しかし、これ以上何をすればよいのか。潜んでいる浪士を片っ端から捕まえるか。中には志を同じくする勤王の志士もいるはず。また脱藩を明言していればよいが、言うだけで、本来は藩からの密命を受け、王城にて諜報活動をしている藩士もいるかもしれない。

一方で、長州藩士を騙《かた》る不逞浪人は多い。そんな似非《えせ》浪士は、切り捨ててもよい。だが長州の勢力は、相変わらず都にて強いものがあった。宮中ともつながっている。もし間違って本物の藩士を手に掛けたら、取り返しのつかない事態となる。見分けはどうするのか。

思案しているうちに、会うべき人にあった。会津中将殿、つまり我が兄松平容保公である。容保公はこの前年、文久二（一八六二）年八月に、京都守護職という役目を仰せつかっていた。入城したのは、四ヶ月後の師走二十四日のこと。自分が上洛するわずか三ヶ月前だった。

京都守護職という耳慣れない役職は、会津中将様のためにできた。同じく一橋慶喜様が関わったという。治安の乱れた京の町を治めるために、幕府が特に定めた。それまで京都支配の頂点は所司代。所司代は西日本の御家人には睨《にら》みがきくが、朝廷や公家、または公家とつるんだ攘夷派の大名などには、立場上声が掛けられない。

それより何より、所司代そのものが緩みきっていた。所司代の配下が、といい直した方がよい。天下泰平に慣れ、有事に対応する能力が欠如していた。早く言えば弱虫の集まりだ。与力、同心は言うに及ばず、捕り方すべてが役に立たない。こんな奴らに浪士が捕獲できるはずがない。出会っても、すごまれたら終わりである。

知恵を絞った幕府が、すべてを投網《とあみ》に掛けられるような役職を考え出した。それが京都守護職だ。従四位を授かり、内裏にも出入りできる。

のちに聞いた話だが、幕府はこの役目を誰に充てるか、言い換えればどの藩に泥をかぶせるか大いに迷ったという。時は桜田門外の変の直後だ。諸藩とも、井伊家に対する幕府のやりようをしっかりと見ている。国体維持のために精魂尽くしても、最後はどぶに突き落とされた。就任を求められても断るのが自藩のため。

兄君も、一度は拒絶したという。松平春嶽《しゅんがく》様を中心とする説得工作は、何度も繰り返された。果ては会津藩の家訓まで言及した。

そして会津公は受けた。言われたように開祖以来の伝統もあった。肥後守容保様自身の思いも関係したと思う。結局受けた。「これで会津は滅びる」と嘆いた家老もいたと聞いた。しかし受けた。

会津は若干の準備期間をおいて、千名の藩兵と共に上京する。即座に会津藩見廻隊が市内巡回を開始。京の町に活気が戻った。不逞浪士は影を潜めた。会津の人気は一瞬にして沸騰、民衆は安定を求めていたのだ。

以上の話を聞いたのが、我々桑名藩士が京都に到着したすぐのことだった。そしてその当事者である兄君と出会った。

会った理由か？　それは守護職様からの呼び出しだ。この度の幕府差配で、守護職は京都所司代や奉行所などを司どる立場になられた。簡単に言えば上司。蓮台寺野にある陣屋に落ち着く間もなく、黒谷にある金戒光明寺《こんかいこうみょう》へ呼び出された。そこが京都守護職が置かれたところだ。

当時は会津も桑名も、京の町衆に歓迎されていた。町を通ると歓声が上がった。当たり前だ。数年の間、開くことさえままならなかった路上市が、会津藩兵の到着と共に再開されたのだ。売り買いが自由にできる。日夜の押し込みもなくなった。これまで攘夷御用金と称して、食い詰め浪人が白昼堂々と店に乗り込む事態が頻発していた。それが皆無になった。民衆には、いつの世も安全が何よりである。加えて桑名藩兵の上京。ますます町衆は安堵した。

さて、我が隊列は御所の北を脇目も振らず進んだ。いつものように町衆の目が心地よい。そして守護職詰め所である光明寺へ。兄君と初顔合わせだ。不思議と気持ちの高ぶりはなかった。何だか気恥ずかしいような照れくさいような、もちろん楽しみでもあった。

部屋へ通されると、一段高い床の上に、色の白い小柄な青年が座っていた。一目見て、錦絵のような風貌に見とれた。自分の醜い顔が恥ずかしくなった。しばらく見つめ合って、互いに何度か軽くうなずく。うちに守護職様の口が開いた。

「お会いするのは二度目じゃな」

おっしゃる通り、彼の江戸城大広間以来である。確《か》かに二度目だったが、自分にはあの時にはお会いしたという感覚はない。しかし覚えていていただけた。意外な言葉で面談は始まった。次なる言葉も意外だった。

「京では、偽の勅命が横行し、何が尊皇で誰が佐幕かわからなくなっている。すべてが五里霧中だ。だがこれだけは言える。畏れ多くも天朝様にあっては佐幕のお気持ちを強くもっておみえだ」

孝明天皇は、徳川幕府を倒そうなどという考えはなく、将軍や我々武士を信頼していてくれるという。安心した。江戸での一部の噂では、長州藩は関ヶ原以来の恨みから毛利幕府を作ろうと考えているという。さらに、長州藩から援助を受けている公卿の中には、「倒幕やむなし」と考えている者も少なからずいる、そう伝わっていた。

江戸屋敷で聞いた時は、信じられない気持ちだった。しかし渦中にいる孝明帝が江戸幕府を信頼してくれている。それならば、我々の任務もやりがいがある。ただひとつだけ困ったことは、孝明天皇御自身は、誰よりも強く攘夷遂行を願っているという。

それ以上話は進まなかった。互いに見つめ合い、何を話そうか思案しているうちに時が過ぎた。お茶をすする音が部屋に響いた。辞すときに、兄君が口を静かに開いた。

「余は志《こころざし》は高くもっておるつもりだ。だが、聞いていることと思うが、試練に耐えうるだけの体をもち合わせていない」

聞いていた。お体が弱く、災難に出会うと、例外なく高熱を出されるという。その優男《やさおとこ》が続けられた。

「やっと、信頼できる武士《もののふ》に出会えた。これからもよろしくお頼みいたす」

「ごもったいない」

そう答えるのがやっとであった。

涙がこぼれ落ちた目で見上げると、さらに予想しないことが起こった。段の上から会津公が降り、にじり寄ってきたのだ。何をなさるのかと思っていたら、自分の手を取り、強く握りしめてきた。両手を差し出してだ。いじらしいほど実直なお方だった。

君は兄弟がいるか。そうか、いるか。仲がよいか。これからも大切にせよ。

わたしは自然に体が震え、さらに涙が溢れてきた。兄、会津肥後守様も同じように涙目に見えた。公用人の立見も脇で泣いていた。

屋敷へ戻ってから、自分のことを差し置いて立見をからかった。

「お前はなぜ泣いておった」

立見鑑三郎は上を向いたまま、きっぱりと答えた。

「目に虫でも入ったのでございます。気のせいでありましょう」

わたしはますます立見鑑三郎が気に入った。男の中の男だ。

さて、いよいよ将軍家茂様が上洛される。述べたように、三代家光様以来二百三十年ぶりのことであった。長い期間、洛内の通行はどんな大名でも許されていない。不文律の禁忌であり、ゆえに京町衆は武士の隊列ということに疎かった。まず目にしたことがない。高貴な行列と言えば、のんびり歩みを進める牛車《ぎっしゃ》の列だけだ。そこへ昨年の桑名藩入城、遅れて先日は会津中将が、千人もの武士を率いて上洛した。「天兵が舞い降りたか」と、京の町衆は目を輝かせた。さらにこの度は、将軍自ら兵を率いて京へ登ってくる。京は嫌がおうにも盛り上がった。

そして入城。文久三（一八六三）年三月四日のことだった。街道の両脇は人で溢れた。土下座しつつも、目はしっかり上がっていた。隊列が進むごとに、どよめきが上がり、歓声が都大路に木霊《こだま》した。やがて二条城へ落ち着く。

家茂様が孝明天皇にお会いできたのが三月十一日。

どうしてそんなに時間が掛かるか不思議だろう。京という町は、というか公家という生き物は不思議なことばかりだった。何かとしきたりが多い。あれこれ理屈を付けてきては日延べする。「今日は日柄が悪い」はまだわかる。「方角が悪い」、「万事をなすには、吹く風が違う」など、理解に苦しむことばかりだった。文句を言えば、その都度陰陽《おんみよう》師なる者が出てきて、意味不明な屁理屈をこねる。長い回り道の末に、ようよう拝謁、そこで家茂様は、朝廷から「攘夷断行」を約束させられる。

ところで何度も使ったが、「攘夷」の意味はわかるな。簡単に言うと異人を打ち払えということだ。京という井戸の中にいると、帝《みかど》を始め公家衆は世界が見えない。ただただ平和な神州が戻ることだけを考えていた。そのためには、夷狄《いてき》を追い出す。単純な論理だ。

諸外国と条約を結んでいるのは、当の江戸幕府。その幕府に、外国人を打ち払うことなんかできるわけがない。まずは条約を破棄しなければならない。不可能だ。したがって、幕府に攘夷を迫っても、同じく不可能ということ。考えれば子どもにでもわかる論理だ。それがわからないのが御所という深い穴蔵に住む奴らだった。対して孝明帝はわかりやすいお方だ。いわば善人。いけないのは取り巻き連中だ。こいつらは、偽勅を平気で乱発する。

将軍家茂様は当時十七歳だった。さらに皇女和宮様と御成婚されたばかりで、孝明帝は義兄にあたる。様々あり、押し切られて攘夷を誓ってしまった。いや、誓ったかどうかもわからない。双方が勝手に解釈した結果だ。「言った」「言わない」のところまでもいっていない。仮にもし約束したとしても、何度も言うが、できもしない空手形だ。ところが、期限まで切られた。知っているかね、攘夷断行の日を。そうだよ。五月十日。二ケ月後だ。家茂様は困惑していた。どうしたらいいのか悩まれたと思う。苦しんでみえたのだ。わたしは将軍に拝謁して、心の底から感嘆したと言ったな。よく考えてみたら、家茂様御自身も紀州藩の「部屋住み」で終わったかもしれないお方だった。それがトントン拍子で、気がついたら天下の将軍様だ。わたしの境遇とそんなに変わりない。同い年の自分にお声を掛けられるなどは、自然に出たことだったのであろう。まあ、ずっと後になって考えたことではあるがな。

わかった風に話しているが、実のところわたしは、家茂様の御所参内時には、訳あって京にはいなかった。その事件について触れなければならないだろう。

前年、文久二年八月二十一日、島津久光公の大名行列の前を、乗馬に来たエゲレス商人が横切り、お手討ちになった。

のちに名付けられたところの生麦事件だ。これは知っているだろう。日本中が、「さすが島津様」と言ってはやし立てた。瓦版で大きく騒ぎ立てるものだから、幕府より民衆の方が詳しく知っていた。「無礼者の異人を成敗」となる。人気の出そうな話ではある。

斬られたエゲレス人商人はリチャードソンとか言った。当時は斬られて当然と、日本中の誰もが考えていたが、実際はそんな簡単ではなかったという。島津側にも不手際があったのだ。大名行列の前と後ろで連携がとれておらず、指示が違っていた。前の護衛の指示を聞いたら、後ろが違ったことを言う。仕方なく別の動きをしたら、前が激怒した。これが真相だ。

さらに聞いたところでは、このリチャードソンなる商人は日本がことのほか気に入っていて、「こんなすばらしい国と国民は、世界中どこを捜してもない。いつまでもこの国に住んでいたい」という手紙を本国に送っていたそうだ。日本びいきの善人を、示現《じげん》流の達人たちは斬り殺してしまった。

当然エゲレスは怒る。賠償を要求した。賠償とは、当時の国際関係では金だ。その賠償金要求を薩摩藩が知らぬ顔した。ためにエゲレスが艦隊を差し向けるという。のちにいう薩英戦争の前触れだった。当然、東海道の要地桑名も警備しなければならない。

江戸からの知らせで、わたしたちは将軍と入れ替わりに京を発った。家茂様の二条城到着を見届けてから、近辺警護の任を解かれ国元へ出発。これが三月七日のこと。十日に桑名へ到着した。領地及び伊勢国全体の警備を命じられた。

伊勢国とは縦に長く、伊勢神宮脇の大湊やさらに南の入り組んだ海岸も含まれる。これはなかなか苦労した。また伊勢神宮は津の藤堂家が管轄で、いわゆる縄張りが違う。しかし命じられたからには兵を送らねばならない。藩内すべての兵と、可能な限りの船も動員した。この帆掛け船で、もしエゲレスと海戦となったらどうするのか。たちまち木っ端微塵《みじん》だが、それでも戦う意思を見せるのが忠臣たる役目か。

躊躇《ちゅうちょ》しているうちに、エゲレス艦隊が直接鹿児島を攻めたという知らせが入る。なら伊勢は安心。とたんに京へ呼び戻された。今度の入京は五月十日。わたしはうきうきしていた。こんどこそじっくり腰を落ち着けて京の警護に当たれる。ひょっとしたら天朝様にお目通りが叶うかもしれない。

これもわかるか。わたしは孝明天皇に拝謁《はいえつ》したかったのだ。上洛したときからそのことばかり考えていた。神の末裔《まつえい》、神話の世界の天上人《てんじょうじん》。ぜひともお御尊顔を拝してみたい。

まだわたしは若年だったが、そうした気持ちは誰にも負けずあった。兄君も同様に考えてみえたというが、きっと自分の方が強かったろう。書物の中の尊厳なるお方。同じ部屋で同じ空気を吸いたい。わたしはまぎれもない尊皇の志士だった。

その機会がようやくやってきた。六月三日のことだった。

忘れもしない、じっとり暑い日だった。今の暦で言うと七月の末といったところか。それにしても京都というところは、夏は暑いし冬は寒い。当たり前だ。だがその度合いがまったく違う。夏はねっとりする暑さが、体中にまとわりついてくる。京は盆地だから、海からの風が吹いてこない。すがすがしさがないのだ。特に夜がひどい。どろっとよどんで、町全体が暑気に包まれる。動けば暑いし、かといってじっとしていれば、汗が体中からにじみ出てくる。団扇《うちわ》を狂ったように扇いだ覚えがある。

ばかりでなく、冬は冬で底冷えがする。夏は風が吹かないのに、冬になると山から木枯らしが降りてくる。風が止むと、冷気が町の底に溜まる。こっちは朝がひどい。家という家が冷え切って、なお悪いことに、京という町は、屋敷が夏向きに造ってある。暖まる道具は火鉢くらいで、家の中に囲炉裏《いろり》というものがないのだ。火事を恐れたのか、それとも京の人たちはよほど寒さに強いのか。どちらか知らないが、家全体を暖めるという方法をもち合わせていない。雪の日も妙に多かった。高下駄の間に踏んだ雪が詰まって、歩きにくいったらなかった。いや、わたしは歩いたことはないがな。聞いた話だ。

よくまあこんな土地に千年の都をこしらえたものだと、公用人たちとよく話していた覚えがある。

そうか、君は京都から来たと言ったな。住んでいる町の悪口を言われてよい気はしないだろう。だが、秋はよかった。急に持ち上げるわけではないが、秋の京都はよかった。君も同感だろう。とりわけ夕暮れだ。翳《かげ》りゆく町並み。人々の営み。心地よい風が吹き、夕日が名も無き古寺に当たる。いや、名前はあると思うがわたしは知らない。その影が長く伸びて、やがて東山から月が上がる。すると今度は、月影が反対側の山々を黒く照らす。すばらしい景色だった。

人々はこの季節のために一年我慢しているのではないか、そうとさえ思った。きっと違うだろうが。

桑名か。桑名は穏やかでよい町だった。といっても、わたしも桑名の四季は厳密には知らない。江戸は生まれてから縁づくまで暮らした。述べたように、狭い塀の中で過ごしていたから、風にあおられ雪にまみれたことはない。もっとも御一新後は、「東京」に名前を変えた町にほとんどいた。過ごしやすい町だった。

京は違う。暑すぎる。寒すぎる。のちに行った蝦夷の冬より寒かった。

話が脇道にそれたな。戻そう。孝明帝にお会いした時のことだ。つなぎは兄君、松平容保様だった。容保様は帝の覚えめでたく、たびたび御所に上がられた。その時京都所司代、つまりわたしの話が出たらしい。

「参内させい」という取り巻きがおっしゃり、拝謁《はいえつ》となった。

当日。わたしは緊張していた。

天朝様は神の一族だ、そう信じていた。もちろん今でも信じているが。

陣屋から衣冠束帯《いかんそくたい》騎馬にて御所へ向かう。汗で股が激しく蒸れた。南側の門が開き、紫宸殿《ししんでん》の前にて下馬、うやうやしく頭を垂れながら、小御所に入った。小という字がついていても、桑名の本丸御殿より遥かに遥かに立派だ。昨今朝廷も実入りは少なく、殿上人と言えども、その日の食べ物にも窮していると聞いていた。しかし建物は違った。壮大にして荘厳。柱という柱、壁という壁から神気《しんき》が漂ってくるようであった。

部屋に入ってなお驚いた。目玉が飛び出た。部屋の中に、十四代将軍家茂様がお見えになった。同席だったのだ。あっと喉の奥から吐息が出たまま、あとは声も出なかった。我が横に、かつて胸高鳴った将軍様。そしてやがて現れるであろう天皇。心の臓の音が、頭にどがんどがんと響くようだった。

なお拝して待つ。廊下が激しくきしみ、衣擦れの音。孝明帝は大柄な方と聞いていたが、それにしても大きな音がした。相変わらず平身低頭。音が修まり、御簾《みす》の向こうに天朝様が現れになった。横には、徳川家茂様が、自分と同じ姿勢で控える。

「面を上げられい」と公家衆の一人が宣った。ゆっくりと頭を上げれば、目の前に古ぼけた簾《すだれ》があるだけで、お顔を拝することはできない。

御簾というのはわかるな。向こうからこちらは見えても、こちらからはよく中がつかめない。だがこの彼方に、孝明帝がいる。同じ部屋で同じ空気を吸っている。それだけで頭に血が逆流した。江戸城で将軍家茂様に拝謁したときと同じ気持ちだ。わたしは「高名」という文字に弱かったかもしれない。身分の高いお方に出会うと、頭の中が真っ白になる。

将軍への声かけがあり、続いて自分も御上に紹介された。

「伊勢国桑名藩主、従四位越中守源定敬にございます」

徳川も松平もすべて源氏である。侍従にそのように呼ばれた。承知していた。そんなことより、我が名が帝に知れた。何と思われたのだろう。

興奮したまま、その場に留まっていたが、やがて退出することとなった。我々が先に部屋を出ることはない。帝が退出されたあと、おもむろに部屋を辞す。帝が動かれるときは我々は畳に頭を擦りつけなければならない。聞いていた。そのようにした。時に、やや甲高い声が上がった。

「さすがご兄弟、よく容保殿とお顔が似ておられる。今後とも、朕《ちん》をよろしく頼む」

意味がわからなかった。誰が言ったのか。「朕」とは何事か。御所を出る頃になって　家茂様が問わず語りに話し始めた。

「朕とは、天朝様の呼び名だ。驚かれたかも知れぬが、孝明帝が直々お言葉を発せられた。それも越中守殿だけに、朕を頼むと仰せになられた。まったく異例のことだ」

異例も何も、宮中の常識を理解していなかった。かつて江戸城へ上がった時と同じ気持ちだ。白紙の状態で臨み、頭が雷にでも撃たれたような衝撃があった。帝からお声がけされ、さらにその御説明を将軍様から頂けた。「この御両方のためなら…」と強く心を揺さぶられた。

そうだよ、それが二回目だ。生涯に二回あったと言ったが、長い人生の早々にわたしの方向を決定する出会いがあった。体の芯からしびれた。しびれて金縛りにあった。その後の松平定敬の生き方を決めた。

と言っても、生き方を自分で決めたのは、そのあとわずか数年だけの話だったがね。あとは四方から吹く風に流され、今に辿り着いた。まあよい。

将軍様を二条城へ見送ったあと、蓮台寺の陣所へ戻る。何日か警護に力を注いでいるうちに、将軍出立の知らせを受けた。京に長居をしていても混乱をきたすだけである。過激浪士や公家の中には、「将軍を京都で人質にして、幕府に攘夷を断行させる」と言う馬鹿者さえいた。

将軍が人質……。

言うは勝手だが、思い込みもここまでくると笑い話だ。誰もがただひたすら攘夷を叫ぶばかりで、理論は我田引水。皆がてんで勝手なことを口にしている。その間も、空約束の攘夷断行日も迫まり、そしてあっさりと過ぎた。

孝明天皇ご自身も、攘夷に関しては取り巻きとほぼ同じお考えだった。対し、若き将軍は困惑していた。こんな風にぐずぐずするために上洛したのではない。とりあえずは身を置き換えよう。ために選んだ土地が大坂だ。ここで熱を冷ます。しばらくして船で江戸へ向かった。それが六月十三日のこと。そうなると自分にも、取りたてて京都にいる理由がない。すぐさま桑名へ戻り、将軍を追ってそのまま陸路江戸へ向かった

このあとの薩英戦争について言ったな。結末を知っているか。

桑名へ伝令が届いたのが七月八日。届いた四日前には、鹿児島はエゲレス艦隊の砲撃で火の海になっていた。まったく歯が立たなかったのだ。時が戻るが、攘夷断行の例の五月十日には、長州が馬関海峡を通る外国船を砲撃した。これものちに反撃を受けた。同じくまったく相手にならず、長州兵は蜘蛛の子を散らすように敗走した。

実は我々は、最新兵器をたくさん揃えているはずの薩摩、そして長州の敗北には、少なからず驚いていた。とりわけ薩摩なら、ひょっとしたら互角以上のいくさをするのではないか。わたしだけでなく、日本中がそう考えていたと思う。だが違った。夷狄の力は、[illegible]勢に外国艦隊が来る

理由がなくなったことには一安心だが、やはり攘夷はむずかしい。

思案しながらも、しばらく江戸詰め。その後も、京、大坂、本国桑名、そして江戸を行ったり来たりして、文久三年も押し詰まった。忙しい日々だった。わたしは思った。これまでがのんびりしすぎていたのか、あるいは今が異常なのか。立見に聞いたことがある。

「藩主というのは、こんなにせわしく旅をするものか」

立見鑑三郎の答えはこうだった。

「殿。率爾《そつじ》ながら申し上げます。あちこちへ行けるのは喜ばしいことではございませんか。拙者は広い世間が見られて、何だかうきうきしております」

その通りだ。よく考えれば、わたしもうきうきしていた。新鮮な出会いが毎日のようにあった。江戸詰め時代からは考えられない、まさしく激変だった。

自慢話を一つしてよいか。この年の十一月。たしか五日だったと思うが、江戸城にて火事騒ぎが起こった。失火だ。その時わたしは八丁堀の桑名藩邸に戻っていた。半鐘が鳴り、見れば西方、江戸城内と見える方角に火の手が上がっていた。驚いた。城内には家茂様が皇女和宮様と一緒に住んでみえる。

一大事とばかりに部屋を飛び出したら、立見鑑三郎が火消し装束を持って身構えている。すぐに着替え、配下数名を連れ登城した。先頭は立見だ。森が馬の手綱を引いてくれた。大手門から本丸内へ駆け上がる。百人番所あたりで人混みに飲まれたが、かき分け上がると一番乗りだった。さいわい駆けつけた時には鎮火していた。それでも将軍様は感激してみえた。

「鉢の木の故事のようじゃ」と直々お声を掛けてくれた。知っているか、『鉢の木』の話を。そうだよ、北条時代の話だ。在野の佐野源左衛門が、何をおいても鎌倉へ駆けつけたように、「いざ鎌倉」の心構えを自分は常にもっていた。「思し召しよきよう」とか、他藩に負けぬようとかそんな邪念は一切ない。ただただ、将軍様のためだけを考えていた。

あの時の家茂様の笑顔は忘れられない。心が通じ合った、そう感じた。以後、家茂様がお亡くなりになるまで、自分はたいそう可愛がられたと思う。常にお側に侍らせてもらえた。家茂公二度目の上洛の折も、常に付き添うようお達しがあった。名誉だった。

文久三（一八六三）年師走。家茂様が再び船で大坂に向かい、二十七日大坂城に着く。わたしも十二月中頃に、陸路江戸から桑名へ入り一泊。大坂へ先回りするよう、急いで桑名を発った。

この文久三年師走をもって、以後桑名へ戻れない日々が続いた。明治に元号が替わり、自分が特赦を受けて許されるまで、故郷へ帰ることはできなかった。足かけ七年だ。今から思えば、あっという間だったがね。

続けるぞ。船で大坂に入られた将軍と合流したのが一月八日。十四日に大坂を発って、十五日には将軍に従い京都二条城へ入った。このあともほとんど行動を共にした。傍《かたわ》らにいてほしいとお声かけがあったのだ。これも名誉だ。少しくどいか。

目まぐるしく時が過ぎて、四月十一日。わたしが京都所司代に任じられる。時に十八歳だった。

京都所司代とは、かの織田信長公が置いたのが最初とされるが、関ヶ原以後つまり徳川様の世になってからは、奥平信昌様が初代だ。以後、五十六代続いた。その最後の京都所司代がわたしだ。五年後、自分が所司代を務めていた時に、この役職がなくなった。わたしは「最後の京都所司代」だった。

話が飛ぶが、江戸城内の部屋はわかるか。これもむずかしいぞ。当時わたしは溜間詰めだった。もともとの家柄もあり、かなり上位だ。京都所司代は、普通はそれより下位の雁《かり》間詰めか帝鑑《ていかん》間の譜代大名がなる。つまり自分より位の低い大名が就く役職だ。

しかし逆の考え方もあった。ふつう京都所司代は、大坂城代や寺社奉行を経験した者が就く。それが通常の出世街道。わたしはどちらも未就任だった。何が言いたいのかわかるか。簡単に言えば、いかにこの人事が特異なものだったかということだ。さらに言えば、就任要請にあたり、「兄、京都守護職である松平肥後守殿と協力のうえ、一切辞退することあたわず」とのお触れを頂いていた。ついては困惑もある。あるが、受ける。王城の治安維持に努める。そう決心した。

兄、肥後守容保殿が京都守護職、弟である自分が京都所司代。二人三脚で京都の治安を守る生活が始まった。述べたように、所司代着任は規定の出世路線だ。喜んでよいところだが、国元では反対もあった。仕方ない。混乱の京で、火中の栗を拾うような仕事を承った。しかし、自分には断る理由などない。着任は譜代大名の名誉であり、幕府忠義は松平定信公直伝の藩方針でもある。

拝命後、一万石が加増され、新たに所司代屋敷が三軒あてがわれた。二条城北に上屋敷、堀川沿いに堀川屋敷、二条城からやや離れてもっとも広い下屋敷の三つである。何だかうれしかったが、結局上屋敷に少し滞在しただけで、ほとんどは蓮台寺にいた。心休まる気がしたし、そこが京都警備に都合がよかったのだ。

以後、町奉行所と連携を取りながら、所司代廃止の勅命を受けるまで、命を賭けて職務に励んだ。あわただしくも、血湧き肉躍る日々だった。あとから思う話ではない。心底忠義を心がけた。

時に所司代就任後、公家の近衛様よりお祝いに和歌を賜った。金泥《きんでい》紙本に尊円《そんえん》流の筆使いにて書かれていた。わたしは今でもこの書を大切にしている。この先棺《ひつぎ》に入り、土饅頭の下に眠る日が遠からず来ると思うが、ぜひこの書と共にあの世とやらへ旅立ちたいものだ。

和歌の中身か。もったいぶっているわけではないが、話には順序というものがある。説明を先にさせてもらってから述べるが尋常だが、まあいいか。こうだ。

「桑名中将定敬朝臣が所司代の任にありて忠勤のこころことに浅からぬを感じ侍りて

君がため　こころをみがく　玉じきの　宮このうちの　守りただしき」

感じ取れるか。先の関白殿下から、かような和歌を賜った。いかに自分が期待されているかがよくつかめた。頂いた和歌は、すぐさま大和仕立ての表具を施し、掛けて飾った。もちろん今でも拙宅に飾ってある。うれしかった。名誉だった。

うれしいのはそれだけではない。今度は小さなことだ。

わたしは小さいときから庭木を見るのが好きだった。江戸高須藩邸の木は、今でも配置が言える。一年の木の様子もしっかり思い出せる。あの木はいつ頃葉が出て、いつ頃黄色くなるか、どんな鳥たちがやってきてどこの枝に留まるか、ほとんど承知していた。だが、決まった同じ木だった。新しい木を見たい。何となくそんな思いがあった。

それが一気に叶った。蓮台寺も含めて四つの屋敷には、それぞれ趣の深い庭木が重なっていた。いや、京の庭にはそれほど木の数はない。わさわさ生い繁っているわけではない。江戸の桑名屋敷と比べても断然少ない。しかしその少ない木々が、わたしをきちんと迎えて、何かしら語りかけてくれた。気のせいではない。

時々しか行けない屋敷も、縁に座って庭を眺めているだけで心が洗われる思いがした。忙中閑《ぼうちゅうかん》ありだ。争乱渦巻く都で、わたしは不思議な時間を過ごすことができた。

不思議と言えば、もう一つ、これをこれを付け加えてやろう。一度誰かに語りたいと思っていた。長い間ずっとだ。

よいか。我が敬愛する孝明天皇と家茂将軍様。お二方が接見される場に、二度も立ち会った。自分がだ。知っておるか、お二人の関係を。いや、お役どころではない。

そうだよ、その通り。簡単に言えば義兄弟だ。孝明天皇の妹君であらせられる和宮様が東下され、将軍家茂様に嫁がれた。お話の中に、「和宮は息災《そくさい》か」とか、「武家の暮らしには慣れたか」などというのが当然出てくるかと思っていた。だが帝からは一度もなかった。逆に、将軍様から、和宮様の大奥にてのご様子を語られることがあった。しかし、周りが取り次がず、別の話題にすぐ変えた。つまりきちんとした返答は一切なかった。

今でもわからない。一度嫁がせた妹には興味というか、肉親の情というものがないのか、あるいは、何か別の理由でもあるのか。

不思議だ。この年になっても、あの場のやりとりが解せない。君は考えられることがあるか。変に謎を掛けたかな。いや自分はもちろん理由を知らない。

〈新選組結成〉

安政以後、京都には素性のわからない不逞浪士が闊歩していた。浪士の正体は、多くは故郷で生活できなくなった食い詰め武士である。故郷ではもともと充て扶持《ぶち》が少ない上に、開国以来の狂ったような物価高。藩での暮らしにしがみついていても、将来はない。仕方なく脱藩しての行く先が、京都であった。

脱藩といえば聞こえがいいが、触れたように手早く言えば、食えなくなった木《こ》っ端《ぱ》侍の夜逃げである。そんな輩はまだましな方で、中には農民や職人の次、三男も紛れ込んでいた。もちろん武士ではないが、どこかで手に入れた刀を腰に差し、何とか左右衛門などという偽名を名乗って上洛すればその日から勤王の志士だ。

そんな似非《えせ》浪士たちのやることといえば、商家に白昼堂々押し入って「攘夷御用金」を巻き上げ、その金でまた昼間から酒を食らう。「夷人《いじん》を切った」とか「幕府役人を恫喝《どうかつ》した」などと、ほとんどが嘘の自慢話を繰り返す。互いに大声で議論し、もめては刃傷《にんじょう》沙汰を起こす。何十人に一人くらいは、教養高く出生も正しい武士も含まれていても見分けなどできない。やっていることは皆同じである。聞いた風なことを大声で怒鳴っていれば、長州藩などから援助金がもらえることも、たまにはあった。だがほとんどが、生活に窮していた。

こんな連中が何百人もいたら、市中が混乱するのは当然だ。元からあった所司代、奉行所は弱体化していて役に立たない。(ほとんどいないが)もし勇気ある与力、同心がいたとしても、浪士にはいっさい手が出せない。万が一に、本人たちが言っているように、長州藩や土佐藩の息が掛かっていたとするならば大問題に発展する。結論から言うとお手上げである。手の下しようがない。

そこで京都守護職という役職が設立された。しかし実行部隊がほしい。会津藩兵が市中取り締まりを行うには、京という町は広すぎるし、また先ほど言ったように、もし長州との紛争にでもなれば取り返しのつかないことになる。守護職についた松平容保主従も、町の治安回復には頭を悩ませた。のちには京都見廻役も作られるが、これは元治元(一八六四)年中頃のこと。時代が少し先だ。とりあえず何かよい思案はないか。

そこに、おもしろい集団が在京していることが耳に入った。

話は、文久二（一八六二）年十月にさかのぼる。当時幕府は困り切っていた。アメリカ、イギリス、オランダ、ロシア、フランスと修好通商条約を結んで以後四年、国は乱れに乱れていた。日本から金《きん》が流失し、安い外国製品の流入、天井知らずの物価高。さらに疫病が大流行。

天罰が下ったように、大地震も続いた。津波でも多くの人が死んだ。全部夷狄が日本に来たからだ、つまり開国したせいだ。

日本中から攘夷断行の声が届き、中でも朝廷から幕府への催促は執拗《しつよう》だった。孝明天皇ご自身が病的なまでの攘夷論者であり、公家の中にも、長州や土佐の援助を受けた攘夷過激派がいて、御所の世論を操っている。とにかく攘夷。外国人を打ち払え。

しかし空約束はできない。幕府は何とか返事を曖昧にして、時を稼ぐしかなかった。起死回生の打開策はないか。そんな折、幕府公武所剣術教授方だった松平忠敏なる人物が、幕府に建白書を提出した。建白書の本当の狙いは様々取り沙汰されているが、内容を簡単に言えば、京都へ上洛する将軍家茂警護のために、報国の浪士を募ってはどうかというものであった。日本各地に、高い志をもった浪士は五万といるはず。そんな者たちを雇い、幕府のために活用しよう。そう綴る。

幕府はこの建白書に飛びつき、即座に受け入れた。逆に言えば、それほど幕府は現状打開に困窮していたということか。さっそく浪士を募る。二百六十年に渡る江戸幕府の歴史の中でこのようなことが行われたのは、後にも先にもない。

募集が始まったのは、文久二年十二月十九日。合い言葉は「尽忠報国《じんちゅうほうこく》」であった。君主や国家に忠義を尽くし、力を出して国の恩に報いよう、日本のため立ち上がろうというものだ。政事を改革する意思のある者ならば、身分、過去にこだわらず集え、というお触れである。

結果、浪士が多数結集した。中心となったのが清河八郎という男である。彼は過去に暗い傷をもっていた。もとは出羽庄内藩の、裕福な造り酒屋の息子だったらしい。家業が嫌で剣術と学問に励み、家を捨て江戸へ出奔。習い覚えた儒学や剣術を江戸の若者たちに教えていたが、尊皇攘夷思想にかぶれて横浜港を焼き討ちする計画を立てる。当時、通商条約に反対する浪士たちの当座の目標は、「横浜港閉鎖」であった。計画は中途にて失敗、取り方の一人を殺し、追われる身となった。

言い出しっぺの松平忠敏とこの清河八郎が、どの程度交流があったか定かではない。しかし、この浪士募集の中で晴れて「お構いなし」になった清河が、実際の計画を進める。投獄されていた仲間数名も赦免となり、浪士隊に加わった。

初め六、七十人、のちに百人程度の集まりが、あっという間に二百五十人もの大集団になった。すべて引き連れ、中山道を京へ向けて発つ。これが年が明けて二月八日のこと。二月二十三日に上洛。といっても市中には入れず、洛外壬生《みぶ》村の豪農宅や近隣の寺に分宿する。当然のことのように、数日しないうち仲間割れが起きた。

このあたりの事情については、歴史にかまびすしい。今となっては、どれが真実であるか判断することはできない。確認できる話では、清河が京都到着直後に江戸へ帰ることを言い出した。上洛していた将軍を奉じて東帰し、関東にて攘夷を断行するべしと、浪士全員に告げる。京都市中警護は会津藩に任せ、我々は別に行動しようというものである。

聞いた一同は驚いた。中山道を歩いて入京直後、東下すると言う。方針が一定せず、せっかくの旅が無駄になる。当然不満をもつ浪士が出る。中には将軍家茂を江戸に帰らせず、逆に大坂湾で夷狄を迎え撃てばよい、などと言い出す者もいた。もめにもめたが、結果として清河八郎以下ほとんどの浪士は、再び中山道を江戸へ向かう。京には十七名の浪士が残った。

江戸へ帰った浪士の一部は、「新徴組《しんちょうぐみ》」なる攘夷集団を結成し、その後の紛争に名を残す者もいた。しかし残りほとんどは、ちりぢりに消滅してしまった。清河八郎も、下向直後の文久三（一八六三）年四月十三日、幕府の刺客、佐々木只三郎に暗殺されてしまう。

ところで京都に残留した浪士には、どこにも後ろ盾がない。ということは生活できない。志は高くとも、食えなければ生きていけない。どこか自分たちを養ってくれるところはないか。浪士組筆頭格の芹《せり》沢鴨《ざわかも》が思いついたのが、新たな役職についていた会津藩であった。「ぜひ京都守護職様のお役に立ちたい」と嘆願書を送る。

受け取ったのは会津藩家老の横山主税《ちから》である。彼は浪人という人種を端から気に掛けていなかった。馬鹿にしながら書を手にしたが、一応は藩主である松平容保に手渡す。

嘆願書の内容は、簡単に言うとこうであった。

「我ら攘夷の志をもって上洛した。もとより私心なくその思いだけを貫く覚悟である。何とぞ、御所、二条城の周辺警護を命じていただければ、命に替えて職務に励むつもりである」

書を読み終えた容保は、彼らに飛びついた。文久三（一八六三）年三月のことであった。十六日には会津公自ら近藤勇らと面談し、その心意気面構えに感心した。結果、京都守護職の「御預《おあずかり》」とする。会津藩が身分を保障し、資金面の援助をした格好である。

その浪士隊、芹沢鴨の他には、水戸派の平山五郎、試衛館組の近藤勇、土方歳三、山南《さんなん》敬介、沖田総司、斉藤一《はじめ》らがいた。一人一人の経歴を述べれば、それだけで数十ページ使いそうだが、ほとんどが農民出身か、ようやく足軽の次、三男である。近藤自身も農家の三男であった。幼少より腕っぷしが強く、十四歳で入門した天然理心流近藤周助の養子となり、道場主に収まる。そこへ集った愚連隊が仲間だ。

のち副長として活躍した土方歳三も、同じく農家の四男。剣術に優れ、実の姉が試衛館日野道場へ嫁いだことから、江戸の試衛館近藤道場へ流れ着いた。ただし境遇は複雑で、若くして丁稚に出たものの、苦しさに絶えかねて逃げ帰ったという経歴ももっている。

他も似たような境遇だ。ただし、低いが武家の出身である。いずれも天然理心流近藤道場へ他流試合に来て敗れ、近藤に傾倒したらしい。したがって、芹沢鴨以外の浪士は、刎頸《ふんけい》の友といってよい。つまり芹沢と平山だけが蚊帳の外だった。とりわけ芹沢は水戸藩のれっきとした武士であり、出自は桓武平氏という由緒正しい家柄で、にわか武士や食い詰め浪人とは、感覚から違った。この思いこみがのちに悲劇を呼ぶが、さておき、そうした輩が会津藩お抱えとなった。

彼らの目的はもちろん攘夷である。帝や将軍のために夷狄を切る。それが尽忠報国。しかし、東帰した清河八郎たちとは袂《たもと》を分かった。あくまで将軍を守り、ために京都に留まって攘夷断行。

熱意を感じ取った松平容保が、のちすべての浪士に直々面談した。とりあえずは京都の治安維持のために尽力してほしい。訳の分からない不逞浪士を取り締まってほしい、そう指示を出す。これが彼らの当面の仕事となった。やがてこの任務が一人歩きする。尊皇攘夷の志士たちを次から次と斬りまくり、初志とは真逆の道を行くこととになった。彼らが仕事に励めば励むほど、会津藩や、のちの桑名藩が血塗られ、憎悪の的にされる時代がやってくる。

新選組の話に帰ろう。京都残留組は入れ替わりは若干あったものの、十七、八名で人数の変化はほとんどない。筆頭は芹沢鴨、次席が近藤勇だった。彼らの当初の名前は、地名をとって「壬生浪士隊」。口の悪い京雀は、壬生狼《みぶろ》と呼んだ。

そんななかにも、攘夷約束の五月十日が近づいてくる。京にいる徳川家茂はだんだん焦ってきた。「近いうちに間違いなく」などと言葉を濁しながら、江戸へ帰る方法を探していた。断行が目前に迫った四月下旬には、家茂は大坂湾に浮かんでいる汽船に乗り、時間を過ごす。

そして当日を迎えた。述べたように、長州が海峡を通る外国船を砲撃したが、大坂でも江戸でも何も起こらない。やがて将軍は江戸へ向かう。その前後、壬生浪士隊は将軍を守るべく、京から大坂までの街道を何度も警護した。将軍を見送った後、京へ帰る。時に赤穂浪士に似せて作ったという独特の外套《がいとう》が登場し、大いに人目を引いた。新選組装束の発端である。

時間を飛ばす。九月に近藤勇一派が、内部抗争で芹沢鴨を粛清する。直前、芹沢は隊への献金を拒んだ生糸商大和屋を焼き討ちするなど、過激な行動が目立っていた。もてあました近藤らが、八木邸で寝入っていた芹沢を、同じく水戸派であった平山五郎共々闇討ちした。犯人は、近藤に命じられた土方歳三ら数名の試衛館組である。しかし、押し込み強盗のせいにしてうやむやにしてしまった。結果、壬生浪士隊は近藤勇のもと、一体化される。

直前の八月十八日の政変では、会津藩は薩摩と組んで長州系過激派諸氏の追放に努めた。御所の門を固め、長州系の武士や急進派公家を決して門内に入れなかった。このとき、近藤らの体を張った活躍は目を見張った。会津公の指示を受け、愚直に行動した態度、姿勢はきわめて立派であり、臆病な京の奉行所配下とは雲泥の差があった。

京都守護職松平容保は大いに喜ぶ。以前のように、長州や土佐などの過激化した諸藩につながっている浪士や、またその取り巻きに気兼ねすることない。壬生にいるお抱え浪士が、刃《やいば》をどんどん振るう。便利だ。

この頃、松平容保から「新選組」の名を頂いた。

その後も彼らの活躍を聞きつけた容保は、「しっかり後ろ盾をしてやるように」と命ずる。守護職の意を汲んだ新選組は、さらに仕事に励んだ。彼らは独自の士道を歩み、この頃の武士には考えられないような厳しい隊規を作る。そして内部抗争を繰り返しつつ、洛中の治安回復に努めた。不逞浪人と見れば片っ端から切り捨てた。期待以上の活躍であった。そして彼らが奮闘すればするほど、会津藩も悪魔のような存在になっていった。

以後数年。戊辰戦争が集結するまで、会津藩およびのちに京都所司代を務める桑名藩と、新選組の腐れ縁は続くことになる。

子爵　松平容大《かたはる》

松平容保《かたもり》。

わたしの父上のことかね。

少し遅かったね。昨年末にお亡くなりになられたよ。冬の走りに寒い日が何日も続き、風邪をこじらせて数日寝込まれたが、最後は眠るようにお隠れになった。穏やかなご最後だった。

父上のことは少しは知っているのかね。

そうか、そうだろう。知っていて訪ねてきたに違いない。鬼籍に入ったことは知っていたのか。それも承知の上か。

つまり父からというよりも、松平容保という人物についてわたしの話が聞きたいということだね。よいでしょう。

何から話せばよいかな。思いのまま述べればよいか。うん。

いろいろあったけれども、おしなべて見れば、父君はお幸せな人生だった。そう思う。

亡くなる前日には、畏《おそ》れ多くも今上陛下《きんじょう》から直々に、牛乳を頂けた。「体を自愛するよう」とお添え書きまであった。見て感激していた。布団から体を起こして、情けないほど涙をこぼして笑っていた。「御上《おかみ》に弓引いたわたくしめに、ごもったいない」などと訳のわからない繰り言をつぶやき、彼方を眺めていた。

そして次の朝、逝った。葬儀も立派なものができた。親類縁者はもちろん、遠くから自分も知らない弔問客《ちょうもん》がたくさん来た。会津からだけでなく、日本各地からやってきて、父君を見送ってくれた。よかった。

無事に済んだから言うが、実は葬儀を神式にするか仏式かで迷ったのだ。本来なら菩提寺にて仏式で執り行うのだろうが、何せ昨年まで日光東照宮で宮司をしていたからね。最後はもとの会津藩が神道を代々受け継いでいるということから、皆で考えて東京正受院において、神式で行った。年が代わり会津で本葬された。

諡号《しごう》は忠誠霊神《まさねれいしん》。変わった名だが、亡き孝明天皇から賜った和歌にちなんだものだ。そうだよ。父君は、かの孝明帝からお歌を直々《じきじき》に頂いた。直々にだ。

知っているか。父が死ぬまで肌身離さず身につけていた物を。待て、見せてやろう。少し待て。おい、神棚から持ってきなさい。早く。

君、これだ。

この竹筒だ。わかるか。そうだ、ほんの小さい物だ。

わたしたちも、それとなく前から知っていた。お風呂に入られるとき以外は、常に首から下げておられた。何だろうとずっと思っていたが、お亡くなりになったあと、やっとこうして、中身を見ることができた。式が一段落してから、親族全員が揃ったところで開けてみた。

本来なら葬儀の際に、棺の中に入れてこの世から葬るべき物だったろう。迷ったけれども、今こうしてわたしの手の中にある。

ほら、見なさい。そうだよ、文《ふみ》だ。それもまぎれもない勅諭《ちょくゆ》だ。孝明天皇直々に、父松平容保宛に下された物だよ。

よろしいから読んでみなさい。わたしはこの数ケ月に何度も読み返して、諳《そら》んじることができるまでになった。何なら今から言ってみよう。読み始めたところで失礼だが、聞きなさい。

御宸翰《しんかん》はこうだ。漢文だから、読みくだいて言ってみよう。

『堂上《どうじょう》以下、暴論をつらね、不正の処置増長につき、痛心堪え難く、内命を下せしところ、速やかに領掌し、憂患《ゆうかん》をはらってほしい、朕の存念貫徹の段、全くその方の忠誠、深く感悦の余り、右一箱これを遣わすものなり』

日付は文久三年十月九日。

わかるかね。堂上とは名前ではない。清涼殿に昇殿を許された公卿のことだ。つまり帝に身近な公家は、全部が全部暴論を吐いて嘘を連ねている。奴らを筆頭に、宮中に集《すだ》く憂患を払ってほしい。お前だけ、これは父君のことだ。お前だけが信じられる。孝明帝の畏れ多くも御存念が、文からにじみ出ているようにとれる。信じられるか。

次が御製《ぎょせい》だ。御製というのもわかるね。御宸翰はお手紙だが、御製は直々くださった和歌のことだ。孝明帝が父君に対し、歌を作ってそれを頂けた。改めてすごい。

こう書いてある。よいか、詠じるぞ。

『たやすからざる世に　武士《もののふ》の忠誠の心をよろこびてよめる

「和《やわ》らくも　たけき心も相生の　まつの落葉の　あらす栄へん」

「武士と　心あはして　いはほをも　貫きてまし　世々の思ひて」』

今のたやすくない世の中に、父の偽りない忠誠の心を、心の底から帝は喜んでみえた。先ほど言った諡号がこれだ。忠誠の文字を当てた。内容についてはここで詳しく言うまでもないだろう。先の孝明天皇は、思い通りにならない取り巻きたちにいらだっていた。帝の立場を利用して、偽勅を出す輩に悩んでみえた。なかで、京都守護職松平容保を、この世でただ一人厚く信頼しておみえだった。真の武士だと言ってな。

それがいつのまにか逆賊の汚名を着せられた。薩長が官軍になって、天地がひっくり返った。父君はさぞご無念であったろう。

知っているかね。父は、戊辰戦争集結後は、ご自身の行動についていっさい語ろうとはされなかった。思いは存分にあったろう。はがゆさは、お体の中に渦巻いていたに違いない。しかし、すべてを腹の中に飲み込んだまま他界された。その分、これを常に身につけ、溜飲を密かに下げていたのだろう。自分こそ孝明天皇の忠臣であった。真の尊皇の武士だったとな。わかるか。

そんなことが聞きたいのか。なぜ黙っている。父君の恨み話をしていればよいのか。

違うのか。

誰？

松平定敬様。知っているとも。そうか、彼《か》の人のことか。

今の日光東照宮宮司様であろう。自分から言うと叔父にあたる。父君の実弟だ。もっとも、お年はずいぶん違う。十歳違いか。もっとかな。

父君はよく定敬様のお話をされていた。「書はあれのほうがうまい」「わたしの方が女官にはもてた」「忠臣としての重みは自分の方がある」とかね。一度、「あれも苦労したな。何より桑名は、江戸より西にある」と話してみえたのを覚えている。よく意味がわからなかったが、かなり経ってから理由がつかめた。

そんなことでよいか。何でもよいのか。いいだろう。いろいろ覚えておるぞ。

お二人がどこで初めて会ったかも、よく知っている。父がすでに江戸城で大広間詰めをしているときに、桑名藩主となって登城した。任官の儀式を行うためのものだ。聞けば父は、お会いできる日を楽しみにしていたそうだ。待ち遠しく、当日となって目の前を通る弟に胸躍ったという。

この話か？　父から折々に聞かされた。言った通りに、父は御一新後のことをまったく話されなかった。我々もあえて聞くことをはばかった。だが弟容保様のことは、目を細めてたびたびお話しされた。いかにもうれしそうだった。血を分けた肉親に出会えて楽しかったのか、あるいはその後、苦しい思いを共に味わった同士だったからか。さらには、そんな詮索を越えたところに、お二人の思いがあったのか。いずれにしても、いつも楽しそうに話された。大変よく覚えているよ。

続けるのか。そうだな、そのために東京まで来たのだろう。君は上方の言葉を使うけれども、どこからだね。

京都。

京都からわざわざ来て、父君の話を聞きにきたのか。いや、定敬様のことだったな。どちらでもよい。何が目当てか知らないが、いいだろう。心意気を買う。しかし腰を折るようで悪いが、その前に父容保のことをもう一つだけ付け加えてもよいか。そうだ、この話をしないと、父君の戊辰の役での話がまったく進まない。

それは、父容保が幕府政治の表舞台に立ったときの出来事だ。承知の通り、父容保は養子だ。幼い母様の婿として会津藩に入った。その父の父、つまり自分からいうと祖父の容敬《かたたか》も養子だった。同じ藩から会津へみえた。これも知っていると思うが、尾張徳川家の支藩、美濃高須藩からだ。父容保と祖父容敬は、元々が叔父甥の仲にあたる。美濃からはるばる養子にきたという同じ境遇だ。生まれもっての会津藩主ではない。しかし家臣すべてが、二人を慕っていた。

話を進めよう。父容保は、病弱だったという。体の芯が細く、少し根《こん》を詰めると熱が出た。常に青白い顔をもっていた。それが役者のようだと騒ぐ女たちもいたが、江戸城内では、はっきり言って影が薄かった。致し方ない。混乱の幕末。大名たちの生死を賭けたやりとりが繰り広げられる場所だ。自ら声を発しない大名は、知らぬ間に軽んじられる。

ところが、跡目を継いだ嘉永五（一八五二）年以後、世の中が大きく変わった。次の年に黒船来航。条約が二つ結ばれて開国。混乱の中、二十五歳の時に桜田門外の変があった。驚かれたことだろう。

わたしか。わたしはそんなに年寄りではない。ご覧のように、昨年まで学生だった。れっきとした明治の生まれだ。父君が「逆賊」と蔑《さげす》まれてから生まれた子だ。言ったろう。今君に話していることは、全部が全部、あの西南の役が終わった頃に、父君からぽつぽつと聞いたことだ。

江戸城内の話に戻るぞ。桜田門で井伊直弼公が水戸藩士に斬り殺された。天下の大老が、御三家配下の武士に討たれた。それも場所が江戸城内桜田門脇。幕府の面目丸つぶれだ。当然仕返しの話題が出る。早く言えば、幕府による水戸藩征伐だ。

よくある話だが、議題だけが先に進む。皆が賛成なのに誰も声を出さない。何となく、うやむやにならないか、皆がそう思っている。直々指名されても、「さあ、その議については…」などと答えを濁しておしまいだ。

そんな折、松平容保、つまり会津藩主である我が父がきっぱりこう言ったという。

「身内を厳罰に処しては、災いが大きくなるばかりでありましょう。各藩に代々受け継ぐ家風があるように、水戸藩は尊王の家風なのだから致し方ありません」

昼行灯《あんどん》のような会議に光が差したという。父君の申すように、水戸藩とは徳川光圀公の昔より尊皇思想が充満しているお国柄。幕末での攘夷論者の熱もすさまじいものがあったという。ゆえに、一部の浪士が突出した行動を取っても、それはそれで致し方ない。そんな些末《さまつ》なことにこだわるより、今は大局。同士討ちなど避けるべきだ。誰もがわかっていることを、ぴしりと述べた。驚いた老中久世《くぜ》大和守が重ねて問うたという。

「しかし、このような国の一大事に、お国の体制を揺るがすような行為をこのまま見過ごしてよいのか。ひいては国体保持に関わる。皆が論議しているのはその一点じゃ」

「だからといって、旗本八万旗を使って御三家の一角を征伐すれば、それこそ国の一大事。同士討ちの混乱に乗じて、長州やあるいは夷狄が調子づくのは必定《ひつじょう》でございましょう」

見事な意見だ。一部の者のために、仲間割れしているときではない。幕府の面子などどうでもよい、今は大局に向かうべき時。その通りだった。

評定はこの一言で終わったという。同時に「会津殿は大人しそうに見えたが、あれでなかなか見所のある青年だ」という評価が一気に高まった。今後幕府に何かあれば、あの若者に任せてみるのよかろう。火中の栗を拾わせるのはあの男だ、そういう印を貼られた。意味がわかるか。

この一言が、のちの京都守護職という役職につながった。父君は京都護衛の話を持ち掛けられたとき、即座に受諾する意思を固めたという。一応藩内の意見を聞いてみようということで、しばらくの猶予を願い出た。藩邸へ戻り尋ねてみると、家老西郷頼母《たのも》以下、家臣の全員がお断りすべきと言い放った。

当時会津藩は、浦賀や遠い蝦夷地の警備で疲れ切っていた。加えて、波乱の京都で、攘夷に凝り固まった公家や一部藩士、それにもまして何百人もいるという不逞浪士の治安維持に関われば、間違いなく藩そのものが窮地に陥る。触らぬ神にたたりなし。知らぬ顔で、時の過ぎゆくのを待つが一番。当然の思いだ。

しかし、父君は違った。会津藩に縁づいた時に言われた言葉、会津家訓十五箇条の第一、「会津藩たるは将軍家を守護すべき存在である」。これが頭に残っていた。後日再登城した折、逆に政事総裁職にあった松平春嶽様からも、この家訓を引き合いに出された。

「会津はそうした家風にあるのではありませんか」

よって受けた。京都守護職という、前例なく実態もよくわからない役職を受けた。

「これで会津藩は滅びる」と嘆く家臣を尻目に、千名の家臣を引き連れ上洛した。以後、王城を護衛し、大政奉還後は、会津城を枕にいくさを続けた。

このあたりの話は知っておるな。そうだよ、鶴ケ城。ひどい戦いだった。いい話なんか何もない。白虎隊なんていう奴らは、当時は会津では誰も知らなかった。あんなのはのちの歴史家が作った講談話だよ。まあそれに近い若者は何人かいたが、いつの世にも勘違いして先走りする輩はいる。

わたしか。わたしは知らない。言ったろう。わたしは御一新の次の年に生まれた子だ。陸奥の北の果て、斗南《となみ》というところで育った。そうだよ、戊辰の役の処分で、会津藩士すべてが追いやられた、作物の育たない不毛の地だ。子供心にも、ひどいところだと思った。「住めば都」とかいうが、彼《か》の地には何年いてもそういった気持ちは芽生えないだろう。砂と風だけの何もないところだった。夏の寒さは今でも体に染み込んでいる。

話を松平定敬様に戻さなければならないな。まずは初対面からだ。父は何度もこの話をされた。そう、お会いしたのは江戸城内だった。先ほど言ったな。十四代将軍徳川家茂様への、松平定敬様の初お目見えの時だ。実は桑名藩の跡継ぎ問題については、よほど前から知ってみえた。江戸城内で話題に上っていたからだ。先代の松平猷様が江戸藩邸で急死したことも、おおよそつかんでいた。だが、こうしたことには深く詮索しない。知らなかったことにして、跡継ぎ問題を進める。

簡単に言えば、武士の情けというやつだ。そして実弟である鍥之助君縁談の話が出たとき、素直に喜ばれたという。婿養子および遺領の継承認可についても、大いに賛成の立場で関わられた。

血を分けた弟だから、栄転に喜ぶのは当たり前だ。もっとうれしかったのは、自分と同じ境遇の者が、同じような立場で江戸城内に来る。この混乱の時勢に、兄弟にして大名が揃う。そういった喜びだったのではないかな。もちろん、子である自分の推測だが。

　さておき、将軍参内の弟が目の前を通過する。向こうは自分を意識していない。当然だ。彼が生まれたとき、自分が会津へ来た。その後の定敬様は、幼き頃父君もそうであったように部屋住みだ。窮屈《きゅうくつ》な藩邸からは、外出などない。自由は許されない。したがって、兄である会津公と顔を合わせる機会はありえない。

　その実弟が目の前を通る。心強いというよりも、兄としての大きな慈愛で見つめていたことと思う。父はそういう人だった。

　あとのことはよく知っておろう。

　京から来たと言ったな。京都での活躍は今でも噂になっているのか。父は美形だった。内裏に入れば、女官たちがそわそわしたという。人気はすさまじかった。孝明天皇からも、心より信頼されていた。これも先ほど言ったな。それがいつの間にか逆賊だ。

　父が目を掛けた新選組もそうだよ。京の治安回復に全力を尽くした。市中が火の海になるところを救った。あれほど持ち上げておきながら、今では、時代の到来に逆行した、血に飢えた集団と言われている。政府から毛虫のように嫌われている。訳がわからない。

　そう、定敬様の話だったな。その後何度かお会いになった。会う度に心通じるものがあったのだろう。本当に通じたのは、父が京都守護職になられてからだ。もともと桑名藩は、京都にて警護役を務めてみえた。いわば王城の警護については先輩だ。京の治安維持にも慣れていたのかも知れない。しかし会津は違う。新設された京都守護職という立場で乗り込んだ京都は、まさしく魔境だったろう。言葉も通じない場所だった。

文久二（一八六二）年八月、京へ千名の藩兵を連れて入城した。長沼流の軍列を組み、粛々と行進したという。京町衆は驚いた。慶長以来、武装した行列など見たことがない。洛中を大名が行進するのは禁止だったからだ。

だがはっきり言って、軍備は古かった。織田右大臣様ばりの、昔ながらの装束だったという。それがまた庶民に受けたのだろうが、隠れ見ていた過激派浪士たちは、時代遅れの装備に失笑していたかもしれない。

落ち着いた先が黒谷だ。左京にあたる。京から来たと言ったからこれはわかるな。かの昔、法然上人が比叡山で修行なされたが物足らず下山し、この地にて庵《いおり》を作り修行を重ねた。それが金戒光明寺《こんかいこうみょう》だ。初めは新黒谷と言っていたが、今では誰もが黒谷とだけ言う。その境内が会津陣地となった。彼の地にて六年、いろいろあった。

当時長州系の公家たちを中心に、偽勅が横行していた。「帝は攘夷を望んでおられる。よってこういうお考えをおもちだろう」などと推測して出すのはまだ許せる。もっとひどい奴らが大勢いた。腹の中は金儲けだ。こうすれば我が家が栄える、新しい世の中で生活していける、などと考える輩ばかりだった。もっともそんなのの多くが、明治の今、元勲と呼ばれている。羽振りがきわめてよい。中には公爵様までいる。

父も、歯ぎしりして世の移ろいを眺めてみえたことだろう。桑名越中守様も同感だったに違いない。二人は、共に将軍家茂様と孝明帝にお仕えした。共に信頼され、可愛がられた。しかし帝も将軍も、相次いで慶応三（一八六六）年にご病死された。家茂公は七月二十日、孝明天皇は十二月二十五日に続けて亡くなられた。残念だった。

そして将軍には慶喜様、皇位には睦仁《むつひと》親王が即位され、すべての風向きが変わった。死因か。毒殺ではないと思う。証拠はある。孝明天皇は間違いなく疱瘡だった。しかし、まるで毒殺されたのではないかと思えるほど、世の流れが変わった。うまくできすぎている。家茂様も同様とお聞きしている。

そうだったな。二人の、つまりご兄弟の話に戻らなければならないな。どこまで言ったかわからないが、文久三年の夏の話は避けてはいけないだろう。

将軍家茂様は、やっとのことで京からお出になられることとなった。攘夷派の浪士や公家の中には、「上洛した将軍を人質として、攘夷を実行させよ」と言っている愚か者もいたという。そして攘夷約束の五月十日だ。下関では小競り合いがあったが、江戸や京、大坂では何も起こらなかった。当たり前だ。続けて、松平定敬様が孝明帝に拝謁したのが、確か六月三日。将軍家茂様と同席だった。直後、将軍は船で江戸へ帰られた。大坂湾に浮かんでいた船だ。

この月には、老中小笠原長行様の武装上洛もあった。あの方もよくわからない方だったが、「横浜閉港」は、当時の攘夷派のとりあえずの目標だった。一部は仕方ない。通商条約が破棄できないなら、せめて横浜から異人が消えてほしい。そう思うのは当然だったろう。その小笠原様と入れ替わりで、将軍が江戸へ戻られた。出航が十三日。定敬様も陸路桑名へ戻り、すぐさま江戸へ東海道を下った。

京都には、守護職である父、容保が残った。この時に大きな事件が起きた。今で言う、「八月十八日の政変」だ。七人の攘夷派公家が都から長州へ落ちた事件。知っているかね。

もとは孝明帝の熊野詣《もうで》から話が始まった。攘夷断行を願うために、京を離れ熊野まで祈願に行幸《ぎょうこう》するという。ついでに伊勢神宮まで足を伸ばして、帝《みかど》が京を長い間留守にする。間に偽勅を乱発し、王城から佐幕派を一掃しようという計画だ。中には京都守護職たる父君も、お抱え浪士新選組も含まれる。そうなったら大変だ。

聞いたと思うが、孝明帝自身は、江戸幕府を倒そうなどというお考えは毛頭なかった。ただただ攘夷だけを願ってみえた、少年のようなお方だ。孝明天皇の攘夷願望は、この頃病的なものだった。

知っているか、江戸の絵師がペルリの似顔絵を描き、それを献上した。その絵がひどかった。見もしない想像でペルリの錦絵を描いたが、まるで鬼かヒヒのようだった。毛むくじゃらで牙まである顔を見て、孝明帝は「やはり夷人は禽獣《きんじゅう》か」と身もだえなされた。当時の絵師なんてものは、そんな奴らばかりだったよ。よく好んで虎を書くのだが、何せ本物の虎を見たことがない。江戸時代は鎖国していたから、虎や象などが一頭も入ってこない。だから書くものは、全部が全部「猫」だ。一生懸命に怖く見せようと、牙や目を極端に大きく書くのだが、これが余計に滑稽になる。

当時の日本という国は、誰もが滑稽で閉鎖的だったのだよ。代表が御所だ。天朝様は、いくら御所内が広いとはいえ、外へお出になられたことがないという、ある意味不憫《ふびん》なお方だった。世間に対する知識がない。見聞がそこらの子供より劣る。それに偏見が加わって、願いは「ただただ攘夷」以外には何もない。御自身が、「政治」などという煩《わずら》わしい仕事をする気など、まったくなかった。当然だが、倒幕などありえない。

それがこの度の行幸だ。果てには幕府を倒す計画があると気づかれた。

熊野参拝は、築州浪人真木和泉《いずみ》と、長州人久坂玄瑞《くさかげんずい》の発案であった。うまい方法を考えたものだが、肝心の孝明天皇がこれに心の底から驚かれた。初めは奈良春日大社、神武天皇陵を経て、熊野から伊勢神宮まで赴き攘夷を祈願する。ざっと歩くと二ヶ月はゆうにかかる。留守となる京は、攘夷過激派公家の思いのまま。鬼の居ぬ間に洗濯だ。

源平の昔、平治の乱の再現ということか。平清盛が熊野詣している間に、都で争乱。彼の時は、京に戻った清盛が在京軍を打ち破ったが、今度はそうはいかない。帰ってきたときには全部の流れが変わっているだろう。

帝は操られている自分に気がつき、是非ともこれを中止したかった。誰かに何とかしてほしい。身近にいる憂患、逆賊三条実美《さねとみ》らを排除してほしい。そう願われた。思いついたのが松平容保、つまり父君だ。密使が直接送られた。二名の公用人が、御所から黒谷まで走った。

信じられるか。天皇の勅諭が、父のところへ届いたのだ。必死で駆け込んだ藩士の持つ文に感激されたと思う。命に替えて天朝様をお守りしようと思った。そうだよ、その文が、先ほど君に見せた物だ。話がつながったな。

そこで父君は薩摩藩と組んだ。当時、反長州で二つの藩は思いを共にしていた。敵の敵は味方だ。中川宮朝彦親王を通して、孝明帝の了承を取り、長州排斥の行動を画策。八月十八日、決行だ。

実はこのとき、大変都合のいいことがあった。会津藩は千名の藩兵を一年交代で京に詰めさせた。ということは、一年おきに千名の入れ替えがある。八月はちょうど交代の時期で、京には二千名の会津藩士がいた。倍になった藩兵は心強い。自信をもって行動を起こす。同盟する薩摩兵は百五十人。少ない。つまり実行部隊はほとんどが会津藩士だった。中には新選組も加わっていた。よく励んだよ。彼らは命を賭けていた。

早朝四時には御所のすべての門を固め、長州藩兵を閉め出した。

堺町御門というのがある。京から来たといったけれども知っているかね。長州藩が御門の警備担当だったが、これを力づくで追い出した。全面対決になるかとも考えたそうだ。小競り合いはあった。砲撃で驚いた公家衆もいたと聞いたが、案外あっさりとクーデターは成功した。そうだ、クーデターだよ。わかるか。フランスの言葉だそうだ。

千名余もいた長州藩兵は、この日を限りに御所を、というか京都を追われた。長州の息のかかった公家も同行する。悪漢、三条実美もだ。一時、京都から長州勢力が一掃された。すばらしいことだった。

孝明天皇もお喜びになられた。大きなお足で床を踏みつけ、身震いして喜んでみえたという。さっそく勅命を出した。内容を知っているか。

「去十八日以後申出儀者真実之朕存意」。

この日以前に出した勅命は、すべて偽勅であると宣言された。今後出す物が真勅だ。ほっとされたのであろう。やっと信頼できる忠臣が、朕に身近に出た。そう思われたに違いない。父と孝明天皇は心の底から強い絆で結ばれていた。

あとのことを言えば、皇女和宮東下《とうげ》以来の公武合体派が御所を支配した。徳川幕府と朝廷がしっかり手を結び、この国難に対峙《たいじ》しよう、そうお考えになった。よいことではないか。急進的な尊王攘夷派は影を潜め、薩摩の島津久光公が入京する。数ヶ月掛けて、島津様、松平慶永様、山内豊信様、一橋慶喜様、宇和島藩主伊達様、そして父容保による参預会議が作られた。連合して御所の運営にあたった。

話しているうちに、少し血が上りすぎたな。松平定敬公のことを忘れていたが、あの方も溜飲が下がっていたに違いない。八月は江戸在府にてお留守だったが、父君と二人は順風満帆だった。息が合っていた。

次の年には、長州藩の巻き返しもあった。禁門での戦いだ。しかしそれも打ち払った。詳しくは知らない。とにかくこの頃は、すべてがうまく回っていた。父君も心から喜んでみえただろう。京へ来たかいがあったと、よくお話になられた。

それが大どんでん返しだ。四年後の慶応三年末。薩長に、あの敵対していたはずの薩摩と長州が連合し、まったく同じことをされた。逆にやられた。本当に上手にやられた。くどいよ。

おかげで、父と、君が話を聞きたがっている松平定敬様が、共に逆賊になってしまった。臆病者で風見鶏の慶喜様のために、本当にひどい目にあってしまった。

そうだよ。わたしに限ったことではないと思うが、あの将軍様の悪口を言い出したら止まらないぞ。君もあちこちで話を聞いているようだが、誰か褒めているおめでたい人はいたか。まだそこまで時が進んでいないか。なら、今後聞くことになると思う。

夜も更けてきたようだな。君は今夜は泊まるところはあるのか。何なら我が家に泊めてもよいが。

そうか、いらぬお節介だったな。思ったようにしてくれたまえ。

自分のことを少し話してもよいか。

わたしも紆余曲折の人生を送った。物心つかぬうちに、述べた斗南藩知事となった。やんちゃをして学習院を放校になったこともある。だが決心した。かねてから願いを出してあった帝国陸軍に加わるつもりだ。軍隊に入るについては少し敷居も高かったが、改めて天皇陛下に身も心も捧げ奉る。迂闊《うかつ》なことは言えぬけれども、ここ数ヶ月に、皇国に大きな動きがあるやも知れぬ。父君のように、忠義を貫く所存だ。待っていてくれたまえ。

だが戦場に行く以上、自分の身に「もしも」ということもある。腹の底に溜まった思いを口にしたことは、よい機会だったのだろう。君には、はっきりありがとうと言いたい。よい気分だ。

〈池田屋事件、そして蛤御門の変〉

八月十八日の御所内政変の影響は大きかった。京の町の風が変わった。

もともと文久三（一八六三）年は、尊皇攘夷運動が頂点に達した年である。五月十日の攘夷断行についての空約束。といっても、将軍が一方的に悪いわけではない。いつの時代にも見られる解釈の違いというものであろうか。朝廷側は「その日に断行」ととり、内外に公表した。家茂将軍側としては、確固たる返答を避け、言葉を濁しただけのこと。

その曖昧な返事が一人歩きした。結果、長州藩のみが外国船砲撃を試み、三ヶ月後に外国連合軍の攻撃により大敗。賠償金を請求されるも、「我が藩は攘夷の方針に従いこれを実行したにすぎず」と言い訳され、賠償金を幕府が払うこととなった。時の老中小笠原長行の独断と聞いたが、正直情けない。

触れたように、七月には薩英戦争もあった。これも薩摩が惨敗し、逆に薩摩とエゲレスが近づくきっかけとなった。実際に外国勢力の力を感じ取った両藩は、幕府と同じく「攘夷不可能」を理解した。ところが、京で井の中の蛙《かわず》だった「自称」勤王の志士たちは、まだそのことを理解していない。黒船だろうが、夜陰にまみれて小舟で近づき、決死の覚悟で切り込めば何とかなる、そう思いこんでいた。鎌倉武士が元寇を乗り切ったように、攘夷は十分に可能だと信じていた。おめでたい話だ。

その筆頭が長州系の浪士たちである。彼らのやることなすこと、両刃《もろは》の剣だった。近づく者すべてに当たりちらし、少しでも進歩的な意見を言えば、「天誅」の刃を振り落とす。

京都守護職の任についた松平容保は、当初はそんな彼らに同情的であった。というよりも理解しようと努めていた。尊皇攘夷の考えは自分も同じ。少し表現の仕方が違うだけで、根元のところは理解し合える。抹殺すべし、という幕府内部の意見を押さえつつ、必ず共有できる部分があるはずだと考えていた。

それが一転する事件が起きる。「足利三代木像梟首《きょうしゅ》事件」と呼ばれるものである。時間が少し戻るが、文久三年二月二十二日の明け方のことだった。京都等持院にあった足利三代の将軍像の首と位牌が盗まれ、鴨川に晒《さら》されていた。添え書きにははっきり尊氏以下足利将軍三代を逆賊とする趣旨で、倒幕が謳《うた》ってある。

松平容保は激怒した。「天誅」とは、これまでは開国派や公武合体派に対して行われるものと思っていた。だがそうではなかった。努めて宥和《ゆうわ》政策をとろうとしていたが、ここにきて考え方を一気に変えた。

（奴らは徳川幕府を倒して、毛利幕府に替えようとしている。）

以後、京都守護職は一気に浪士捕縛《ほばく》に転じる。とりあえずは、梟首事件の下手人だが、犯人はすぐに突き止めた。うち一人がもと会津藩士であり、自首してきたのだ。他の下手人も即座に判明、必ず一網打尽にすると宣言した。伝え聞いた浪士側は驚いた。松平容保なる男を、一時的とはいえ軽んじていた。顔のように優しく、過激なことはいっさいできないはずだと思いこんでいた。

そこで逆に脅しに出る。今急進的な行動に出れば浪士の一斉蜂起があり、王城は収拾のつかないことになる。そう、密かに通告してきた。だがいったん態度を決めた容保には通用しない。倒幕を目指す者どもはすべてが敵だ。取り締まりに断固力を入れる。

ここで根本的な問題が出た。京都奉行所以下、所司代配下の役人はすべて役立たずばかりだったのだ。捕縛に同行した会津藩士は、なべて呆れて帰ってくる。現に、百人を越える与力同心が、下手人一人だけいる家を取り囲んでも、誰も踏み込もうとはしない。十重《とえ》二十重《はたえ》に列を作り、互いに押し合いへし合いしながら、順に入れ替わる。ときどき思い出したように、「出てこい」とどなり、壁に石などをぶつける。見れば屋根の上にも何十人も上がり、訳もなく叫んでいる。瓦を取っては、あらぬ方向へ投げたり、屋根板をたたいたりするだけだ。

業を煮やした会津藩士が、役人をかき分け抜刀して切り込むが、続く者はいない。やっとのことで目当ての相手を組み伏せ引きずり出すと、今度は堰を切ったように次から次に飛びかかってくる。もう相手は瀕死の状態で、悶絶しているのだ。なのに、上に乗りかかってくる。「どうだ」などと口々にわめきながら、おいしいところだけを取ろうとする。捕り手側の会津藩士が押しつぶされ、けがをする者が出るほどだった。

（奴らは何の役には立たない。足手まといどころか、いること自体が迷惑だ。）

同行した藩士の当然の思いだった。捕縛の瞬間を第三者に見られたなら、京都警護全体の信用に関わる。大いにまずい。

代わって活躍したのが、述べた新選組である。彼らの実力は、周囲の期待を遙かに上回っていた。勇猛果敢にして実直。何よりいいことに、己の命を顧みず即座に行動する。戦国絵巻の豪傑のようであった。成果は着々と出た。成果の一つが八月十八日の政変である。体を張って長州勢力を一掃したことにより、京の治安は劇的に改善した。朝廷は公武合体を進める穏健派が力を取り戻し、幕府と協力して国難を乗り切ろうという雰囲気があふれた。面白くないのは当然ながら長州である。京都での失地回復に暗躍する。

なかで密かに洛中へ潜入した一派は、力づくで孝明天皇を奪い返し、帝を奉じる立場に戻ろうと画策した。文久四（一八六四）年に年が改まってからのことであった。

触れたように、この年の春に桑名藩主松平定敬は晴れて京都所司代を拝命した。着任の事情も異例なら、十八歳の若さでの着任も異例である。もっとも京都所司代も、今や貧乏くじとなりつつあった。かつては老中職への一里塚。京都所司代を数年務め、のち江戸へ戻って栄転する。規定の路線であったが、それが違ってきた。

若狭小浜藩主である酒井忠義は、長年所司代にあるも老中への登用はなかった。いったん退いたのち、幕末の混乱の中で再任。薩摩藩島津久光下向にて京都入城時には、身の危険を感じて二条城内へ逃げ込んでしまう。

幕府はあわてて酒井を罷免する。以後、越前藩主松平春嶽や淀藩主牧野正邦などの有能な大名が選任されるも、早々に辞任。口ではきれい事を並べても、火中の栗を拾うことをいやがったのである。うち、白羽の矢が桑名藩に立った。かつて登竜門として人気のあった職への登用で悩むのも、当時の京都所司代職務の困難さを象徴していた。

桑名は江戸開府以来、屈強な譜代大名が置かれる地である。加えて近年は、他藩に先駆け洋式の軍備を整えつつあるという。京からも近い。さらに聞けば、現藩主は、京都守護職である会津中将殿の実弟という。これ以上の適役はいない。

さて通知。蓮台寺の陣屋にいた松平定敬は快諾する。それが四月十一日のこと。次いで十八日には役知一万石をいただき、従四位上左近衛権少将に任官される。桑名少将の誕生である。

兄容保は中将であり、以後少将と中将の連携は、戊辰戦争終結まで続くこととなる。

触れたが、松平定敬はこの年の一月には、将軍家茂と京に入っていた。前年の師走十二日に江戸を発ち、二十一日に桑名へ入る。その地で徳川家茂と合流したのち、二十三日に桑名を発った。二十八日に大坂へ着く。当時は、慶長夏の陣で炎上した天守閣とは違う形の大坂城が健在であった。入城すれば一安心である。

この時分から家茂は、不思議なほど松平定敬を可愛がり、何かにつけて同席を促した。この時もほぼ同じ行動をとらせる。年を越えて文久四年一月十四日、大坂を発ち翌日入京した。十四代将軍徳川家茂公、二度目の上洛である。

京へ入った主従は、治安の良さに驚いていた。このまま落ち着いた状態なら、当分幕府は安泰、そう感じていた。次いで御所へ参内するも、以前のような取り巻き連中の感情に任せた物言いはない。将軍も桑名少将も共に思った。これはよい。

だが、長州の失地回復運動は密かに進行していた。

穏やかな春を過ぎて、五月に入る。不穏な噂が流れてきた。新選組隊士で諸士調役兼監察を務めていた山崎蒸《すすむ》と島田魁の二人が、四条大橋脇で炭屋を開業していた古高俊太郎の存在を突き止める。捕えて身辺を調べてみると、長州藩とのやりとりをした書簡や、新式の武器が見つかった。土方歳三の徹底的な拷問により、やがて自白するところでは、「祇園祭前の風の強い日を狙って京都一帯や御所に火を放ち、混乱に乗じて孝明帝を長州へ連れ去る。中川宮朝彦親王を幽閉し、一橋慶喜や松平容保を暗殺する」という。

驚きの内容だった。さらに、この計画を練りあげるために、今夜三条あたりに浪士が集結するということまでわかった。新選組内で、すぐ急襲すべしという意見が沸騰する。

一橋慶喜の名がたびたび出てきている。のちの十五代将軍徳川慶喜のことである。この頃から江戸、

郵便はがき

料金受取人払郵便

名古屋中局
承　　認

9014

差出有効期間
2026年9月29日
まで

460-8790

101

名古屋市中区大須
1-16-29

風媒社 行

||||||||||||||||||||||||||||||||||||||||||||||||

注文書◉このはがきを小社刊行書のご注文にご利用ください。

| 書　名 | 部数 |
|---|---|
| | |
| | |
| | |
| | |

郵便振替同封でお送りします（1500円以上送料無料

# 風媒社 愛読者カード

名

書に対するご感想、今後の出版物についての企画、そのほか

お名前　　　　　　　　　　　　　　　　（　　　歳）

ご住所（〒　　　　　　　）

お求めの書店名

本書を何でお知りになりましたか

①書店で見て　②知人にすすめられて
③書評を見て（紙・誌名　　　　　　　）
④広告を見て（紙・誌名　　　　　　　）
⑤そのほか（　　　　　　　）

＊図書目録の送付希望　□する　□しない
＊このカードを送ったことが　□ある　□ない

京都を行き来しつつ、幕府内にて存在感を見せていた。詳しくはのち述べる。

さて亥《い》の刻（午後十時）過ぎ、三条大橋脇池田屋に長州系浪士が集結、謀議中であるという確実な情報が入った。すぐさま、会津藩および桑名藩へ援軍を依頼。しかし、真夜中に黒谷や蓮台寺まで行くには時間がかかる。兵を整え、とって返すまではさらに時間を費やすはず。新選組は焦った。

この頃新選組は、自ら定めた厳しい隊規により脱走者が相次ぎ、いかにも手薄であった。二十数名はいるという攘夷派志士に対応するには、少なくとも同数が必要である。当初池田屋に着いたのは近藤隊十名のみ。土方隊は未到着、しかし援軍を待っている余裕はない。斬り込みを決意する。

当初二階へ駆け上がったのは、局長の近藤、そして沖田、永倉、藤堂の四名であった。不意をつかれた浪士たちは混乱した。二階から脱出を図るも、屋外を固めた他の新選組隊士により次々討たれる。やがて土方隊十二名が合流し、一進一退だった戦局が一気に新選組に流れる。ここで方針を、斬り捨てから捕縛に変える。

浪士の中には、必死に長州藩邸まで走りそこで絶命する者もいた。真夜中、日が変わったくらいになって、やっと桑名藩兵と会津藩兵が到着する。二つの藩の陣屋は大きく離れていた。述べたように、左京黒谷と洛外蓮台寺だ。しかし偶然にも、到着はほぼ同時刻だった。この物語の主役である桑名藩も、兵士百名を派遣。結果、周辺を完全に封鎖した。もう攘夷派志士に逃げ道はない。

昔話では、桑名藩士に手柄を横取りされることを恐れた土方歳三が、道を通せんぼして池田屋周辺に近づけなかったとするが、あり得ない。彼らは会津藩お預かりの身である。出過ぎた行動を取り、両藩主の逆鱗に触れたら身の置き場がない。絶対服従。ただただ意向を伺い、協力して鎮圧に当たる。つまらぬところで人気取りに走り、機嫌を損ねる行為をとるはずがない。

現に両藩士が到着した後は、奉る形で一致協力し逃走浪士の捜索にあたった。明け方までに多大な成果を上げるも、逆に血路を開いて逃げようと試みる浪士のため、会津藩士五名、桑名藩士二名の犠牲を出す。

正午、新選組が壬生の屯所へ帰る頃には、京焼き討ちを阻止したという噂が町中にあふれていた。隊列を見守る沿道は、見物人でごった返し、賞賛の声が上がる。まさしく赤穂浪士であった。新選組も、会津、桑名藩も正義の味方だった。

のちの話だが、会津藩から新選組全体に五百両の報奨金が与えられた。別に負傷者にはそれぞれ二十両。また近藤勇には、指揮よろしきということで、三善長道《みよしながみち》の名刀を授けた。幕府とは別の褒美《ほうび》である。さらに近藤局長は「両番頭次席」、副長の土方は「与力上席」の身分が与えられた。名実共に武士だ。次の月には、遅ればせながら幕府から六百両の支給があった。個々の隊士の分配金であった。

対し長州藩は激怒した。七卿落ち以後、国元でも過激派が影を潜めつつあった。勘違いされているが、八月十八日の政変で長州の勢力がすべて京都から駆逐されたわけではなく、長州藩邸は健在であった。ただ大手を振って歩けなくなり、肩身が狭くなっただけ。しかしこうなれば直接行動しかない。池田屋事件の敵《かたき》を討つべく、挙兵へ動く。

一方本国では、桂小五郎や高杉晋作らを中心に、慎重な意見をもつ者も多かった。それが強硬派に押し切られた格好となる。過激な家老が中心となり、「藩主の冤罪《えんざい》を朝廷に訴える」とばかりに、京都進軍を決意した。

ひときわ急進的だったのが久坂玄瑞である。彼が先陣となり、山崎天王山周辺に兵を集める。その数約千六百。加えて嵯峨天竜寺近辺には、来島又部衛らが約千名。伏見長州屋敷には福原越後が六百名を集結させる。合計三千二百名。大軍である。互いに連携しつつ、七月中旬に京へ接近してきた。彼らの目的は、御所における長州勢力の復活、および松平容保の追放であった。

動きは朝廷側の知るところとなる。兵力は誇張されて約二万。時に七郷擁護の公家の中には、要求通り容保と京都所司代松平定敬らの追放を唱える者もいた。筆頭が戊辰戦争にて活躍する有栖川熾仁《ありすがわたかひと》親王であり、彼が孝明天皇に直訴した。だが御上の容保への信頼は揺るがなかった。長州系の公家に聞く耳持たず、即座に長州掃討を命じられた。これが最終結論となる。

成り行きを知らず、長州兵は御所へ到達した。たちまち戦闘が開始される。元治元（一八六四）年七月十九日のこと。

初秋の風が吹き抜ける日和であった。今の暦で言うと八月二十日くらいだろうか。穏やかな気候とは裏腹に、明け方から実弾が飛び交う激戦となった。混乱が続くが、戦闘は一日であっさり終わる。「朝廷」側の大勝利であった。孝明天皇も大喜びなされた。会津、桑名と、薩摩藩連合軍が徹底的に勝ちを収めた。帝を奉じる大名たちの勝利。彼らが官軍だったのだ。

## 松平定敬㈢　蛤御門の変

十日ほど空いたが、君の来訪を聞いて、話ができることを楽しみにしている自分に、改めて気が付いた。はっきり言うが待ち遠しかった。さあ座りたまえ。

先日は、京都所司代を拝命したあたりまでだったね。言ったと思うが、四月十一日だ。そうだよ、松平容保様が京都守護職、自分が京都所司代に着任だ。肥後守殿からの強い推薦があったという。結果、兄弟で王城の警護に当たった。孝明帝も喜ばれた。さっそく参内を命じられ、従四位上左近衛権少将に任じられた。自分が少将だ。言い忘れたが、幕府からは　役料一万石が給された。もっともこれは空約束に終わり、実際に加増米が桑名藩の手に入ることはなかったが、それでも家臣たちは誰もが喜んでいた。

ところで知っているか。京都所司代は、与力五十騎、同心百人が与えられる。常勤の京都在住役人で、誰が所司代になっても顔ぶれは変わらない。しかしわたしは、彼らがいかに軟弱かをこの目で見て知っていた。浪士探索には役に立たない。だが彼らも生活がある。先祖代々職務に就いており、支えるべき家族もあるだろう。臆病だからといってすぐ仕事を奪うことはできない。それでも仕事は桑名藩士に任せた方がてっとり早い。有り体に言えば、奴らは足手まといだ。警護という務めの邪魔だった。

京都所司代の上屋敷は、二条城近くにあった。すぐに入ったが、京都代官所を兼ねているためか元からの役人が多く、桑名藩士の収まる場所がない。蓮台寺からそんなに遠くないものの、できることなら腐れ役人どもを追っ払って、我が藩兵に全部明け渡してほしいところだ。わたしは言いたいことを飲み込んで、藩邸と所司代屋敷を行ったり来たりした。面倒だった。

さて、改めて聞くと所司代の仕事は信じられないほど多い。京都の制圧、朝廷及び公家の監察、西日本諸大名の監視、五畿内及び近江、丹波、播磨の八カ国の民政総括等々だ。細かいのはまだ他にたっぷりある。

しかしこの時には、所司代の上に京都守護職が置かれていた。兄である会津中将殿とのつながりが大切。うまく手分けする必要がある。例えば朝廷の監察といっても、公家衆は「所司代ごときが…」という気持ちが強い。いきおい、朝廷関係の職務は守護職様に頼むことが多くなる。大名の監視というやつも難しい。西日本には様々な大名がいた。何を目論んでいるのかつかめない藩もあれば、公家と組んで勅命を操る藩主もいる。偽勅か真勅かは、おいそれと判断できない。判断できても、手が下せない藩もある。どの程度まで関わってよいのか。さじ加減も頭を使うところだ。

当面は五畿内の民政総括に専念した。狼藉者《ろうぜき》を取締まり、治世安定に努める。実はこれも配慮することが多かった。しかしこの頃、大変便利な連中がいることが漏れ聞こえてきた。会津お抱えの身分である「新選組」という集団だ。日々、京の治安回復に大きな力を発揮しているという。

知っているな、新選組。今や血に飢えた殺し屋集団のように言われているが、わたしは彼らの剛直で礼儀正しいところが大好きだった。誰もが勤勉だった。薩長は彼らの出自についてあれこれ言う。「もとは浮浪の身にて…」などと悪態をつく。その実、自分たちの出身も怪しいものだ。せいぜいが足軽の養子くらいのくせに、「士族様」だと鼻を高くし、あげくが、御一新後は元勲に収まっている奴も多い。対して新選組の純粋さは、わたしが保証してやる。そうだよ。真面目で一途な青年ばかりだった。一人一人顔が浮かんでくる。

いつか彼らについて、歴史の評価が変わる時がくると信じている。自分が許されて、爵位まで頂いているのに、王城の警護に愚直に励んだ彼らが報われないのは、不合理というものだろう。少し熱が入りすぎたな。

さておき、新選組に市中取締りを命じるについては、自分も顔合わせする必要があった。兄、松平容保公は「会津藩お抱え」にする以前より、局長以下幹部連中と何度も懇談し、意を通じているという。自分も所司代という立場から顔つなぎをしておきたいところ。さっそく呼び出してみた。

時に、奉行所配下が良い顔をしなかったのを覚えている。遠回りに嫌みを言ってきた。元々、市中警護は奉行所の仕事である。それを、新たに置かれた得体の知れない浪士たちに横取りされている状態だ。幾分同情するが、現に活躍しているのは新選組だ。述べたように、与力、同心たちが臆病なのは町中誰もが知っている。わたしはたまりかねて怒鳴り声をあげた。木っ端役人を屋敷から蹴散らし、逆に新選組には礼を尽くして歓待した。

やってきたのは局長近藤勇、副長土方歳三、他に四名ほど、いずれも目の鋭い長身の武士だった。確か、沖田、山南、永倉、斉藤だったか。この四人もその後何度も出会った。似たような年齢、体格の浪士が多く、実はわたしは名前を覚えるのに手間取った。

今か。今はほとんど言える。勘違いして記憶している隊士もいるかもしれないがな。

そんなことより、会ってみて物腰のよさに驚いた。中に百姓出身もいると耳打ちされていたが、自分が見たどの侍より凛《りん》としていた。口から出る話も理路整然としている。これまで都にて会った者どもは、誰もが歯切れが悪く、質問しても煙に巻いたような答えしか出なかった。平身低頭しているものの、若い自分を嘗《な》めたところが必ず見られた。

この者たちは違う。武士《もののふ》の心をもっている。顔を眺めているうちに、何だか少し震えがきた。自分は、彼らよりよほど若い。目が合うと威嚇《いかく》されているようで、言葉が出なかった。人間として位負けしたようであった。

やがて近藤から「お招きに預かり、恐悦至極《きょうえつしごく》にございます」と、杓子定規《しゃくしじょうぎ》なあいさつが耳に入った。何と言えばよいのか。公用人として脇に控えていた立見が、助け船を出してくれた。

「ご活躍の様子、痛み入ります。王城とはいえ、慣れぬ異郷の地にてお疲れになることも多いと存じます。何なりと我が桑名少将、京都所司代様に申し出て、不自由なきよう取り図ってもらいなされませ」

ははーっと六人揃って頭を垂れた。よく考えれば自分と立見はほぼ同じ歳である。小姓がこんなに対等以上に話せるなら、わたしもできるはず。そう考えたら肩から力が抜けた。思いついて「苦しうない。もっとくつろがれよ」と声を掛けた。その言葉で自分もくつろげた。

あとは会話が弾んだ。故郷の話も出た。さわやかに自慢話を繰り広げた。驚いたことに、彼らの道場試衛館は、高須藩江戸屋敷ときわめて近いらしい。

「江戸の御藩邸横をよく通りました」との近藤の話には気をそそられた。土方は美濃高須藩の地勢についてもよく知っていたが、残念ながら自分は高須藩領地へ行ったことがない。適当に相づちを打った。うちにわたしが、「天然理心流とは、どのような流儀であるかな」と尋ねた。

「お許しがいただければ、お庭にて演舞致しますが…」と宣《のたま》ったのが沖田だったと思う。言葉に一同驚いたが、わたしはすこぶる興味をもった。脇に控えていた立見鑑三郎はなおさらだったらしい。膝を乗り出した。

言ったかのう。立見は若くして柳生新陰流の使い手として知られていた。槍術にも長けて、腕には覚えがある。いわゆる血気盛んだ。察して、彼らにこう告げた。

「余の小姓を務めるこの立見なる男は、若年ながら江戸にて柳生新陰流の目録を頂いておる。もしよかったら、剣技など伝授してはもらえぬか」

連中の眼が鋭く光った。興味津々の顔が連なった。彼らは戦いに飢えていたのだ。強い相手にはよだれが出るらしい。近藤局長が、「望むところでございます」と即座に答える。立見の横顔を見れば、こちらも眼が輝いている。同時に中腰になった。立見の好戦的な態度に隊士たちも火がついたらしい。もう引くに引けない。陣屋の中庭にて、御前試合となる。

大変なことになったと家臣たちがざわめいていたが、当の鑑三郎を見れば、支度に勤しむ姿に笑顔が見える。家老の服部が、「どう修めますか」と耳打ちしてきたものの、立見本人がこの様子なら問題はない。命まで取られることはないだろう。そう思い、捨て置いた。白砂へ出る。縁の上に床机《しょうぎ》が置かれ、そこへ我々が移動した。

獲物は木刀。この時、少しだけ後悔した。いや自分がだ。脳天に食らったり、喉元を突かれれば即死だ。足や腕を鋭く打撃すれば、骨折は免れない。それでも立見はなお微笑んでいる。たいした奴だ。しかし考えた。もしこの場で、立見という心の通じ合った小姓を失ったら自分はどうなるか。頭にそのことがよぎったが、どうしようもない。本人が望んだことである。前へ進むだけだ。

新選組は先ほどの沖田が出た。肩幅が妙に広く、つり上がった目元が涼しい。江戸流行《はやり》の浮世絵師が書いた、大首絵に載っているような色男だった。他の者が先に出ようとしたが目で制し、ゆっくりと中央に出る。誠に不気味だった。

(これは立見が負ける。)

止めるなら今だと思ったが、肝心の鑑三郎はなおも目が笑っている。自分は鑑三郎の剣術の腕を知らない。いったいどれくらい強いのだろうか。顚末が見たくなって言葉をやめた。こちらに一礼、互いに向き合う。

ときに立見がこう述べた。

「手加減無用にございます」

気を遣った下手な芝居は勘弁願いたいということだろうが、この場面で口にすることではない。誰もがそう思った。沖田のこめかみが、不機嫌に動いた。

やがて蹲踞《そんきょ》、「始め」の声。大きな声が出た。その声に、邸内中に緊張が走る。どちらが出した声かさえわからなかった。わたしはまた大きく身震いした。

いきなり打ち合うかと思いきや、なかなか間合いが縮まらない。わたしはこうした試合を初めて見た。ごくりと唾を飲み込んだ。静寂の邸内に、低い音が響いたと思う。

二人はしばらく見合ったあと、立見が先に動いた。木刀を担いで、相手の左から横面へ打ち込む。沖田が擦り上げかわす。つばぜり合いをしては離れ、三度、四度と続いたあと、大きく別れた。今度ははっきり立見とわかる声で打ち込みがあった。沖田が脇から返し、面と胴に木刀が入る。自分としては相打ちに見えた。しかし沖田が、後ずさりしながら「参りました」と声を上げた。桑名藩陣営からどよめきがあがる。沖田は正面に一礼し、白砂から脇へ下がった。

新選組は、残り全員がほぼ同時に立ち上がった。次なる試合を望んでいる。わたしも鑑三郎を見たが、息は上がっているものの余裕があるように感じた。かき分け出たのは斉藤一という男だった。口元をほころばせながら前に進む。見るにつけさらに不気味に感じた。それを脇から遮《さえぎ》って、副長の土方が木刀を握った。

新選組副長土方歳三、年齢は三十歳くらいだろうか。兄君、松平容保公とは趣きの違った美形であった。会津公は、役者絵から抜け出たような色白の好男子。女形にも見える。対してこの男は、目鼻立ちのくっきりした屈強な男であった。端《はな》から歌舞伎の隈《くま》取りをしているような、立派な見栄えだ。

もっともそれは、うちの立見鑑三郎も同じである。笑うと愛想がくずれ憎めないが、普段はきりりと引き締まった表情がまばゆい。かの武蔵坊弁慶はこんな顔ではなかったかと、勝手に思いこんでいた。

彼は陸軍少将になった今も、当時の面影をしっかり残している。あの顔を見れば、異人たちも怯《ひる》むことだろう。いや余分な話か。

さて、両者が三歩の位置に対峙した。こちらを向いて一礼。土方は顔をわたしに向けたまま浅く頭を垂れた。眼に力がみなぎっている。これは強い。沖田 某《なにがし》より遙かに迫力がある。改めて立見が心配になった。君にはこの気持ちがわかるか。

しかし、試合は案外あっけなく終わった。即座に打ち込んでは少し別れ、また打ち込む。五度ほど刃を交わしたかと思うと、今度もいったん大きく離れた。次いで立見の突きにのけぞった土方がそのまま倒れ、起きあがる前に「まいった」と声を上げたのだ。

再びどよめきが上がった。立ち上がった土方歳三は、袴の砂を払い、うやうやしく礼をしてその場を辞した。見る限り、立見の完勝だった。金銭面の援助を受け、絶対服従の所司代配下に勝ちを譲ったのではなどとも考えたが、まあよい。そのまま場が収まる。桑名藩軍事奉行の杉山弘枝は、一呼吸おいてから、「あっぱれ」と大声で叫んだ。新選組一同、そちらを一瞥《べつ》してから陣屋を辞す。相変わらず見事な隊列を組んでいた。

少しあとで考えたが、両試合ともどちらが勝者なのかはわからないと思う。立見はそれまで人を切ったことがない。（のちにはうんざりするほど切ったというが）つまり道場剣というやつだ。対して新選組は違う。誰もがすでに何人かを刃にかけている。場数が違う。

自分もその後何度か、死闘というものを目にしたが、つばぜり合いになって、そのまま別れたのを見たことがない。しのぎを削った瞬間、すぐに刃を上あるいは下へ動かし、相手の顔や脇に切っ先を刻み込ませている。あるいは膝を股間に蹴り上げるか、足を掛けて寄り倒し首筋や脇の下に切り入れる。真剣ならあの試合、刃があったとたんに立見鑑三郎の横面に伸びた刃が差し込まれていたことだろう。

数日あとに立見に聞いてみた。「どうだったのだ」と。聞かれた鑑三郎は、とたんに気の毒なほど消沈して、こうつぶやいた。

「木刀の立ち合いとしては拙者の勝ちかも知れません。しかしあれが真剣だったら、つまり本当の切り合いなら、自分はとっくに血まみれになっていることでしょう。完敗です。今思い出しても背筋が寒くなります」

聞けば、何度か刃が合ったとき、沖田も土方副長も、どちらも脇にまだ余裕があったのがわかった。そのまま刃を少し動かせば、自分の顔や肩に切っ先がめり込んでいたはず。木刀をはね返すたびに、恐ろしい殺気が降りかかっていたという。話しているうちに、立見の顔は青ざめていた。勝っているはずが負けていた。

彼らにとっては、御前試合などどうでもよいのだ。剣士として、柳生新陰流という剣風の刃筋を知りたかった。立見という侍の、若いが真髄を極めたという剣筋が見たかったのだ。それだけが目的。向きになって後ろ盾である桑名藩の顔をつぶすことはない。きっとそう考えたのであろう。

恐ろしい連中だった。このあといろいろな場面に遭遇するたび、「こいつらが味方でよかった」とつくづく思った。

とにもかくにも、この日からわたしと新選組とのつながりは強くなった。わたしと言うよりも桑名藩とのつながりと言った方がいいだろうか。ひょっとしたら、お抱えの立場である会津藩主以上かも知れない。家臣たちにも、また京都警護に関わる大名たちにも、「新選組をずいぶんと支援してやるよう」と、わたしは繰り返し伝えた。近藤以下、新選組諸士も、応えて奮闘した。すばらしい活躍だった。

そののちも、新選組はどんどん売り出した。直後の六月五日に池田屋騒動があった。残念ながらというか、はっきり桑名藩は出遅れた。わたしもぐっすりと寝入っていた。会津もそうだ。連絡を受けたのが真夜中近くだったし、何より三条からは両藩の陣屋はいずれも遠い。知っての通り、黒谷と蓮台寺だ。京から来たと言ったな。おおよその位置はわかるだろう。聞いて支度し駆けつけるまで、どうやっても二時間はかかる。当時の言い方でいうと一刻だ。仕方ない。しかし、我々の到着が遅かったおかげで、新選組の名は天下に広まった。またそれだけのことをしたのだ。遅れて到着した両藩兵も、勤めに励んだ、誰もがよくやった。京が火の町になるのを防いだ。

仕返しは来る。桑名陣屋でもその話題で持ちきりだった。その時こそ、我々、つまり桑名藩士の出番、そう話していた。実は自信もあったのだ。佐幕派大名の中では、他藩に先駆けて西洋の軍備を導入していた。金に糸目を付けず、フランス人の兵学指導者も雇った。学ぶものはすべて学んでいた。ただし格好というか、藩士の服装だけは昔のままだったが、そんなことはよい。要は中身だ。

そうこうしているうちに、長州藩兵が洛外に集結しているという情報が入った。御所進軍を画策しているらしい。望むところだ。聞けば、御所に火を付けて孝明天皇を長州へ連れ出し、併せて守護職と所司代を誅殺《ちゅうさつ》するという。所司代とは自分のこと。このわたしが標的にされている。聞いて何だかうれしくなった。認められた思いだった。わかるかこの気持ちが。

さておき七月に入る。桑名藩の警護場所は下立売《しもたちうり》御門。会津は蛤《はまぐり》御門守備。

京都に住んでいるなら御所の九門もわかるな。右京側の一番南にある門が下立売御門。その北が蛤御門、次いで中立売御門、一番北が乾《いぬい》門。それぞれ、違う藩が守っていた。

忘れもしない十八日、川端某という長州人が京都所司代へ来た。直々面会したが、無言で差し出す書状には、真木和泉の名前で、「松平肥後守の罪を問いただすため、洛内を騒がすことをお許しください」と書いてあった。読み終えた頃合いを見計らって川端が口を開く。

「驚かれませぬよう。長州兵はすでに山崎を出立しております」

驚いてはいない。心の準備はあった。よってすぐに行動した。

山崎は天正の昔、中国路をとって返した羽柴秀吉公を明智光秀が迎え撃った場所である。京の西の入り口。そこを出たなら、半日もせず軍が御所へ到達する。使者を追い出し、一橋慶喜様に報告する。公は急ぎ参内し、関白二条様と共に孝明帝にお目通り、「速やかに誅伐致すよし」との勅諭を賜る。立場はこちらが官軍だ。

うちに、長州藩家老福原越後が、京の南口にあたる伏見方面から襲来との報が入る。

そこまで逼迫《ひっぱく》していたのかと思った。いよいよいくさと勇み立った。続けて「長州軍は、三方面合わせて二万」との噂が入る。御所内は騒然とした。守備側は総勢二千。数を聞いて自分も驚いたが、うろたえる我々の横で、立見鑑三郎がきっぱりこう述べた。

「毛利藩は石高二十一万石。二万もの大軍が急に涌いてくるはずがございません。話半分かそれ以下でありましょう。それにいくさは数ではないと、戦国の軍記物に書いてございます」

この言葉で、自分はまた落ち着いた。前に顔が向いた。軍事奉行の杉山も腹をくくったようだ。うろたえた声が聞こえなくなった。洛中で合戦もまたよし、誰もがそう考えた。

後で聞いた話だが、御所内は大変だったらしい。いまだ親長州、反長州で葛藤があった。有栖川宮と中山忠能らが急遽参内し、長州軍を迎え入れ松平容保と自分を追放するよう御上に申し出たという。ついで「長州軍二万」の報が入る。天地をひっくり返した大騒ぎになり、会津擁護の体勢が一気に崩れた。

しかし、孝明天皇の我らにかける思いは一廉《ひとかど》ではない。きっぱり長州討伐を命じらる。立派なお方だった。宥和派はすごすごと御所を去り、それを待っていたかのように戦端が開かれた。

実はこの時点で、伏見から北上の長州軍は、大垣兵に討たれて敗走していた。福原自身が傷つき、指揮官が急遽交代。再び京を目指すも、会津と彦根の兵にも行く手を塞がれる。

かくして長州藩北上隊は、最後まで洛内へ兵を進めることができなかった。大垣兵たちの少し北、つまり後方で控えていた新選組は、功を失ったと嘆いていたという。頼もしい奴らだ。逆に嵯峨、天竜寺から来た国司信濃の軍、山崎発の軍勢が幕府の防衛陣を突破し、御所へ相次いで殺到した。

嵯峨方面の主力は、信濃と来島又兵衛が率いる部隊である。双方八百、計千六百名が並列して進む。攻防は右京、蛤御門。十八日夜明けに襲来した。この門が最激戦地となり、この戦いをのちに蛤御門の変と言った。知っていたか。

そうか知っていたか。京に住んでいるなら当たり前か。大変な出来事だったからな。せっかく池田屋の折に火災から守った町が、ほとんど焼け野原になったので、語りぐさになっていたことだろう。つまらないことを聞いた。

触れたように、蛤御門の守備は会津だ。都合よいことに会津藩兵は一年ごとの千名がちょうど交代する時期で、一時的に二千名が在京していた。運がよかった。この時の守備兵は千五百。そして下立売門から駆けつけた桑名藩も加わった。

移動しながらわたしは震えていた。いや武者震いだ。陣に入り兄君を見れば顔面が蒼白で、唇が揺れていた。しかしお顔は緩んでいた。この時、兄松平肥後守様は長患いをしていた。自分も体調はよくなかった。両者の青い顔を見て、禁裏御守衛総督の一橋慶喜公が、御所内へ入り、帝の護衛に専念するよう促す。皆の足手まといになってはいけないと判断し、我ら兄弟は従った。気遣いされる慶喜様は、すこぶる頼もしく思えた。

そうか、一橋慶喜公について話さなければならないが、まあ長い話になるようだから、そのうちにさらに詳しく教えよう。楽しみにしていただきたい。

さて御所内へ移った。歩き出すとき、容保様と目が合い、微笑み合ったのを覚えている。いっそ手を繋《つな》ぎたい気分だった。いや冗談だ。

弾丸が飛び交い、甲冑の脇を赤い火が抜けていったが、はっきり楽しかった。死ぬことなど怖くない。ただ、ここを破られれば、自分を信頼していてくれる帝のお立場が危ない。命に替えて守らなければならない。そう思った。我々は王城を守る忠義の武士だ。

そうこうしているうちに、筑前藩が守る中立売門が突破されたという報が入る。その兵が横から攻めてきたら、守備軍は挟み撃ちになり、形勢が一気に決する。どうしても避けたい。わたしは兄君と別れ、夢中で戦線へ戻った。なかも銃声は轟く。大砲も何度か発砲された。これからいったいどうなるか。

戻って見渡せば、京都残留組の新選組隊士数名も加わり、頑《かたく》なに門を守っている。言ったように、新選組主力は伏見街道に出向いていた。四年後に激戦を交わすあの道だ。連絡のためか、数名が会津陣地に残っていたが、彼らも勇敢だ。命を惜しまない。働きに触発されて、我が桑名藩兵も奮戦している。そこへ、乾門警護の薩摩藩兵士が援軍に駆けつけてきた。指揮官は西郷隆盛という参謀。そうだよ。明治の世に我々と同じ逆賊とされた、あの西郷だ。

彼の率いる薩摩兵は新式銃を連発し、横から長州兵を攻める。隙ができたところで、新選組を先頭に、守備隊が抜刀し切り込む。瞬く間に血しぶきが上がった。新選組は手柄に飢えていた。奴らは戦国時代の武将のようだった。功名挙げて名を残したい、その一念だった。遅れてならじと会津と我が桑名藩士も続く。

形勢はこちらに流れた。一気加勢に攻めたてる。義経袴の桑名歩兵も全兵突撃し、長州勢は中央から総崩れになった。わたしは頭に血が上り詰めていた。いつかも言ったな。しかしその時とは違う武家の血だ。「行け、行けーっ」と声の限りに叫んだ。いつもなら、常に自分の傍らにいる立見までが切り込んだ。わたしも続こうと思い抜刀したら、森弥一左衛門に羽交い締めされ、「殿、御自重くださませ」と止められた。なおも足をじたばたさせていると、今度は横へ突き飛ばされた。江戸にて剣術の稽古をしていた時でも、こんなことはなかった。

驚いたもののよく考えたら、当たり前だ。いくさ経験のない若い大将が切り込んでは、それはいくさではない。もし討ち取られて首でも上げられようものなら、形勢が逆転する恐れもある。森に袖をつかまれたまま、気を落ち着かせて戦況を見た。

時に敵参謀の来島が、薩摩藩兵に狙撃され即死。胸を打ち抜かれたという。「討ち取ったりー」と大声が聞こえてきた。これを機に長州兵は総崩れとなった。

戦況が一段落した頃、長州の別軍が来た。山崎方面から来た久坂玄瑞率いる千六百名。不慣れな夜道で迷ったらしく、到着が遅れた。御所へ突入を図るが、真南の堺御門を越前兵が固めているのを見て、これを避ける。門脇にある鷹司《たかつかさ》邸の裏門から内部へ入り込んだ。この時にはすでに、蛤御門方面のいくさはほぼ片づいたところである。護衛連合軍は全員手が余っていた。鷹司邸内の長州軍は、次なる敵を求める守備兵に囲まれる形となる。

わたしも「援軍が来た」と聞いたときは驚いたが、よく考えれば、飛んで火にいる夏の虫だ。また我が藩兵が手柄をあげることができる、そう思えてきた。遠慮なく関白邸内へ射撃。反撃はまったくない。

後で聞いたが、このときの最初の銃撃で指揮官の久坂は股を打ち抜かれたらしい。観念して寺島忠三郎と共に割腹。脇にいた入江九一《くいち》に、ことの次第を藩主毛利定広公へ伝えるよう託す。しかし彼も、邸から出るや待ちかまえていた桑名藩兵に、槍で顔を突かれ重傷。やむなく引き返し割腹する。真木和泉だけが山崎天王山まで逃げのび、そこで追っ手に囲まれ自害したという。

やがて銃声が収まった。一方的な勝利であった。

乱戦の中、長州兵が鷹司邸と河原町の長州屋敷に火をかけた。また長州の敗残兵が中立売御門近辺の民家に逃げ込み、掃討するために、会津藩兵が家屋に大砲を撃ちかけた。ここからも出火。三カ所から上がった火の手は、折からの強風に乗って、一条から東本願寺のある七条あたりまで広がった。大砲の音に引っかけて「どんどん焼け」と、のちに言われた。応仁の乱以後、京都におけるもっとも大きな火事となった。

これが会津が京にて憎まれる原因の一つになったが、実際には打ち込んだ大砲のせいで燃えた部分は少ない。鷹司邸、および自分の藩邸に火をかけた長州敗残兵のせいだ。大砲の音に引っかけて、「どんどん」と名付けた倒幕側の情報戦の勝利だったのだよ。

いつの時代もこの手の勘違いはある。要は民衆をうまく引きつけた方の勝ちということだ。情報宣伝は、これからの政《まつりごと》では大切な仕事となるぞ。うなずいているが、納得かな。君も新聞記者なら、特に感ずるところがあるだろう。今後ともよろしく民を導いていただきたい。

結局この戦いで、京から長州勢力は駆逐され、長州藩は朝敵となった。帝から西国二十六大名に、長州討伐の命が下る。

併せるように、先の下関砲台事件の報復のため、夷狄の四カ国連合軍が横浜を発った。八月だ。奴らは下関に到着するやいなや一斉射撃、約一時間で守備側は逃走した。これが五日のこと。馬関と彦島の砲台は、占領され破壊された。強かったのだよ、夷狄は。前年の砲撃の時も今回も、桁が違った。長州もやっとわかった。「あいつらには歯が立たない」とな。

以後、開国へと国論が激変する。いずれにしても、この時の長州藩はまさしく四面楚歌だった。よくまあ国がもったものだ。わたしでもそう思う。翻って、会津と桑名は順風満帆だった。いくさで活躍した一橋慶喜公も立派だった。「この方なら」と、心密かに思った。一橋様に従えば、今後の身の置き所に間違いはないだろうと念じた。付いていって、のちに大きな間違いを犯すこととなるがな。まあよい。いつか話す。

しかしこの時は、御所を三人でお守りした。命を賭けて尽力した。帝も大いに喜ばれた。「そちたちは、朕の真の守り神である。天下危急の折、今後ともよろしく頼む」

心の底からそう賜れた。胸が熱くなった。以後桑名藩は、日の出門を守ることとなる。九月には帝から鞍一具を賜り、直々に宿衛をお褒めいただけた。「そちたちの警護のおかげで朕は大変助かっておる」、そう我らに宣われた。直々にお言葉があったのだ。臨席していた立見監三郎も感激して震えていた。

血を分けた兄弟にて王城を守る。生きがいとやりがいを感じていた。わたしたちはまさしく官軍だったのだ。それが急転直下だ。

〈長州征伐〉

京を追われた長州藩の命運は、今にも尽きようとしていた。

もともと毛利は、敗北を知らない大名であった。戦国の世では、中国路にて連戦連勝。本能寺の役以後、飛ぶ鳥を落とす勢いの秀吉にしぶしぶ従ったが、決定的な敗戦はない。安芸《あき》の国を中心に、巨大な勢力を保持し続ける。

慶長年間、関ヶ原の役に参戦、石田三成により藩主毛利輝元が西軍総大将に担ぎ上げられるも、家康にうまく丸め込まれて戦わず撤退。心ならず敗軍となって、戦後の論功行賞で広島から追い打された。石高実質二百万石から、三十七万石へと減封。城下も三つ挙げた候補の中から、日本海に臨んだ萩という水の便の悪い片田舎へ閉じこめられた。

「あの時毛利がいくさに加わっていたら、徳川幕府はなかったのに」

そう二百六十年思い続けていた。負け犬の遠吠えだが、恨みは年を重ねていっそう募る。

長州藩には、年頭に恒例行事があったという。元旦未明、主立った重臣が広間に集まる。揃ったところで、家老が藩主の耳元でこんな言葉を告げる。

「殿、ご準備が整いましたが、江戸征伐の件いかがいたしましょうか」

聞いた藩主はしばし考え、やがてこう答える。

「まだ時期が早い。もう少し待て」

茶番だが、これが二百数十年続いた。恨み忘れまじ、いつか必ず徳川を倒すぞという儀式だ。藩士も全員が江戸に足を向けて寝たという。その復讐の時がついに迫ってきた。尊皇攘夷を貫き、開国した幕府を糾弾、倒幕の運動開始である。ところが、例の五月十日に攘夷を実行すれば、三ヶ月後に報復攻撃を受け馬関の守備軍が壊滅する。八月には会津薩摩により政変にあった。京都にて御所から長州勢力が駆逐される。

翌年、失地回復を狙って池田屋へ集合すれば、新選組に惨殺、あるいは捕縛される。

報復を目指し上洛した軍は、御所禁門にて敗退。四百名が戦死、残りもちりじりに逃亡し、その何割かは行方すらわからない。朝敵の汚名を着せられ、京都三条藩邸も炎上した。ばかりか、長州恩顧の武士というだけで京の町衆から石を投げられる始末だ。各藩連合軍が長州を討伐に来るという噂まである。どうなってしまったのだ。

藩士は、ただただ会津を憎んだ。こうなったのは京都守護職である会津藩が悪い。所司代である桑名も悪い。手先となって働く新選組はなお悪い。もっと悪いのは、長州排除の片棒を担いだ薩摩藩。こいつが最悪だ。そう考えていた。

長州藩兵は、自分の履き物に「薩賊会奸」と書いて踏みつけたという。それでもなお腹の虫が収まらなかった。自分たちの怒りは本物、必ず恨み晴らすべく奮戦すると誓う。そこへ本当の討伐軍が来た。蛤御門のいくさから三ヶ月後のことであった。

もとは孝明天皇の一言による。

聞けば、先のいくさにて長州藩は、「藩主の冤罪《えんざい》」を晴らすため帝を拘束して、萩へ連れ去ろうと目論んだという。何たることだ。ために右京から御所を攻め、あろうことか天皇の館に向けて発砲した。別軍は南方から攻撃、敗走する中で京の町を火の海にした。まさしく朝敵だ。すぐ討伐せよと勅命を出した。

帝にしてみれば、冤罪とは片腹痛し。公家を先導し、数々の偽勅を誘発したのは長州藩。我が忠臣は会津中将のみ。もう一人挙げるなら桑名少将。さらに挙げるなら将軍家茂と一橋慶喜。それ以外はすべて信用ならない。とりわけ長州は最悪だ。長州から援助を受けている公家たちも同じだ。かの堂上たちは、夷狄以上に朕の思いに背く輩、そう心から思っていた。したがっての討伐の詔《みことのり》であり、これこそ真勅。

　受けた幕府は、これを千載一遇の好機としてとらえていた。長州討伐という旗印のもと、江戸政権を再構築できる。衰弱の一途を辿る将軍家の力をまた復活できる、そう思った。さっそく遠征軍の編成にかかる。ときに軍総督の地位に据えようと考えたのが、前尾張藩主徳川慶勝《よしかつ》。御年四十歳。

　以前触れたが、彼も美濃高須藩出身であった。松平容保そして定敬から見れば実の兄にあたる。ただし年は大きく異なる。高須藩主松平義建の次男。文政七（一八二四）年生まれというから、容保から見て十一歳年上、定敬からは二十二歳も違う。尾張藩十三代藩主慶臧《よしつぐ》が十三歳にて病没後、嘉永二（一八四九）年、請われて尾張徳川家十四代藩主となった。その名も徳川慶勝。母は正室の規《のり》であり、彼女は水戸藩主であった徳川斉昭の姉である。

　着任後は、すぐさま中央にて活躍する。江戸城大広間にて、積極的に発言を繰り返した。尾張徳川家藩祖義直の遺訓により幕府擁護を激しく唱え、開国方針の大老井伊直弼と対立。結果、水戸藩徳川斉昭と共に「不時の登城」を行い、安政の大獄で隠居させられる。

　隠居後は、実弟の高須藩十一代藩主松平義比《よしちか》を十五代尾張藩主徳川茂徳《もちなが》として迎え、自分が後見となる。安政五（一八五八）年のことである。

　当時、世は激動していた。通商条約以後の混乱、述べたように天変地異の連続。速やかな解決策のとれない幕府の威信は地に落ち、重しのとれた各藩がてんで勝手に行動している。なか、長州を征伐せんとすることは、国をまとめるによい機会であった。朝敵を倒すことで、国中が一つの方向を向く。また徳川将軍の元に大名の力を集権できる。そう考えた。

征長軍の集結地は広島。三十六藩、十五万人が参上した。総督徳川慶勝以下、副総督に松平茂昭《もちあき》が着任する。松平春嶽隠居の跡を継いだ越前藩主である。参謀として、先の蛤御門の変でも活躍した薩摩藩士西郷隆盛を充てる。天草の乱以来の編成となった大部隊は、長州に向け進軍を開始。文久四年は二月に元号が変わっており、元治元（一八六四）年十月のことである。

国境に討伐軍が殺到している長州側では、国論が真っ二つに分かれていた。下関砲撃事件以後、攘夷不可能は誰もが理解していた。問題は倒幕についてだ。その姿勢を貫くかあるいは講和か、論点はそこである。

結果、保守派が実権を握り、戦争を回避の方向で収まる。征長軍総督参謀西郷隆盛は、意向をくみ取り、講和案を出す。蛤御門の変の責任者である三家老、国司信濃、益田右衛門介、福原越後の切腹。前年都落ちした三条実美ら五郷の他藩への移転。山口城の破棄、および藩主の誓詞差し出し、以上を条件として伝えた。

長州側はこれを受け入れた。三家老は切腹する。国司信濃は当時二十三歳。長州藩内でも将来を嘱望《しょくぼう》された若者であったが、非業の死を遂げる。ただただ国のことを考え、池田屋事件の報復を目指し、過激な行動を取ったことが災いした。もし彼が維新を生き抜いたなら、様々な明治の改革に貢献したことだろうが、歴史に「もしも…」は禁物である。

この時、切腹した三家老の首塚を受け取ったのが桑名藩士であった。幕府大目付永井尚志に随行し、堂々萩城内へ入り大役を果たす。藩士筆頭は松平定敬の公用人、小姓として使えていた立見鑑三郎。以下十二人の藩士は見事に大役を果たした。

戻るが、講和条件すべての完遂を見届けた征伐軍は、藩主の恭順を確認し撤兵する。幕府は実は不満であった。この際、長州の息の根を止めてほしい。しかし、総督の徳川慶勝はこれで十分と考えた。西郷隆盛も同意見だった。結果全軍が引き上げる。

この時もし講和せず、長門の国に攻め入って徹底的に長州藩の息の根を止めていたら、以後の日本の歴史は大きく変わっていただろう。これも同じく「たら、れば」の類《たぐい》である。

後のことを述べよう。第一次長州征伐の兵たちが各領地へ戻るのを待っていたように、長州藩でクーデターが起きる。講和前後から、保守恭順派の椋梨藤太《むくなしとうた》が藩の実権を握っていた。この老人は攘夷倒幕派を徹底的に弾圧し、都落ちしていた三条実美ら五卿を、九州小倉へ追いやる。述べたように、急進派の何人かに切腹を命じる。

そこへ反旗を翻したのが、奇兵隊を創立した高杉晋作であった。高杉は下級武士出身者の多かった長州藩志士の中にあっては、珍しく高い身分の出であった。その彼が、士農工商の壁を越えた軍隊を作る。

そして、年も押し迫った十二月に決起。当初集まったのはわずか八十三人だったという。しかし動きは大きく広がりを見せ、瞬く間に保守派政権を打倒した。椋梨は捕らえられ、何と斬首。倒幕派政権を再び樹立する。高杉や、のち戊辰の役で活躍する山県狂介らは、前から形のあった奇兵隊を本格化させ、隊に長州藩諸兵も加えて、西洋式軍制を積極的に導入する。また、坂本龍馬という土佐脱藩浪士を通じて、西洋新型兵器をつぎつぎ入手した。さらには啓発書物を何十万部も配って領民を一致団結させ、やがて来るだろう第二回の長州征伐に備えた。

この動きをつかんだ幕府は、再び長州征伐を画策するも決断に手間取った。明けて慶応二（一八六六）年六月、やっと兵を集め始める。ところが、その空白期間に驚くべきことが起こっていた。憎しみ合っていたはずの薩摩と長州が同盟するのである。

もともと匂いはあった。だが、誰もがあり得ないと思っていた。それを可能にしたのが坂本龍馬であった。時に慶応二年一月二十一日。場所は京都、小松清廉邸。

薩摩藩論も一枚岩ではなかった。薩摩はかねてから、公武合体派が多くを占めていた。以前に島津斉彬の養女であった篤姫を、十三代将軍家定の正室として送り込んだ。縁をもって佐幕の立場を取っていたが、下級武士を中心に倒幕の意思をもつ者も多かった。筆頭が西郷隆盛そして大久保利通であった。下級武士であるから、これまでの常識にとらわれない。故に、あれほど敵対した長州藩とあっさり手を組むことができた。

同盟については、坂本とその盟友中岡慎太郎の手柄になっているものの、実は影で活躍した人物がいた。男の名はハリー・パークス。英国の駐日公使である。彼は足かけ十八年も公使を務め、日本の近代化に様々な場面で力を注いだ。もっとも表に出ることは少ない。早く言えば日本を影で操った。良くも悪くも維新の黒幕であり、徳川家ともたびたび交渉する。のちまた述べる。

さておき、小松邸で面会したのは、長州側は桂小五郎改め木戸孝允《たかよし》。薩摩は西郷、小松帯刀《たてわき》、大久保以下数名。六箇条の同盟を締結するも、内容はしごく簡単であった。以後長州藩が攻められたとき援助するというもの。これがやがて、倒幕の大密約になる。

第二次長州征伐の話に戻ろう。同盟の事実を知らない幕府は、第一回と同じように薩摩藩に討伐軍の中核を命じる。ところが薩摩は動かない。逆に武器商人を通じて新式ミニエー銃やゲーベル銃数千丁を手に入れた長州藩は、薩摩藩以外で構成された遠征軍を迎え撃つ。

幕府軍は、徳川家茂が大坂城に入ったのを機に、長州へ最後通告した。解答はない。業を煮やした幕府軍が、五方から攻め込もうとしたが、長州本拠地萩口を攻めるはずの薩摩藩の姿はない。他の四方面は、慶長二（一八六六）年六月、なし崩しで砲撃を開始するも、攻め手の意気上がらず、歩兵入り乱れての戦闘を躊躇する場面が続いた。結果、どの方面でも戦線膠着《こうちゃく》。やがて旧式装備の幕府軍が劣勢になってくる。

周防《すおう》大島を攻めた松山藩だけは、ある程度の戦果を得た。それも当然で、大島を防衛していたのは土着の農民をかき集めた兵隊だった。松山藩はその大島で略奪暴行を繰り返し、戦後、というより維新後、悲惨な裁きを受ける。松平姓を取り上げられ、久松姓に戻って謹慎。以後も様々な嫌がらせを受けた。

この周防方面を例外として、どの戦線も地の利を得ていた長州側が、やがて攻勢に転じる。とりわけ石見《いわみ》口では、大村益次郎率いる長州軍守備隊が奮闘し、逆に一橋慶喜の実弟、松平武聰《たけあきら》が藩主だった浜田城を攻略、天領であった石見銀山も手に入れる。

他の三方面も遠征軍側が押され気味のうちに、将軍家茂が大坂で病死した。さらに戦いの長期化に伴い、征伐各藩の国元で打ち壊しや一揆が起き、戦いどころではない状況になった。ところ、孝明天皇の停戦勅諭が出され、一応の終戦を見る。各藩むなしく撤兵するが、結果として幕府の無力を世間に知らしめることとなった。

長州ではこの戦争を四境戦争と呼んでいる。もともと五境のはずが、薩摩が参戦せず四境となった。いずれの国境でも長州の自信を深める戦いが展開された。

中立を貫いた西郷隆盛も、戦争の推移を見て、幕府に戦いを挑んでも勝利できることを確信したという。逆に、家茂の後を受け第十五代将軍となるであろう一橋慶喜は、「このままでは来るべき毛利とのいくさに破れる」と実感したという。

幕府軍の近代化を急ぎ、フランスの支援を受けて兵の改革に努めるが、遅きに失していた。何より、肝心の江戸旗本衆を筆頭に、幕府側兵士に戦う気力が失せていたのである。

## 東京神田町医者　林盛之輔《せいのすけ》

こんな年寄りに話が聞きたいとは、あなたも酔狂なお方だ。お言葉が少し違うようだが、どこから参られました?

京都。京都ですか、それは懐かしい。でも、京言葉とも少し違うようですが、まあよいでしょう。京都も昨今いろいろな人が住んでいましたから。

実はわたしも三十の頃までは、京におりました。今はこうして神田に住んでいますが、生まれも育ちも京。王城にて、開業医をしておりました。

そうです。西洋医学にも通じていました。だからということで、大名家や、畏れ多くも御所にも出入りしていました。

位ですか。位はありません。そんなものあるわけがない。だが、従何位だ正何位だという肩書きがなくても、御典医であれば内裏にも入れる。加えてわたしは蘭学の知識もあった。幕末の頃はそれだけでもてはやされた。世が「攘夷、攘夷」と叫んでいたときにも、誰もが西洋医学への敬意は払っていたのですよ。

もっとも、自分が蘭学に通じていたといっても、十八歳の頃に半年ほど長崎へ出かけて、出島にて診療の様子を見たことがあるだけです。その時の医者も唐人の医者だった。だが長崎から帰れば、立派な西洋学医だ。世の中とはそういうものです。

なんだあなた、御所に出入りしていたことも知っている？

そうでしょうね。わざわざ遠くから来て聞きたいというのは、その頃のことでしょう。端《はな》からぴんと来ました。まあいい。わたしももうすぐ六十の声を聞きます。死期も近い。このように腰も曲がって、歯もぼろぼろだ。人の治療なんか、とうの昔からできません。頭にもそろそろ老害が及んできている。腹に溜まった思いを、口から滑らせるのもいい頃合いかも知れません。これが二十年前なら、「口は災いの元」などと、罰せられることを怖がっていただろうけれども、今わたしに守るべきものはない。家族もいません。いつ死んでもいい。はっきり言うが、もう怖いものはありませんよ。

くだらない自分の思いより、あなたが聞きたい話から始めましょう。せっかくの松平容大様からのご紹介だ。邪険に扱うとばちがあたりましょうからね。どのあたりからですか。

孝明帝の崩御？

いきなりすごいところからきましたね。急なご逝去でした。驚きましたよ。あの方が少なくとももう十年長生きされてみえたら、こんなに世の中は変わっていません。もしかしたら、徳川様の御代が続いていたかもしれません。

でも、こうして日本も列強の仲間入りを目指し、清国と戦争を始めようという御時勢だから、変わってよかったかもしれません。判断に迷うところです。

ところであなた、孝明天皇はお幾つで亡くなられたか知っていますか。

そうです、三十六歳。いえ、数えです。とにかくお若い。考えてみれば、あの頃は不思議な崩御が続きました。

十四代の徳川将軍家茂公が亡くなられたのが、同じ慶応二年の七月。確か二十一歳でした。大坂城にてです。

おかしなことででした。死因は脚気《かっけ》だという。確かに脚気は一生の病気です。しかし、脚気で元気な若者が死ぬものか。家茂様は、とりわけお体が丈夫だったという。

まあいいでしょう。済んだ話だ。だが、そんなふうに片づけては、日本もこれから前に進まないかもしれません。やはり物事は温故知新。御一新の顚末をしっかり噛みしめて、日本も前進すべきだと思います。その上で、清国をぜひとも打ち破ってもらいたい。あなたもそう思っているでしょう。違いますか。

そう。帝の崩御の話でした。

当時、取り巻きは天皇崩御の報を聞いて、「毒殺だ」と考えられたことと思います。当然でしょう。帝の死で、周りの歯車が全部違う方向へ回り始めました。そうですよ、あの方は心の底からの攘夷論者でした。加えて、ご自身で政治を行おうなどという考えは、毛頭なかった。つまり倒幕のお考えはなかった。長州を逆賊と考え、忠臣は会津、桑名のみ、そう信じてみえた。

わたしですか。わたしは、帝とそういったお話をしたことはありません。すべて後から聞いたことです。しかし、帝の半ば病的な攘夷思想は、新しい日本の誕生からすれば邪魔者以外の何者でもなかったでしょう。

ために、日本が文明国として生まれ変わるためには、一刻も早くこの世から消えてもらいたい。あの狂信的な異人嫌いは、一国の長としてありえない。討幕派の何人かは、そう考えていたことでしょう。仕方ございません。帝は世の中の見聞が狭かったのです。御所の中だけでお暮らしだった。ご旅行すらほとんどされたことがない。いえ、熊野詣でのご経験もございません。

一度、石清水八幡宮へ巡行なされた折りなどには、山の上から淀川を見られ、「世にこれほど大きな川がおわすのか」とおっしゃられた。比叡山へ登られ、山頂より琵琶湖を見られた際は、「まるで大海のごとし」と感激されたという。海というものを想像することすら難しいお人だった。三十を過ぎても子供のようでありました。

だが、仕えていた幕府の皆様は、「あの方は神の末裔だ」と、遙か遠くに目をやりながらつぶやいておられた。とりわけ帝が信頼してみえた会津中将様はそうでした。お二人の間には深い絆がありました。その現人神《あらひとがみ》が急に亡くなられた。

急な崩御と言えば、家茂将軍様から話さなければいけませんね。話を戻します。

ご存じのように、家茂様は十三歳で将軍に就かれました。紀州藩からの抜擢です。薩摩を筆頭に、多くの諸侯が薦めた一橋慶喜様と争った結果のご就任でした。はっきり言って、周囲は消沈したことでしょう。落ち着くところへ落ち着いた格好ですが、あの当時は誰もが強い指導力を求めていました。かの大老、井伊直弼様のように、みんなをぐいぐい引っ張ってくれる指揮官を。それが、大過なきようたどり着いたところが、また差し障りのない将軍の即位。

失礼ながら、先代将軍が魯鈍《ろどん》で今度が子供。幕末の混乱をどうやって治めるのか。できるわけがない、そう誰もが思っていたことと推察します。実際、家茂様は優しいお方でした。それが生き馬の目を抜く幕末の動乱の中へ投げ込まれた。さぞかしご心労だったに違いありません。

繰り返しますがご自身は若年です。公武合体の矢面に立たされ、皇女和宮をめとられる。義兄になった孝明帝から、京へも二度も呼び出され、帝を含め公卿の誰からも攘夷を迫られた。弱り切っておられた。

きっと心の底では、「和歌山でのんびりと暮らしたかった」と考えてみえたことでしょう。だが時代の本流に乗ってしまった。お気の毒だったが致し方ない。

誰かが言っていました。家茂様は泰平の世ならば、不世出の文人将軍として後生に名を残した方であろうと。温厚にして聡明。学問をほとんど究め、とりわけ書に優れた才能を発揮された。残念ながらわたしは将軍様の書を拝謁したことがありませんが、見た人の誰もが心打たれる墨跡《ぼくせき》であったといいます。

書といえば、この話を知っておられますか。

戸川安清《やすずみ》という老人。彼は、神州に類なき書の達人として知られていました。お年は七十を越えていましたが、周りから推されて家茂公の書の教師を務めてみえました。そのある日のことです。家茂様にご教授していた最中に、突然家茂様が立ち上がり、墨を摺《す》るための水を安清の頭の上へかけた。だけでなく手足をばたばたさせて大笑いし、「今日は終わり。また明日にしよう」と言って、その場をさっさと出て行ってしまわれたという。

同席していた者どもが、いつもの家茂様らしくないと嘆いた。と見れば、当の安清がしくしく泣いている。将軍のいたずらを嘆いているのかと尋ねると、実は老齢のため、ふと気が緩んで粗相《そそう》をしてしまった。江戸城内の慣例として、殿中にて失禁したとなれば厳罰は免れません。切腹も十分考えられる。察した家茂様が心ない仕打ちをすることで失敗を隠し、「明日も出仕するように」と発言して場を治めた。その温かい御配慮に感激して泣いているのだと答えたという。

わかりますか。本当にお優しいお方だったのです、十四代将軍様は。

健やかな、誰からも慕われた青年将軍。そのお方が、突然、本当に突然亡くなられた。あり得ない。それも、死因は脚気だという。わたしも医者の端くれだ。病気には通じている。脚気で若者が急逝。どう考えてもおかしい。しかし、今となっては確かめようもありません。

ところで、あなたは孝明天皇の亡くなられた話を聞いて、どうされたいのですか。

松平定敬様？

この紹介文を書かれた松平容大様の叔父様。元の京都所司代、越中守様のことですか。

もちろんよく存じ上げております。会津中将の肥後守様もよく存じておりますが、越中守様もよいお方でした。あの方のお話が聞きたいのなら、日光へ行かれたらよいでしょう。今確か東照宮にて、宮司を務めてお見えですから。

もう行かれた？　行かれた上で帝の御崩御の話が聞きたい。ということは、定敬様のお話を聞かれたのちに、容大様も尋ね、この紹介文を頂かれたのですか。

まあよいでしょう。初めに言ったように、何でもお話しする覚悟はできております。孝明天皇のこともお聞かせしましょう。うちに、桑名少将様の話へ必ず続いていくかもしれません。

さきほど家茂公が不可解な死を遂げたと言いましたが、孝明天皇はもっと不思議でした。お亡くなりになったあと、すぐに毒殺説が出ました。当たり前でしょう。まったくお元気で、数日前まで松平肥後守容保様の容態を気にかけ、病気平癒《へいゆ》のご祈祷までご自身でされていました。

そうです。折もおり、京都守護職松平肥後守様は病んでみえました。重いお風邪を引いて、陣屋から出ることもままならない。容保様は元来病弱だったとお聞きしておりました。熱の出やすい御体質だった。何か自身に降りかかると、必ず熱が出た。今から思うと、お優しい「心の病」だったかも知れません。

とにかく、その時も高熱が続いて寝込んでみえました。大変寒い冬だったと記憶しております。帝が気にかけ、内科医の中で一番若手、つまり自分が遣わされました。診察してみると確かにお風邪。胸の重い病に至る可能性もありました。お薬をお与えし、御所へ戻って帝にご報告申し上げました。「今のところはお命に関わりなし」と。

帝は笑顔を見せられました。本当に心配してみえたのです。

その直後、帝ご自身がにわかに発病、そして崩御。信じられませんでした。急に高熱を発せられ、お顔に確かに天然痘の兆候はありました。間違いありません。

承知のように、疱瘡は恐ろしい病気です。日本に入ってきたのは遅くとも奈良時代。大流行を何度も繰り返し、一家全滅、一村壊滅など珍しいことではありませんでした。史実にも、藤原四兄弟が揃って亡くなったとか、後光明天皇の死も疱瘡だったといいます。性別身分に関係なく移った。かの東大寺大仏造営も、本来は疱瘡伝染沈静化を祈ったものといわれています。甲斐無く、その後何度も流行を繰り返しましたがね。

ところがこの当時、開国により治療法が異国から伝わってきました。牛瘡法《ぎゅうとう》です。

御所内は、表向き西洋医学禁止。疱瘡の手当について、大名様の中には牛瘡を体に射ち入れた方もおみえでした。もちろん帝はしていません。そんな予防法は御所内にはありえない。よって、疱瘡になる可能性はありました。だが疱瘡は知っての通り伝染病です。感染するには移す人が要ります。いったい誰が帝に移したのか。あの時、周りに発病者など一人もいなかった。

しかも、孝明帝は元来丈夫なお体をおもちにて、足かけ三日くらい寝込んだだけで急にお隠れになるはずがない。それが御崩御。何度も言いますが不思議な出来事でした。

もちろん初めは御発熱です。帝の御典医で筆頭だった高階経由様《たかしなつねのり》が診察されました。翌朝も熱が下がらず、他の典薬寮医が次々に召集されました。うちに疱瘡の可能性が出てきた。そこで、わたしたち西洋医学に通じた者が呼び出されたのです。数人で診断申し上げました。間違いない疱瘡の症状に、「畏れ多くも申し上げます。帝にては疱瘡と思われます」、そう侍従に告げました。そのあとは十名ほどで、昼夜つきっきりにて看病いたしました。

うちに、自分たちが遠ざけけれて、何やら見たことのない人たちが三人、御所内にやってきました。朝廷から招かれた西洋医学の専門家だという。驚きましたが従い、御所から退去。その次の朝、御崩御を聞きました。

「何やら不穏の動きあり」と感じましたが、先に申し上げたとおり、自分に降りかかる火の粉を考え、口をつぐみました。

おかしいことですか?

いろいろありましたが、一番は御症状の急転です。申した通りです。

他にですか。実は気にかかっていることが、直前にあった孝明帝への贈呈品です。エゲレス公使の某とかいう人から、「寒い京都を暖かく過ごしていただきたい」と言って、ほわほわした毛布が届きました。羊の毛で作ってあるという。確かに柔らかく暖かい。

しかし毒針でも入っていては大変と、丹念に調べたそうです。何もありません。安心した帝が、ご使用になられました。数日寝られたと思ったらすぐ疱瘡。運び入れた侍従も、のち二名ほど発病いたしました。何やら、私どもの知らない魔術があったのかと勘ぐりました。そして、申したように見も知らない医者が三名、急遽やってきました。そして御逝去。

毛布については、のちにわたしも少し調べました。恐ろしい話を聞きましたが、遠い異国でのことですから、詳しくはわかりません。

知らない医師たちですか。言ったように西洋医だと称していました。うち一人の顔はよく覚えております。今会ってもわかりますよ。でも会うことはありませんでした。あの者たちは、いったい何者だったのでしょうか。

わたしの考え過ぎと何度も思いましたが、何より、帝が亡くなられて、御所内の空気が倒幕へ一気に変わりました。薩長が突如表舞台に立つ。聞いた話ですが、数ヶ月のちには、三条実美様がどこからともなく御所に舞い戻って、急に発言権をもちました。そうです。公爵の三条様です。総理大臣も務められた正一位の三条様。先年お亡くなりになられたと伺いました。

帝は、文久三年の八月十八日の政変以後、三条様を「逆賊め」と、常に呼び捨ててみえました。その逆賊が、知らぬ間に舞い戻った。岩倉具視などという、訳のわからないちんぴら下級貴族もどこからともなくしゃしゃり出てきて、大手を振っていた。どう考えても世の中がうまく回りすぎていました。本当に怪しい。

謀略説は一気に、世に広まりました。新政府がもみ消しに必死になったものだから、また疑惑が深まる。世の中の理《ことわり》とはそういうものです。

これが前置きです。お聞きになりたいのは松平越中守様のことでしたよね。越中守様は、畏れながら右往左往してみえました。会津中将様も同じです。自分たちが付き従った将軍様と、心の支えでありお二人の存在価値だった孝明帝が相次いで亡くなられた。これも失礼ながら御将軍の崩御は、まだお二人にとって救いがあったかもしれません。

代わって、先の将軍より年長で、待望論の強かった一橋慶喜様が即位された。「神君家康公の再来」と誰もが褒め称えたお方が、やっと登場です。周りの誰もが、もちろん会津様も桑名様も、「これで幕府は安泰」と考えられたことでしょう。

中には血筋を重んじる重臣もいました。というのも、徳川宗家という意味では、遙か家康様まで血縁を遡らなければならない。あまりにも遠すぎるという意味です。

「享保の大改革を推し進めた吉宗公も、初代将軍まで血筋が遡った」とおっしゃる方がみえ、結局人柄重視で跡継ぎが決まったそうです。これで万々歳。のはずが、今から思うと大はずれでしたがね。慶喜様がもう少し意気地があったら、徳川幕府があんなに総崩れになるはずもなかった。まあ昔話ですよ。

そうです、慶応と年号が代わった頃の話です。お若いようだが、慶応というのはわかりますよね。

元治二年四月です。元治は禁門の変など畿内を騒がす大事件が続きました。よって改元。ということは、元治は実質一年しかなかったが、いろんなことがありました。慶応元年は八ヶ月ほどして二年へ入ります。

やはり孝明天皇のお話を続けましょうか。わたしは残念ながら越中守様のことはよく存じ上げていない。若いうちは、やんちゃで血気盛んだったとかお聞きしました。わたしはお優しい笑顔しか存じ上げません。それより、崩御の話題に戻った方があなたの興味に合うかも知れません。そうです、十二月二十五日。

さっきも言いましたが、寒い年末でした。にわかなご逝去に、御所内は上を下への大騒ぎでした。もちろん典医だったわたしは、誰かれなく尋問されました。しかしお話することはありません。疱瘡には間違いない。あとのことは知りませんし、言えません。

ところへ、公家衆にわざわざ呼び出されて、こう告げられました。

「帝には疱瘡にて御崩御の由、貴職らの必死の治療も叶わず残念至極。よって、これ以上のことは一切口外するにあたわず」

意味がわかりませんでしたが、「痛くもない腹を探られるのは嫌」ということだろうと勝手に解釈していました。後で考えれば、わざわざそんなことを言うために呼び出すのはいかにもおかしい。まあいいでしょう。わたしたち御典医連中も、手を尽くしました。やることはやった。朝廷内はすぐお世継ぎ問題が起こるはずが、大きな混乱もなく睦仁親王様が即位と決まりました。御年十五歳です。新天皇は立太子礼、つまり正式に元服を終えていない。飛び越して即位。そうです、その方が今の天皇陛下です。

孝明天皇の次男ということですから、万世一系の天皇であることは間違いありません。しかし若い帝が即位したことで、周りが鳴動しだしました。また偽勅が横行です。

そして今度は、八月十八日の政変の逆のことが起きました。会津と桑名、新しく将軍となった徳川慶喜様が追いやられるクーデターです。見事に薩長と、そして舞い戻った公卿たちにしてやられたということです。

忠臣であったはずの御兄弟大名が御所から追放。容保様も定敬様もさぞかし無念だったことと推察します。天皇から信任厚く、「そちたちだけが頼りじゃ」と言われていた人たちが、今度は逆賊だ。仕えていた新選組も当惑したことでしょう。そして薩摩と長州が官軍となる。何度も繰り返しますが、うまく回りすぎ、そう思いました。

納得してみえますね。何をお感じになりましたか。わたしの思っていることの一端をお話しできました。少し腑《ふ》に落ちた気がします。すっきりしました。

ついでにもう少し、腹の底に溜まった思いを述べますので、付き合っていただけますか。ご興味をもたれる話かもしれません。その頃の朝廷内のことです。

おや、少し目の色が変わりましたね。定敬様の話よりご興味がおありですか。いいでしょう。お話しさせてもらいますが、実は二つあります。こんなことを人に話すのは初めてです。最初に申したとおり、自分も先がない。亡くなった女房にも言ってませんでした。胸に秘めたままお迎えを待ってもよいのでしょうが、初めに述べたように、わたしも一つの潮時かもしれません。

前置きが長くなりましたね。一つ目です。

わたしは言ったように御所の典医でした。様々な高貴なお方の脈もとらせていただきました。孝明帝もそのうちの一人です。御親族や位の高い公家衆も治療させてもらいました。なか、帝の皇太子様も含まれております。そうです、御次男の睦仁親王様もです。何度も治療いたしました。

しかし、天皇にご即位されたのちはそうした機会はありませんでした。代わって西洋医学に長けた外人の医者が主治医になられた由。少し残念な気持ちをもちながら、わたしも東京へ引っ越しました。

何年かたって、我が家にも「ご真影」が、つまり今上天皇のお姿を写したお写真が届きました。もっとも、今上陛下にあらせられては、お写真嫌いとのこと。のちに聞いたところでは、お写真ではなく、お写真を元にした絵画ということでしたが、わたしは見て驚きました。そのお顔の変わりように。自信がつくとこういう立派なお顔になるのかと、半ば感心していたものの、見れば見るほどお顔が違う。とにかく輪郭そのものが違う。そして、ある日からわたしは思いました。「このお顔の方はどなただ」、あるいは逆に、「自分が診察していた方はどなただったのか」と。

これ以上は申しません。あなたのお書きようですぐに自分の首と胴体が離れてしまうかもしれない。わたしもまだ命は惜しい。さっき申したことと違いますね。まだ数年は生きて世の中の動きを見てみたい。清国との戦争の結末も知りたい。

もう一つと言いましたね。そうです。これも思い過ごしかもしれないと前置きをして、お話しさせていただきます。

御所の北の端に御花御殿があります。その一番西寄りに、小さな部屋がありました。外から見る限り、十八畳くらいの部屋だったでしょうか。開かずの間になっていました。ときどき誰かが出入りしていることもありましたが、ほとんどは障子すら見えない戸板が、外から打ち付けられていました。人の気配はない。しかし誰かいるに違いないのは、毎度毎度の餉《げ》が運び込まれていたからです。

そんな折、筆頭御典医の高階経徳様ご自身が流行病《はやりやまい》を患われる。歩くにも事欠かれて、急に自分に声がかかったことがありました。確か慶応元年末だったと記憶しております。呼び出され、連れられたのはその開かずの間です。導かれたままおそるおそる中に入ると、部屋の中は考えていたより闇でした。下手《しもて》に灯台が一つだけ置かれていましたけれども、満月の夜より暗い。少し目が慣れて見回すと、中央の分厚い布団の中に色の白い若い女性が寝てみえました。風邪をこじらせたようでしたが、驚いたことに周りの女官たちが、その小柄な女性を「宮様、宮様」と呼んでいたのです。

もちろん一心に治療いたしました。お目に光りが少し戻ったようでした。退出するときに「かたじけのうございます」と、か細いでおっしゃられました。さて、いったいあの方はどなただったのでしょうか。

縁に出たときに、何人かの侍従に囲まれ、「部屋にて見たこと、一切口外まかりならんぞ」と脅されました。「もちろんでございます」と慇懃《いんぎん》に答えましたが、意味はわかりません。「もし公《おおやけ》にならば、そちばかりでなく一族郎党にも害が及ぶと思われい」と念を押されました。誰もが目が真剣だったのを覚えております。

その後ですか。知りません。わたしも御所から遠のきましたし、あの部屋の警護は前にも増して厳しくなったようでした。

「今でも、彼《か》の方は誰かはわからないか」、そう、お聞きになるのですか。

思い当たる人はいない、そう答えておきましょう。逆にお伺いしますが、あなたは誰か想像できる人はいますか。

そうです、きっとあなたが今お考えになられた人を自分も思っています。

公武合体の象徴になったお方。数年前に東下し、本来なら必ず江戸城内にいるはずの女性。慶応二年七月に後家《ごけ》になられたはずのお方。これ以上はやめておきましょう。

少しくたびれました。お話そのものを、止めた方がいい時間になったのでしょうか。あなたは聞き上手だ。わたしは腑《はらわた》の底まで出してしまった。もうお会いすることはないかもしれません。

〈将軍後見役一橋慶喜〉

すでに何度も名前の出ている一橋慶喜について触れなければならないだろう。のちの第十五代将軍徳川慶喜のことである。

彼のことを語るとき、必ず出るのが読み名の話題だ。ほとんどの歴史書には「よしのぶ」と書かれている。ところが本人は、冗談でなく「けいき」と名乗っていた伏がある。さらに当時の朝廷等の正式書物には、「よしひさ」との記録がある。十二代将軍家慶《いえよし》から名前をもらっているので、慶を「よし」と読むのが通常であろうが、それ以外の詳細は不明である。おそらく答えはない。ここでは漢字で通す。

天保八（一八三七）年九月、江戸小石川の水戸藩邸にて生まれた。天保八年と言えば天保の大飢饉の真っ最中。大坂で大塩平八郎の乱が起きた年である。江戸表では、老中水野忠邦の改革が頓挫《とんざ》した頃。もちろん生まれたばかりの彼には関係はない。ないが、それだけ幕政が傾いた時期に、生を受けたということだ

父親は水戸藩九代藩主徳川斉昭、その七男である。徳川御三家の特権として、幼年期を水戸で過ごし、徳川光圀の教えに染まって尊皇思想を身につける。年を重ねるごとに聡明の誉れ高く、本来なら部屋住みで一生を終えるところを、弘化四（一八四七）年、才を見込まれ、老中阿部正弘の仲介にて縁づく。相手は御三卿一橋家。

時に十一歳。同時に将軍家慶から「慶喜」の名を頂く。以後二十年ほど一橋慶喜を名乗る。彼の利発さは、幼少期から幕臣に轟いていた。

徳川家慶は、すでにこの時点で次なる将軍に抜擢しようと考えていたという。筋目を重んずべき相続

においてはまさに異例だ。水戸家の七男ということは、十二代将軍から見て、遠く初代家康公まで血筋を遡らなければならない。驚いた周囲の反対にあい、とりわけ一橋家相続に尽力したはずの阿部正弘の反対は激しく、十三代将軍には徳川家定が就く。

この魯鈍な将軍の就任直後から、「次こそは慶喜様」という声が各所から上がる。筆頭が薩摩藩主島津斉彬《なりあきら》であった。案の定、家定が子を設けることができず逝去した後、一橋慶喜擁立派と紀州藩主徳川慶福派に分かれて、江戸城内で激しく対立した。散々もめたあと、南紀派であった大老井伊直弼の裁定で、徳川慶福が十四代将軍徳川家茂として即位する。

直後に慶喜は、父徳川斉昭らと通商条約締結抗議をもって「不時の登城」を行い、蟄居させられる。「安政の大獄」の一環であった。

一橋慶喜この時二十二歳。少し懲りたのか、数年は沈黙を守る。桜田門外で井伊大老が不慮の死を遂げたあと謹慎を解かれ復活。藩兵を連れて江戸へ入った島津久光の横やりで、「将軍後見役」という歴史に例をみない役職に就いた。これが文久二（一八六二）年七月のこと。

就任後は積極的に幕政に口出しし、京都守護職の設置、参勤交代の緩和などの政策を実施した。ということは松平容保を京都へ引きずり出した張本人でもある。様々な改革に手を付けるが、徳川家茂を蔑《ないがし》ろにすること甚だしく、結果として将軍の権威を落とす遠因ともなった。

文久三（一八六三）年の将軍二百三十年ぶりの上洛では、家茂参内に先立ち、京にて朝廷と交渉する。この交渉は不成功に終わったものの、周辺は、その実行力、行動力に頼もしさを感じていた。

江戸に戻った慶喜は、攘夷拒否を叫ぶ幕閣たちを押し切り、当時攘夷論者の合い言葉になっていた「横浜閉港」に踏み切ろうとする。のち再び上洛し、横浜閉港で公武合体派の島津久光らと激しく対立する。この時も、島津擁護派の中川宮朝彦親王を公衆の面前で罵倒して、自身の思い通りの結論に導いた。

翌元治元（一八六四）年には将軍後見役を辞し、朝廷から任じられる形で、禁裏《きんり》御守衛総督という役職に就任する。より朝廷と結びつくことで、独自の立場を得て力を発揮するよう目指した。就任については、孝明天皇の勅命を頂いた格好だが、当時の勅命はほとんどが、公家衆の作文した偽物である。勅命の真偽のほどは、今となっては不明である。

いずれにしても、一橋慶喜は江戸と、そして混乱した京都にて卓越した力を振るうこととなった。最たるものが蛤御門の変での活躍だった。まさに鬼神のごとく先陣切って動き回り、併せて病弱な松平容保を気遣う姿勢も評価された。長州追放ののち、朝廷より直々の謝状を受け、戦後のいわゆる「一会桑政権」でも、中心となって活躍した。

「やはり彼《か》の方が将軍にお就きになれば、再び世が収まる」

そう、幕府側の誰もが口にするに至る。長州の桂小五郎、のちの木戸孝允からも、「その才覚、東照大権現（徳川家康）の再来」とまで言わしめた。倒幕勢力から見れば、将軍になってほしくない、敵に回すと恐ろしい人材であった（と、当時は思われていた）。

同時期に、幕末の歴史に名を残す水戸天狗党の乱が起きる。詳しく述べるのは避けるが、筑波山で旗揚げした天狗党、見る間に勢力を増大させ、攘夷の大儀を抱えて中山道を西上する。出発が元治元（一八六四）年十一月。この鎮圧に苦慮し、天下が混乱した。幕府が討伐を命じるものの、途中は小藩が多く、通行を阻止するのは不可能であった。ついには、譜代列強に制圧を命じる。

桑名藩も、藩兵四百名を慶喜に預けて北陸敦賀に派遣した。実は、天狗党の首領武田耕雲斎は、水戸藩出身の一橋慶喜を行動のよりどころとしていた。

（最後は一橋慶喜殿にすがろう。）

そう考えての行動だった。

だが、慶喜は耕雲斎の思いをまったく無視し、天狗党全員の命を虫けらのように扱う冷酷さも見せる。敦賀までたどり着いた八百二十八名の志士は、激寒の鰊《にしん》倉に素っ裸で押し込まれ、何十人かが餓死。生き残ったほとんども斬首を命じられる。しかし、会津、桑名および加賀藩主が助命嘆願をしたため、数割の処刑に留まった。いずれにしても酷《むご》い。

同年の第一次長州征伐では、影の指導者となって指示を重ね、長州降伏後は孝明天皇に近づき、安政五カ国通商条約の勅許を得るために奔走した。まさしく考えられるすべての方面に口を出し、あるいは顔を出して、自身の功名出世のため励んだ。

結果は、とりあえずは評価を受ける。だが、長い目で考えれば根本的な解決にはつながらない方策ばかりであった。例えば参勤交代緩和は、ほとんどの大名が歓喜したが、徳川封建制度を崩壊させる主因となる決断であった。他にも、とりあえずその場を収めるだけ指図を連発する。

うちに、長州でクーデターが起き、第二次長州征伐の論議が勃発する。さすがに危機感をもったのか、薩摩藩の妨害を押さえ、孝明天皇の討長勅命を受けるに成功。大遠征軍を組織し、総督に小笠原長行らを担ぎ上げた。

しかし薩摩藩の参加拒否。実際の戦いにおいても、戦意の低さから連戦連敗を続ける。うちに大坂城にて、徳川家茂が突然の死をとげた。慶喜はこれを待っていたかのように、再び孝明天皇に近づいて停戦の詔勅を引き出す。一部幕閣の反対はあったが、従ったほとんどの大名を納得させ、征伐を終結させる。何とか丸く収めようとして、どれもがその場しのぎ。彼の生き方そのものが表れているように思えるのは、百数十年たってから考える評論の類か。

さておき慶喜は、将軍家茂の死によって再び将軍跡目相続の渦に巻き込まれた。当然、名前が候補筆頭として上がる。推したのは、定敬とのちの奥羽戦線で行動を共にする老中板倉勝静および小笠原長行である。異論も出た。江戸表にて血筋を重んじる一派が、触れたように血縁を遙か二百六十年の昔、家康公まで遡ることに不安を覚えたのである。しかしやがて慶喜将軍で一本化する。三度目の正直だ。

推された慶喜は即答を避けた。不思議だ。これも異例である。八月二十日に宗家を相続したが、将軍就任については固辞。業を煮やした周囲が、揃って頭をさげたところでしぶしぶ受諾する。将軍職に就いたのが慶応二年も押し詰まった十二月五日。

このあたりの事情も、今では推測できない。しかし、当初将軍職固辞の姿勢を見せることで、幕府に恩を売った形にしたのではないか、自身の就任について、いわゆる「格好をつけた」のではないか、そう想像できる。

いつの時代にも、こういった類《たぐい》はいる。受けるなら、即決が気持ちよい。

（本当はやりたくなかったのに……）という姿勢を見せながら始まった役職は、うまく回ったためしがない。この時も同様であった。やるのなら気持ちよく受諾。それが頂点に立つべき者の姿だ。彼の態度ははっきり卑怯であった。

その後も異例の連続であった。将軍に就いたあと江戸へ一度も下っていない。在京したまま、逆に多くの幕臣を京へ呼び寄せ、二条城および大坂城にて政《まつりごと》を行った。江戸幕府の機能が一時的に京へ移転した形だ。朝廷より征夷大将軍に任じられ、江戸にて政治を行うのが徳川幕府であったはずのに、これもおかしい。

さらに就任直後には、一流公家から側室を迎えようとした。本人は「公武合体推進のため」と言っていたが、京女に対する肉欲がありありと見えた。頂点に立って勘違いしたのか。

色ぼけていただけではなく、権力志向も強かった。朝廷からは関白の位を得ようと努めた。また、長い間自身と敵対していた軍幹奉行小栗忠順《ただまさ》らと連携し、改革派幕閣との対話に励んだ。小栗忠順は一年後に再び慶喜から縁を切られるが、のちに詳しく述べる。

さらに近づいてきたフランス公使レオン・ロッシュと積極的に交流し、二百四十万ドルの融資を受ける。この資金をもって、幕府軍の増強を進めた。製鉄所、造船所の建設、軍制改革など、足かけ一年の在任期間中、想定できるすべての方面に手を出した。

結果、どれもが中途半端に終わったものの、これまでの温厚な将軍とは比べものにならない活発な動きを見せた。

しかし、彼には一番肝心なものが欠けていた。代々受け継いできた江戸幕府という文化を、何として守ろうという気力がなかった。ということは、就任に反対した一部幕閣が正しかったのだろう。一橋慶喜は若くして向上心に溢れ、ついに頂点に立ち、立った後はすかさず保身に走った。自分の身の落とし所を考えるだけの人間になった。自分自身が徳川幕府を支える。将軍そのものが徳川幕府だという認識に大きく欠けていた。小賢《こざか》しい思慮を重ねるうちに、大政奉還から王政復古、江戸開城へと坂道を転がっていく。

ついでと言っては失礼だが、孝明天皇の立場についても触れておこう。孝明帝は述べたように慶応二年十二月にお隠れになる。崩御直前は、時の流れに逆行した言動が目についた。実は諸外国は、この国を貫く攘夷思想の根幹は、孝明天皇にあることに気づいていた。江戸幕府でなく、京にいる「天皇」という存在に圧力をかけなければならない、そうわかった。

もともと江戸時代においては、朝廷、とりわけ天皇の存在は甚だしく薄い。ただのお飾りの域を下回っている。少し不遜な喩《たと》えになるが、人間の体で言うと「へそ」くらいのもので、なくてもよいがないと何だかおかしい、程度に思っていた連中も多かった。

権力がないばかりか、実際の収入も限られ、衣食に困るときもあった。それが幕末の嵐の中、日本中に尊皇思想が急速に広まり、自身の思いとは裏腹に、政治の表舞台に引き出されてしまう。誰もが天皇という存在を敬い、奉り、世に担ぎ上げようとした。何度も述べたように、孝明帝自身は幕府に代わって政を司ることなど考えたこともない。したがって、倒幕などとんでもない。

逆に外国としては、この考えを改めさせる必要があると気づく。それも早急にだ。

慶応元（一八六五）年、通商条約の勅許を得ようと諸外国が考えて、京に一番近い大坂湾に艦隊を送った。しかし暖簾《のれん》に腕押しであった。もしくは馬の耳に念仏。空気を感じ取った周囲の勧めで条約締結を認めるも、逆に帝の攘夷思想を強める結果となってしまった。

諸外国は判断した。孝明帝の存在自体が、すべての改革の妨げ、新政府移行への足かせであると。朝廷内でも、公武合体政策に固執する孝明天皇への批判が噴出する。筆頭が下級公家であった岩倉具視だった。

この男は公武合体に尽力し、結果尊皇派から命を狙われるに至って、いったん野に下った。数年の蟄居生活を経て、いつの間にか復活。御所に舞い戻ってからは、国内の今の混乱の原因《もと》は、すべて孝明帝にあると周囲に吹聴する。天皇自ら周囲に謝罪し、さらに薩摩、長州に近づくことで政治の刷新が果たせる、そう明言した。著しく非礼である。

岩倉の暗躍は続く。翌慶応二年には、帝の意向に背いて追放された二十二卿の公職復帰を、内大臣近衛忠房が独断で朝廷内に指図した。この糸を裏で引いたのも岩倉であった。伝え聞いた孝明帝が激怒し、近衛に対して、「これまでの恩を忘れたか」という内容の書簡を送りつけている。孝明帝のお気持ちは十分にわかる。しかし、もはや天皇は完全に孤立していた。

そんな中の崩御。死因はまちがいなく疱瘡だった。在位二十一年。三十六歳での突然の死去。若くて進歩的な考えをおもちの陸仁親王が即位し、世の中が急速に逆回りし始める。不思議だ。うまくできすぎている。

## 松平定敬㈣　大政奉還

今度は四日空いたが、どこに行っていたのか。

東京？

日光から東京まで行って、また戻ったのかね。帰った東京で、誰かの話でも聞いてきたのだろう。誰でもよいが、自分の思いと他の誰かの思いがずれていると、君自身が困るだろう。もちろん、わたしもよい気持ちがしないけれどもね。誰と話してきたのか、伺いたいところだ。

いや、よい。それより前回の話のあらましは、書き残しておいた。やはり話していて興奮したよ。痛快だった。あの続きでよいのだな。さっそく行こう。よいか。

蛤御門の変の以後だ。始めよう。

都での自分の立ち位置が、すっかりわかった。こうすればよい、それが確認できた。爽快だった。何より帝から信頼されている。神の末裔からだ。京都守護職松平容保公と、禁裏御守衛総督の一橋慶喜様、そしてわたし。この三人が王城の治安を守り、ひいては日本の世情安定のために奮闘している。すごいことだ、そう思った。

巷では当時の体勢を、「一会桑政権」と言っていたそうだが、言い得て妙。三者が協力し、御所の警護を任された。一橋慶喜様は承明門、肥後守容保殿は小御所の庭先、そしてわたし越中守定敬は、日の出門を守った。我々は帝の期待を胸に、日夜奮戦した。

新選組もよくやっていた。市中警護に、目を見張る活躍を見せる。手荒なことも多かったようだが、都は大きく落ち着いた。この頃結成された京都見廻組も奮闘した。宮中周辺や官庁街を周回していた。奴らには身分の高い侍が多い。新選組隊士が、どこから涌いてきたのかよくわからない連中だったのに対して、見廻組は、旗本御家人がほとんどだ。そのぶん自尊心も高く、新選組とぶつかることもあった。だが、会津桑名両藩がうまく乗せてやれば懸命に働く。もともと腕はよい。場合によっては、新選組より便利な働きを見せることもあった。

京都所司代配下の役人が少々役立たずでも、新選組と後から組織された京都見廻組が張り切ることで、治安はみるみるよくなった。それは、町衆がいちばんに望んでいた状態だ。一時途絶えていた祭りや市が、次々に復活した。

言ったように、元治元年七月の「どんどん焼け」で、町は焼け野原になっていた。だが、京の人々はたくましい。元気に復興に励み、火事の次の日には掘っ立て小屋で商いを始めていた。火事も大変だったが、世が乱れて商いができない方が、なお困るらしい。数年前のように、身を案じて家に籠もる必要がない。住むところがなくても、日々の実入りがあるほうが、その日の暮らしは助かる。それもこれも新選組たちのおかげ、ひいては京都守護職、所司代様のおかげだ。

わたしも、とりわけ新選組については、「くれぐれも後押しをしてやるように」と周りの者に言いつけた。後押しとはまずは金だ。決して桑名藩が裕福だったわけではないが、金は天下の回りもの。幕府にきつく言えば、数日後には何とかなった。要は口利きをすればよい。

加えて例の池田屋騒動以来、新選組の評判はうなぎ登りだった。入隊希望者があとを絶たなかった。土方歳三も江戸まで戻って新規入隊者を募り、腕に覚えのある浪士が次々に集まってきた。結果、池田屋騒動時は二十名少々しかいなかった隊員が、慶応に入ってからは二百人を越えようとしていた。すごいものだ。それだけに、隊規に乱れがないよう、綱紀粛正に努めていた。ためか、たくさんの隊員が処罰されていた。あれはかわいそうだった。

知っているか。新選組そのものは、たたっ切った浪士の数よりも、内部抗争で粛正した数の方が多いのだ。どうしても俄《にわか》作りの集団というのはそうなる。手前勝手な厳しい決まりを作って、自分たちでどんどん処罰し合う。そのたび何人かが死ぬ。

だがな、その都度、近藤勇局長と副長の土方が詫びに来る。大きな体を小さく丸めて申し訳なさそうに来る。会津公と自分のところへ順々に来ては、畳に頭を擦りつける。副長の土方歳三は美形だと言ったが、近藤勇は鬼瓦のような顔をしていた。鰓《えら》が張って平たい顔の上の方に、落ちくぼんだ目が控えめに付いている。その目をさらに細めて言い訳を言う。これが何ともかわいらしい。「まあ他で励んでいるからいいだろう」、そう思えてくる。

「ご苦労、よきに計らえ」というと、とたんに笑顔を作って帰っていく。そしてまた市中警護だ。楽しい奴らだった。何やかんやで、わたしと言うか、桑名藩と新選組のつながりはますます強くなった。家臣たちもよく交流していた。

公用人である立見鑑三郎はなおさらだったらしい。所司代非番の時などは、夜警に同行したこともあった。翌朝、へとへとになりながらも、笑顔で帰邸する。一度自分も興味をもって、「どんなことがあったのだ」と聞いたことがある。立見はその問いかけを待っていたように目を輝かせ、朗々と市中見回りの様子を語ってくれた。わたしも聞いていて楽しくなってきた。

「ほとんどの町衆は、好奇と畏敬《いけい》の念をもって歓迎してくれます。拍手をしてくれる女や子供もいます。対して、浪士は目の届くところには現れません。なか、変装して町人に紛れ込んでいる者もおります。これが髪型が明らかに違う。無理に町人髷《まげ》を結っていますが、それで面擦れが余計に出てしまいます」

「そうやって見分けるのか」

わたしは尋ねた。立見は楽しそうに続ける。

「そうした輩を見つけると、隊士の間で目配せします。やがて一人が正面に立ちます。すると、男は目をそらしながら場を離れる。ゆっくり追いついて路地裏で尋問。その時は分担があって、周りを三人で取り囲みます」

目に浮かぶようだった。思わず膝を乗り出して、わたしは続きを求めた。

「どうするのじゃ」

にっこり笑って鑑三郎が話す。

「もう浪士は震えまくっています。尊皇攘夷などどうでもよい、ただ命が惜しい。やっとのことで彼方に走り出しますが、行く手には他の隊員が待ちかまえている。向き変え、隠していた脇差しを抜き、再び正面にいる自分に斬りかかってくる。戦闘開始です」

「それでどうなる」

わたしはおとぎ話を聞く子供の気分だった。笑顔の話が続く。

「国では何々流の達人といっても、修羅場をくぐったことはない。自分もそうでしたが、いわゆる道場剣です。真剣で斬り合う度胸はもち合わせていない。震えて大声を出して小太刀を振るっていては、勝てようもありません」

「つまり、負けて斬られるということか」

次の話が待ち遠しくなって、わたしは少しせかせた。鑑三郎はじらすようにひときわゆっくりと話を続ける。

「剣は呼吸です。息を止めて、打ち込む瞬間に吐く。すると気、剣、体が一致した、人より優れた打ち込みができ、勝つ。動転してそれができなければ負けます。新選組の隊士は、誰もが落ち着いていてそれができました。要は場数です。拙者《せっしゃ》もいつしか場数を踏みました」

「お前も人を切ったのか」

わたしは半ば驚いて身を乗り出した。鑑三郎はにやりと笑った。

「降りかかる火の粉は払わなければなりません、と言いたいところですが、拙者は進んで火の粉を被りました。それに沖田たちは、いつも自分においしいところをくれます。動転した浪士がこちらに向かってくるように、仕向けてくれます。据え膳食わぬは武士の恥。振り降ろした刃を擦り上げ、たいていは相手の右肩に切り下げます。面がねを付けていない者は、そのまま脳天に振り下ろす時もあります」

ということは、何人も斬ったということか、それ以上は聞くのをはばかった。沖田と立見は歳も近く、気がよく合うらしい。この時以外もよく沖田の名を出した。いかにも立見は楽しそうだった。

「沖田総司は楽しい奴です。常に卑猥《ひわい》な冗談を言い続けています。それが修羅場になると、人が変わります。目がぎらりと光る」

目が光っているのは立見の方だと、わたしは思った。

違う機会に尋ねたことがある。

「お前は、京にてこんなふうに務めていることが苦ではないか」

いつかと同じように鑑三郎は答えた。にっこり笑っていた。

「いろいろな出来事や、様々な人たちと出会い、自分の見聞がどんどん広まっていくように思えます。江戸の藩邸にて暮らしていた頃から思えば、夢のようでございます。命のやりとりはもちろんありますが、大変だと思ったことはございません。こんなに幸せなことは、他人には味わえないでしょう」

聞いて、また目から鱗が落ちた思いだった。自分も同じ様に考えたことはあった。しかし、この度の立見の言葉がもっとも心に響いた。そうなのだ、自分には天から科せられた仕事がある。人の一番の幸せは、やりがいのある仕事に出会うことだとかいうが、その意味で自分は十分に満ち足りた人生を送っているのだろう。もともと、江戸高須藩邸にて部屋住みで終わったかも知れない身。認められもしない書を練習し、木登りをして女中たちに怒られ、毎日同じ空を見上げていた人生。

対して、王城にて帝から直々命じられた使命を果たすことは、身に余る光栄である。命など惜しくない。改めて、桑名少将越中守定敬、皇国のため、桑名の士民のためできる限り奮闘しよう。そう思った。

正義は自分にある。

その場にて、軍事奉行たちに言ったことを、立見にも述べた。

「新選組をくれぐれも後押ししてやるように」

「仰せの通りにいたします」

うやうやしく立見は答えた。言われた通り、立見鑑三郎は様々な配慮をしてやったらしい。とりわけ金銭面での援助は、大所帯となった新選組には本当にありがたかったという。何度も蓮台寺の陣屋に、局長、副長がやってきては、礼を述べていった。

言い忘れたが、新選組は元治二年三月十日、屯所を壬生八木邸から西本願寺へ移していた。八木邸では、溢れる隊士たちを支えられなくなったからだ。彼《か》の家、つまり八木邸も何年か大変だったと思うが、それなりに収入はあったことだろう。それが洛南へ転居。

引っ越しについては、桑名藩が取り持ちをした。新選組は大いに喜んだ。西本願寺と言えば王城の中心であり、壬生村のような田舎とは違う。ますます活動するについて、支障をきたすことがなくなってきた。活躍もさらに際だった。

西本願寺の場所は、言うまでもないな。先頃できた鉄道京都駅の少し北だ。東本願寺と並んでいる。当初どちらに屯所を持っていくか迷った。失礼ながら、当時信者が少なく、暇そうな西本願寺に決めたが、後から思うとこれはよかった。広大な敷地を得て、ますます羽根を伸ばし始めた。

うちに、立見鑑三郎だけでなく、同年代の若者も新選組の見回りに同行したいと申し出てきた。山脇隼太郎と高木剛次郎の、太郎次郎組だ。若気の至りであるものの、もちろん許した。以後彼らは、何度か町中にて修羅場に出くわしたと聞いた。怪我することもなく切り抜けた。危険を進んで買った訳だが、大人になるための筋道と考えれば楽しい。両名はこの時の働きが、のちに役にたつことがあったが、また述べよう。

さて、その元治元年はあっという間に暮れた。第一次長州征伐が十月、天狗党が敦賀に辿り着いたのが十二月。

わたしも天狗党の結末を聞いて残念だった。

助命嘆願？

させてもらったよ。それくらいは造作ないこと。何人助かったかはよく知らない。一橋慶喜殿の姿勢に、多少疑問を感じた。しかしこれも大事の前の小事、そう考えるようにした。

京にての、いわゆる一会桑の政治は順風満帆だった。このまま世が静かになっていく、そう決めつけていた。だがこの頃には、もう世の中が自分たちと関係ないところで動き始めていたのだ。甘かった。今となってはすべてが愚痴になるがな。

やがて、自分が京都所司代を拝命してから一年たった。元治二年といいたいところだが、また元号が変わって慶応元年五月。将軍家茂様が再び大坂に入られた。わたしも出迎えに行く。もちろん、大坂城にだ。

一見して世間は落ち着いているように見えた。朝敵長州藩を改心させた。日本の現状に帝の覚え愛《め》でたく、公武合体の方針は江戸にも京にも定着、そう思えた。あとは夷狄を押さえ込めばよい。つまり、幕府自体が生まれ変わって軍備増強に努める。それが大事だ。

うちに長州で騒ぎが起こったという噂が聞こえてきた。第一次長州征伐で滅んだはずの倒幕派が息を吹き返したという。幕府との調停にあたった恭順派の家老椋梨藤太は、討幕派に捕らえられ、斬首され

た と聞いた。何たることだ。当然調停内容は反故《ほご》にされる。

第一次長州征伐については桑名藩も大いに関わった。立見鑑三郎以下十二名が調停隊に加わって、切腹した三家老の首塚を直々受け取ってきた。見事な振る舞いだったと、誰からも賞賛された。その評判が江戸へ届くか届かないうちの藩意変更。

やはりあの時、長州藩の息の根を止めておけばよかった。二度と立ち上がれないよう、毛利という存在をこの世から消し去ればよかった、そう誰もが思った。機会を逸した。

あとの後悔先に立たず。もう一度長州を攻めるしかない。それはわかっている。この決断に手間取った。手をこまねいているうちに時がたつ。

言い忘れたが、わたしは慶応元年の十二月には、帝より直々に左近衛中将に任じられた。そうだよ、このわたしが中将だ。これまで兄弟大名の中将と少将、肥後守と越中守の組み合わせだったが、これからは中将が二人。中身は何も代わっていないものの、京の大路が狭く感ずるほど鼻が高かった。

すでにその頃には、会津と同じく桑名藩士が歩くと道が左右に開いた。先頭はわたし桑名中将だ。誰もが桑名藩梅鉢の旗印を見て頭を垂れた。恐れていたのではない。尊敬されていたのだ。藩兵の体に自信がみなぎっていた。家臣たちも同様に感じていたことだろう。

我が藩では、元号が慶応になる頃までは、地元桑名と半年交代で藩兵を行き来させていた。普通は故郷を離れることを嫌がるはずが、藩士の多くが逆に京にての勤務を熱望したと聞いた。早く言えば、やりがいを感じていたのだ。わたしや立見が感じていたことを、藩士の誰もが思っていたのだ。

話が落ちるが、色町にも出かけた。わたしは、この年になるまで、女ととんと縁がなかった。その分というわけでもないけれども、たっぷり遊んだ。祇園は楽しいところだった。何のしがらみもない。

天下の譜代大名、それも京都所司代を務めている者が不埒《ふらち》な遊びなど、と考えたときもあった。加えて所司代の命を狙う浪士も多い。自分が動くことで、警備の兵を何十人も連れ従わせることへの抵抗もあった。

だが、周りの者の過ごし方を見て気が変わった。警護する側も色町の散策を楽しんでいた。新選組も京都見廻組も遊んでいた。とりわけ、新選組局長近藤勇の剛勇ぶりはすごい。からかっても、「英雄よく色を好むと申すではありませんか」と、悪びれた様子もない。土方もよく遊んだ。切り替えが誠に見事だ。あれを見て自分も吹っ切れた、と言ったら言い過ぎか。そんなところを他人のせいにしてはいけない。しかし、京女はきれいで上品だった。何より匂いがよい。そしてわかりにくいと思うが、遊ぶといつも高貴な気持ちになる。まあ、詳しい話はここではやめておこう。

さて中将を拝命したお礼にと、御所には桑名の特産品をたくさん献上した。言わずとしれた、焼き蛤だ。帝には大いに喜ばれた。

君は食したことがあるか。そうだよ、大きい貝だ。大川の河口で採れた新鮮な逸品を、早馬で送らせた。生きたまま献上し、直前に焼き上げる。香ばしいかおりが広がる中、帝の御前に運ばれる。

献上当初は、お毒味に時間をかけたらしいが、二度目以降には帝の所望により、すぐに膳に載せられた。異例だが光栄だ。それだけ所司代が信用されていた、というよりも焼き蛤がおいしかったということか。何十回も献上した。

そんなこんなで慶応元年が過ぎる。楽しかった。王城での生活を満喫していた。しかし我々は甘かったのだ。緊迫の王城で、ぬるま湯に浸かっていた。

やっと長州討伐の勅命が出たのが翌年の四月。「第二次長州征伐」と、のちに言われたものだ。命令は出したものの、萩口を攻めるはずの、肝心の薩摩藩が動かない。訳がわからなかった。「何をしているんだ」と誰もが非難ばかりしていた。業を煮やした他藩が四方から攻め入るも、要を得ない。ただ一カ所だけ勝っている松山藩の、暴挙の話も聞こえてきた。困ったことだ、そう思った。

桑名藩か。

本来なら、桑名にも派兵要請がくるはず。だが、京都にて所司代を拝命している。王城の警護も大切だ。大坂の見回りも同様。したがって桑名藩と兄君の会津藩は留守番となった。京で、帝と将軍を守る務めを続けたわけだ。

その間も戦況は長期化した。どこも膠着《こうちゃく》しているという。かようなときは、やがて地元が有利になる。何より兵糧の心配がない。かたや征伐軍は、伸びきった戦線に食料や弾薬の補給方法が手詰まりとなる。腹が減ってはいくさはできぬ。攻め手の士気はだんだん落ちてきた。

うちに石見口《いわみ》で、幕府軍が撃退された。相手は大村益次郎率いる奇兵隊だという。箝口令《かんこう》を引くも、こうした話はすぐに広まる。いくさ場が離れていても、敗戦の報が飛び交った。ますます士気が落ちてくる。何のかんのと屁理屈をこねては、直接衝突を避けようとする藩が続出した。

わたしも詳細を聞くにつけ、「これはまずいことになる」と考えていた。蟻の一穴から堤も崩れるとか言うが、徳川政権に大きな風穴が開く、そう感じた。

うちに、考えられる最悪のことが起きた。大坂城にて将軍家茂様が他界されたのだ。信じられなかった。七月二十日のこと。これも「内密に」とのお触れが出たが、あっという間に国中に広まった。もう歯止めがきかない。長州軍の攻勢が始まる。討伐軍の戦意低下の中、形としては孝明天皇の仲介で全軍が撤退した。一橋慶喜様の裁量と聞いたが、完璧な負け戦だった。

その昔聞いたことがある。太閤秀吉殿下が朝鮮を攻めたときと同様だ。文禄の役では連戦連勝、見事勝利を勝ち取った。しかし、講和内容で思ったような成果が得られない。怒った秀吉公の命で、慶長年間に二度目の出兵するも、今度は大苦戦。うちに秀吉公自身が亡くなり、戦いを続ける理由をなくした軍がむなしく帰国した。直後に豊臣政権は、坂道を転がり落ちるよう崩壊する。

同様にわたしは、徳川幕府はあのときに終わったと考えた。

わかるか。

鳥羽伏見の戦いで薩長軍に負けたときでも、官軍が江戸を包囲したときでもない。幕府が総力を挙げて臨んだ長州討伐軍が、一つの藩に破れ撤退したあの時だ。今から思えば、時代の分かれ目だったのだ。

後から言う話だから、どうにでも判断できるがね。

もう一つ慶応二年にあったことで、これは自分だけの話だ。

何度も言ったが、わたしは以前より新選組に好意をもっていた。身なりにも憧れがあった。とりわけ髪型はよい。月代《さかやき》をそり上げず、伸びた髪を後ろへまとめ上げ、そのまま髷《まげ》を結う。いわゆる総髪だ。実は小姓の立見鑑三郎が総髪をしていた。これが見栄えがよい。

「余も真似てみたくなった」と言うと、立見が「中将様には、この髪型はふさわしくありません」と笑って答えた。その言葉で逆に心に火がついた。さっそく朝廷に申し出る。公家衆は誰も意味がわからなかったらしい。即座に「御意に」という返事があった。あとは将軍様の許しを得るだけだが、自分と家茂様とは気心が知れている。拒否されるわけがない。申し出と同時に髪を伸ばし始めた。

そして十月。総髪にて初めて市中警護に出た。この髪型に似合うのは、もちろん洋装だ。フランス式の軍服に、皮でできた「ブーツ」というものを履いた。気持ちよい。供の者は、依然として仙台平《ひら》に義経袴だったが、このなりで馬上人となるのは爽快だ。町衆の目が心地よい。「見ろ、所司代様だ」というざわめきが、次々耳に入る。見られている充実感。自分の存在が際だつ。楽しい。よって何度も出た。

もちろん周りは止める。新式鉄砲に狙撃されたらひとたまりもない。

「殿一人のお命ではありませんぞ」と、大目付松浦秀八は懸命に止めた。奴は堅物だった。言い返した。

「市中警護には、見せるだけの効果もあるはずだ」

松浦は半ばあきれ顔で「誠にやんちゃで困ります」と明るく送り出してくれた。この日以後、日課として馬にまたがった。これも京での楽しい思い出だ。

だがこの爽快感は長続きしなかった。二ヶ月経たないうちに、さらに驚くべきことが起きた。孝明天皇が崩御されたのだ。考えもしなかった。あの屈強な肢体をおもちの帝が急逝された。永遠に生きられるのではないか、とさえ思っていた方の突然の死。

実はその時、兄の会津中将殿が御調子が悪く寝込んでいた。わたしも見舞いに行き、病状が回復に向かっていることを確かめた。ちょうどその場に、孝明帝直々に下司された洗米が届いた。「くれぐれも自愛するよう…」との直筆の添え書きまであった。

「うらやましい限り。肥後守殿は、誠に帝の覚えめでたく」などと枕元で軽口をたたきながら、兄君と顔を見合わせて笑った。直後の崩御。言葉がなかった。兄君もお風邪が吹き飛んだようだった。

もちろん、毒殺ではないかと考えた。当たり前だ。だが、誰に聞いても疱瘡で間違いないという。御所勤めの典医にも直々聞いてみた。間違いなく疱瘡だった。わかるな、今で言う天然痘だ。

忘れもしない十二月二十五日。そうだ、当時は誰も知らなかったが、明治も二十七年になった今は、たくさんの人が知っている、クリストの生まれた日だよ。そうクリスマス。あの日から流れが倒幕へと変わっていった。邪宗、いや失礼、キリシタンの記念日からすべてが始まる。皮肉なものだ。

いずれにしても三十六歳というお若さで、元気の極みだった帝が亡くなられた。そして、どこからともなく十五歳の幼帝が現れた。

わたしはそれまで何度も御所には参内していた。何度もだ。しかしご尊顔を拝したことがなかった。睦仁《むつひと》親王、今上陛下のことだ。そう、臣民が尊敬する天皇陛下。しかし、かの時はまだ立太子式さえ済まぬ少年であった。まったく突然の登場に、肥後守様も新将軍に就かれたばかりの慶喜様も驚いた。

これを言い忘れていたな。そうだよ、十四代将軍家茂様が亡くなったのが七月。すぐに十五代将軍に慶喜様がご就任のはずが、決定までに右往左往あった。というよりも、はっきり言えばご本人が重々しくじらしたのだ。

わたしは思っていた。どうせ受けるのだから、即座に首を縦に振って、その上で講釈を述べればいいのにとな。それが約四ヶ月もの時をおいてのご着任。後で調べさせたが、そんなに期間を置いて就任した将軍はこれまでにない。家茂様の死が突然だったこともある。しかし、そんなことは何度もあったはずだ。普通なら話があって二、三日で受諾の運びになる。

つまり、もったいぶったのだ。「それほど薦めるのなら致し方ない」と、周りに恩を売った形にしたかったのだろう。端から見ていて、それがよくわかった。その間のいわゆる空白時間にも、世の中は大きく動いていた。この頃の四ヶ月は、泰平の世の十年以上にあたるかもしれない。大げさではない。西洋のことわざにもあったな。時は金なりだ。それが読めない、世渡り術に長けた将軍の就任だった。

これも決して後から思う話ではない。いいか、慶応二年の後半だ。エゲレスと薩摩が日に日に接近していた。それよりも、薩摩と長州の密約が整いつつあるという噂も広まっていた。ありえないと、幕府側の誰もが高を括《くく》っていた。そうなっては困るという思いもあった。

ところが実際は、秘かに進んでいた。併せて長州藩の軍備拡張も着々だった。薩摩の手に入れた近代兵器が、続々長州へ渡っていた。日本人の武器商人が暗躍していたらしい。奴らは金儲けのためになにでもする。人間の風上にもおけぬ奴だった。まあよい、これも済んだ話だ。

遅まきながら幕府側も、フランスの援助を受けて兵式近代化を目指していた。これこそは徳川慶喜様のご指示だ。しかし受け手が旗本。そうだよ、二百六十年間ただ飯を食らってきた、あの旗本八万旗だ。自尊心だけが強くて、人の話に聞く耳をもたない。我々には古来の戦法がある、何を今更「隊列の組み方」だ、「新型鉄砲の扱い方」だと鼻にかけ、一切受け入れようとしない。「鉄砲は足軽の道具だ」と決めつけ、手に取ろうとさせしない。挙げ句の果てが、官軍が江戸に迫ってきた慶応四年にはどうしたと思う。旗本のほとんどすべてが隠居さ。いろいろと理由をつけては、年端もいかない跡継ぎに相続して、働き盛りの自分たちは楽隠居。「ざまあない」と言ったらない。命が惜しかったのだ。早く言えば卑怯者だ。そこへいくと、我が桑名藩士たちは違う。立派だった。中途半端な藩主に、身も心も捧げてくれた。徳川の世の忠臣だった。

少し話が飛んだな。戻すが、慶応二年の後半は、時がすさまじく動いていた。幕府のというか、京都守護職と所司代の見えないところでな。

もちろん新選組もそれが見えず、必死に目の前の市中警護を全精力を注いでいた。あちこちで血しぶきを上げながらだ。伊藤甲子太郎率いる御陵衛士たちと仲間割れしたのも、この頃だったと思う。いや、次の年の三月だったかな。昔のこととて、混乱してわからない。まあそのあたりだ。

その慶応三年正月。前年末の孝明帝崩御を受けて、今上天皇が即位された。大きな出来事のはずが、相変わらず京は静かだった。静けさの影で、事態は進んでいた。我々が乗り遅れていたのだ。正しく言えば、乗ろうと努めたが、討幕派の動きの方が早かったのだ。薩長の密約が進み、だけでなく土佐も同盟の動きに便乗していた。

御所では、新帝が若年ゆえ「我こそがお支え申す」という輩がどんどん出てきた。あり得ることだ。それでも、中にかの三条実美公がいたのには驚いた。

そう、先の総理大臣様にして公爵の三条様だ。孝明帝ご自身が、「あの逆賊」と罵《ののし》っていた公卿。いつ頃からかは忘れたが、大手を振って御所内を闊歩している。岩倉某という訳のわからない公家も出てきた。また理屈が多くなり、わたしが参内しても新帝とお会いできない。どころか、取り巻きから邪険に扱われることが多くなってきた。兄君もだ。二条城に居を構えていた将軍慶喜様もだった。

何だか変だ、そう思えてきた。

後から聞いたところでは、薩長同盟が正式に結ばれたのは五月二十五日だという。直前には土佐の板垣退助らと、倒幕同盟も結ばれていた。幕府側は相変わらず長州が当面の敵、他への広がりはなかろうと、何となく思いこんでいた。

わたしはこの頃は、慶喜様とほとんど行動を共にしていた。あの落ち着かない将軍が、「大坂へ行く」といえば同行した。「京へ上る」といえば先陣を務めた。

蓮台寺の桑名藩陣屋に腰を据えることはほとんどなかった。将軍が客人と会うときもまず間違いなく同席した。「共にいてくれ」と頼まれたのだ。例えば二月六日にはフランス公使のロッシュと会談した。内容か。慶喜様が一方的に尋ねていた。

突き詰めて言うと、どうしたら幕府軍が強くなれるか、その一点。だが、話はあちこち飛んだ。とりあえずは、フランス側が様々な要求を述べてくる。ほとんど意味が理解できない。受けていいものなのか。よくわからずうなずいて、とんでもない事態になることもある。結局、差し障りのない話に落ち着き、最後は兵庫の港を開くべきかどうか、などという点でもめた。

フランスと交渉したと聞くと、エゲレスも必ずやってくる。まさしく必ずだ。どこで聞きつけたのか知らないが、二、三日中にやってくる。

あとで理由がつかめた。当時は、というか今でもそうらしいが、フランスとエゲレスは世界中で利権争いをしていたのだ。何となくそれは雰囲気でわかった。だが、エゲレスが我々と交渉している裏で、薩長を、つまり討幕派をも後押ししていることは、まったく知らなかった。

何度も繰り返すが、乗り遅れていたのだよ。時間をかけて交渉しても、進展はほとんどない。この二人の公使とやらは、何を考えているのかよくわからない奴らだった。正直言って不気味だった。外国公使なのに、まったく違うことを言う。通辞のせいかとも思ったが違うようだ。顔や国が異なるからだけではない。「こうした方が幕府存続に役立ちますよ」という内容を、まったく方面から言う。

一つだけ一致していたのは、「一度政治を天皇に返したらどうか」という点だった。

「将軍はどうせあなただから、同じことでしょう」と。一理あるなと、脇で聞いていた。それ以外は、互いの国の悪口を言い合う。フランスはエゲレスの、エゲレスはフランスの揚げ足を取る。これでは話を進める勇気がなかった。したがってそのままだ。江戸幕府の体制は変わらない。

だが京都には、直後に大きな変化があった。薩摩藩主である島津茂久公が、三千もの兵を率いて上洛、そのまま御所周辺に取り付いた。命ぜられてもいない警護を始める。

上洛の噂は何日も前から届いていた。実際に三千名の洋式装備を備えた薩摩兵を見たときの驚きは大変なものだった。わかるか、我々が守る御所の門外に、見たこともない薩摩兵が充満した。ついこの間蛤御門で戦った仲間が、身なりをまったく替えて整列している。武器も全然違う。御所中にいる公卿たちは震え上がった。京にいる誰にも、公家にも武士にもそして町衆にも、無言の圧力がかかった。

それが慶喜殿にも通じた。「政権をいったん朝廷にお返ししたらどうか」と、幕閣の誰かれなく耳打ちされるようになった。特に執拗だったのは土佐藩主山内豊範様だ。背後に前藩主容堂公がいたが、さらにうしろには、坂本龍馬なる訳の分からない脱藩浪士もいたという。そうだよ、海運会社を作り、武器を売り買いしては大もうけしていた奴だ。直後に惨殺されるがな。天罰というものだろう。

とにかく、大政奉還論はどんどん一人歩きしだした。

理屈はこうだ。もともと征夷大将軍とは朝廷から任じられた位である。逆に言えば、天皇が武士の棟梁たる徳川氏に政治を委任している。したがって、いったんこれを返上し、その上で全国の大名による連合政府を作ればよい。そう勧められたという。

慶喜様は、結局これを受け入れる。慶喜様側の理論は次のようだ。もし今朝廷に政《まつりごと》を返しても、何もできないだろう。例えば諸外国との交渉も、公卿たちが当たるのは不可能。とたんに右往左往して助け船を求めてくるはず。そこまでは当たり前。そこで自分がおもむろに出馬して、帝の手足となって働いてやる。これこそ公武合体だ。

今から思えば、うまく口車に乗せられた。相手の方が慶喜様より一枚も二枚も上手だった。というより、徳川慶喜という将軍を、当時我々は買いかぶりすぎていたのだ。

わたしはあの将軍からたいそう可愛がられた。「いつも側におれ」、と命じられていた。初めは光栄に感じていたが、途中で「これは違うのではないか」と考え始めた。

理由はうまく言えない。先代の将軍家茂公は、自分と同じ世代だった。共に部屋住みから上り詰め、自分は譜代大名から京都所司代へ、家茂様は紀州藩主から天下の将軍様になった。ただ、初めてお会いしたときから後光が差していた。自分とは違うお方だとはっきり感じた。それが今度の将軍には、ない。はっきり、ない。

自分が変わったのではないと思う。人格も決して慶喜様が劣っていたというわけではない。しかし何かが違った。側にいればいるほど、ひしひしと感じた。「この方は要領がいいだけの小賢しい男だ」、そう思うようになった。天下を統制する将軍の器ではない。

これもあとから言う話だが、もともと薩摩が我々と袂《たもと》を分かったのも、一橋慶喜公の浅知恵が発端だ。元治元（一八六四）年の参預会議が崩壊し、薩摩は不信感を強くもった。労苦を重ねている薩摩藩の立場が、御所内でどんどんなくなっていく。

結果薩摩は、慶喜様の提唱した諸侯会議路線を断念し、長州との連合になびいた。策におぼれた形だ。言い方を変えれば、学者然とした慶喜様が「薩長同盟」の本当の意味での立役者だ。思いつきの行動のつけが、言いようのない形として我々に覆い被さってきた。

（この方に付いていって大丈夫だろうか。）

周りの誰もがそう考えるようになった。

わたしか。

述べたように、わたしが一番それを思っていたのかもしれない。しかし、自分がそれを言い出したら幕府は終わる。どこまでもこの方に追従するのが役目、そう念じていた。会津公も同じだったろう。しかし策に溺れたのは、この時が頂点だったかもしれない。政治を朝廷にお返しするという、例のやつだ。そうだよ、大政奉還の実行だ。わたしはその時だけは止めた。将軍様はご満悦だった。

「越中、議長という言葉を知っているか」

急に笑顔満開で自分に尋ねてきた。知らない。

「余は議長になるのだ。帝に政をお返ししても何もできるわけがない。あの子供は見ている以上に、世間について何も知らない。無知な公卿たちは、もっと世間知らずだ」

言っている意味はよくわかった。しかしこの激変の世の中で、こちらが目論んだように動いていくのだろうか。将軍はなおも続けた。

「余は政権を返しても、征夷大将軍を降りるつもりはない。ということは今まで通り武士の棟梁《とうりょう》だ。そこで、無力な帝に成り代わり、大名で作る議会を設立し、議長に就く。その上で今まで通りの徳川による政治を続ける」

行く末に暗雲を感じた。同席していた老中や肥後守様も同様に思われていたことだろう。互いに目を合わせて、軽く舌打ちをした覚えがある。そうだよ。策を弄《ろう》する者は策に溺れる。しかし、これ以上意見は述べなかった。そのまま、十月を迎える。

そして十月十四日。二条城大広間において、徳川第十五代将軍慶喜様が大政奉還を申し出た。居並ぶ諸侯は、誰も驚かなかった。来るときが来たとさえ思わなかった。逆に、時の流れを感じていた。そして即座に思ったのは保身。

それは慶喜様も同じだった。翌日十五日、帝から奉還についての勅許がでる。次いで二十四日には将軍職辞職を申し出るも、これについては保留となる。

また「本当はやりたくない」が出た。朝廷側は「そこまで申すなら」と簡単に受理すると思っていた。それが保留。これが不思議だった。

君は若いようだが、御一新の頃は幾つだったのだ。そうか五歳か。洟垂《はなた》れ小僧では記憶は乏しいな。しかしわたしの言いたいことはわかってもらえると思う。少しぼやきも入るがそこは我慢してもらいたい。続けるぞ。

案の定、慶喜様はほくそ笑んでいた。

（やはり、こう言い出すと困るのは朝廷だ。）

その程度のことを考えてみえたのだろう。だが二ヶ月後に、事態は急展開する。将軍職辞退どころか、幕府および征夷大将軍の廃止、京都守護職、京都所司代の廃止が宣言されるのだ。

薩摩側は、慶喜殿の心の内を読みきっていたのだ。幕府による独裁制度を修正することで内戦を避け、自分を中心とする大名の議会制度を確立したい。それが大政奉還についての慶喜様の狙い。目論見《もくろみ》が形となって表れる前に、公然とクーデターが起こる。そして見事に成功。八月十八日の政変の逆をやられた。

わたしは、時代の転換と感じていた。もうすでに時は大きく動いていた。それはわかっていた。慶喜様の動向を見ていて、もう時間は逆戻りしないと思っていた。我らが徳川の御代は、やがて終わる。一年後か三年後か、あるいは十年ほどのちのことか、それはわからぬ。だがやがて終わる。新しい天皇中心の時代が来る。はっきり予感できた。

しかし、その世が長州幕府になったり薩摩政権になったりすることとは、命に代えて阻止したい。加えてもう一つ。我々が王城を去る前に、できる限りのことをやる。京都所司代の自分にしかできないことがまだあるはず。やがて来る新しい世に、必要な者とそうでない者を区別する。その上で、生かしておきたい者を守る。逆の者、つまり日本が生まれ変わるについて障害となる者を、一人でも取り除いてやる。これらはきわめて重要なことだ。

誰のことを言っているのかと？　誰でもない、今言った輩だ。この頃多くの者が血にまみれた。死んで当然の者のいた。生き残った方がよい者も死んだ。

坂本龍馬？　先ほどの土佐の武器商人か。よく知らぬ。

十一月十五日に死んだのか。大政奉還と王政復古の大号令の間だな。そんな忙しい時期に死んだとは、面白い奴だ。もちろんわたしとは無関係だ。

〈鳥羽伏見の戦い〉

慶応三年末は世の中が急変した。徳川慶喜の大政奉還を受けて、時代がすさまじい勢いで動き出した。慶喜は、「どうせ政権を返還しても、朝廷は何もできまい」と考えていた。これが大誤算だった。薩長に土佐も加わった新政府側は、倒幕へと一気に加速していく。次々に慶喜の予想しない事態が進んでいった。

十五代将軍徳川慶喜が、政権を朝廷に戻そうと申し出たのが十四日。朝廷が受け入れたのが十月十五日であり、その日をもって大政奉還としている。この十四日には、新帝より「倒幕の密命」が薩長および土佐藩に出ていた。渡したのは、下級貴族の岩倉具視である。幕府を本気で倒そうという共通理解がされた翌日の奉還。薩長側にすれば、渡りに船であった。目論んだ筋書きに新将軍が見事に乗ってくれた、そう思っていた。

ところが慶喜は、「朝廷には政務や外交など遂行不可能。ましてや倒幕など考えるはずもない」、と本気で思っていた。実際に、大政奉還後の江戸開市および新潟開港、ロシアとの条約締結を行ったのは慶喜自身だった。「それ見たことか」と将軍は張り切ったが、これも逆効果だ。大政奉還後も便利なところで、部下である幕府が活躍してくれる。外交は苦手だった朝廷の思うように事態が動いた。

その間も、クーデター計画は密かに進行していく。

武力行使の裏付けになる兵も、日に日に増強されていた。近代装備の薩摩兵は、十一月中頃には京周辺に五千名を超えようとしていた。さらに都から駆逐されたはずの長州藩も、家老毛利内匠《たくみ》が藩兵八百名を率いて摂津打出浜に上陸、西宮に陣を構えた。これが十一月二十九日。十日後についに王政復古のクーデターが起きる。舞台は御所内、のちに小御所会議と呼ばれた事件である。

実は倒幕の勅命が出された段階では、朝廷内の意見はまだ一つに固まってはいなかった。三条実美は京から追放され、九州小倉にいたままであった。この年の初めに即位した天皇はまだ若く、摂政として就任していた二条斉敬、および朝彦親王ははっきり親幕府派であった。

ではなぜ倒幕の密命が出されたかは、推測することしかできない。岩倉具視たち討幕派の急進派公家と薩長が、先走って偽勅を出したと考えるのが通常であろう。出された「勅命」は、日付および天皇の裁可もなく、勅書の形式を整えていない。しかしこの偽勅が、このあとどんどん力をもつ。並行してクーデター計画が本格化する。

時に慶応三年十二月九日。台本を練りに練った形で小御所にて会議が催された。いつものように右往左往あったのち閉会。直後に、薩摩、長州に尾張も加わった五藩で、御所の九門がすべて閉鎖される。

摂政の二条斉敬、中川宮朝彦親王すら出入りを禁ぜられた。その上で「王政復古の大号令」が発せられる。幕府側にとっては絶望的かつ致命的な内容だった。

号令の内容を簡単に言うと、まずは慶喜が申し出た将軍職辞職を勅許。次に京都守護職、京都所司代の廃止。つまり松平容保、定敬のお役ご免である。さらに江戸幕府の廃止、そして摂政、関白の廃止。

代わりに、新たに総裁、議定、参与の三職を置くという。まったくの新体制の構築である。三職の内訳、総裁には戊辰戦争で活躍する有栖川宮熾仁《たるひと》親王。議定は多くて嘉彰《よしあきら》親王、宮晃親王、明治天皇の祖父中山忠能《ただやす》、三条実愛《さねなる》、中御門経之、島津忠義、徳川慶勝、浅野長勲《ながこと》、松平慶永（春嶽）、山内豊信《とよしげ》（容堂）の十名。

そして参与に、岩倉具視、大原重徳、万里小路博房、長谷信篤、戊辰戦争で活躍する橋本実梁《さねやな》の各公卿を充てた。

議定に大名が数人。前尾張藩主徳川慶勝が入っているのは順当なところか。述べたように彼はこの物語の主人公松平定敬と、そして会津中将容保の実兄である。しかしながら、御三家筆頭の立場を忘れ、当時はすでに倒幕に傾いていた。兄弟の立場がこの時点で異なった。ちなみに、慶勝が直後尾張名古屋へ帰還した折は、藩内の佐幕派十数名を粛正する「青松葉事件」を起こしている。

議定にはその他、福井藩主の松平慶永、薩摩や土佐藩主などの名が並んでいるが、肝心の徳川慶喜が加わっていない。徳川宗家が置き去りにされた。九日夕刻に開かれた三職会議にて、山内容堂はその点を真っ先に突いた。

「この会議に、今までの功績がある徳川慶喜を出席させず、意見を述べる機会を与えないのは陰険である。数人の公家が幼い天皇を擁して権力を盗もうとしているだけだ」

それに対し、岩倉具視がきつい口調で言い放った。

「帝は不世出の英主であり、今日のことはすべて天皇のご決断である。それを幼い天皇とは何事ぞ」

この反論に対し、即座に山内容堂が謝罪した。天正の昔、羽柴秀吉が演出した「清洲会議」。幼い織田三法師君を秀吉が利用した例を持ち出したつもりが、逆にやりこめられたわけだ。

見事なクーデターの完成であった。この場にて新政府の行く先がはっきり示された。

片や、動向を見守っていた旧一会桑の三人は、狐につままれたようであった。将軍徳川慶喜はもちろんのこと、あれほど朝廷の信任厚かったはずの肥後守容保、そして越中守定敬までお役ご免とはどうしたことか。何かの間違いであろう、呆然としながらそう考えていた。だが事実だった。結果として、京都守護職は容保一代で終わり、松平定敬は「最後の京都所司代」となる。以後、御所に参内など叶うはずもない。

なおも事態は急転する。

幕府側としても手をこまねいていたわけではない。国中の諸藩に上京を促し、薩摩に対抗すべく武力を結集しようと図った。お触れを出すも、実際に上洛した藩は限られていた、というよりもほとんどなかった。どの藩も様子見をしているなか、逆に一部の旗本や譜代の過激勢力が「薩長討つべし」と、着々京へ終結してきた。多くは藩主に無許可である。中に会津や桑名の兵も含まれていた。

動きを見た薩摩の大久保利通らは、さらに幕府を刺激すべく、「元」将軍の徳川慶喜に対し、「辞官納地」を命じる。通知を受けた慶喜は、一応納得の姿勢をみせたものの、今度は聞いた家臣たちが激高した。会桑の兵も同様であった。一気に緊張が高まる。

一触即発の危機を感じた徳川慶喜は、恭順の姿勢を見せるため、天皇お膝元の二条城を出て大坂城へ移動する。これが十二月十二日深夜のこと。撤退の噂を聞いた会津藩士は城門に立ちはだかって下坂を阻止しようとした。しかし、「余に深慮あり」との言葉を聞き、渋々矛《ほこ》を収めた。

将軍直々の命令により、京都守護職容保も、京都所司代定敬も同行する。慶喜は、真夜中に行動を起こすことが多かった。

動きを見た松平春嶽は、「恭順の心変わりなし。すぐにも辞官し納地に至るだろう」と御所内に通知。しかし、大坂城に入った慶喜はここで貝になった。瞬く間に十日過ぎる。業を煮やした新政府側がただちに「領地返納」を求めるべきだと主張し、春嶽があわてて調整に回る。

「旧幕府内には過激な勢力も多い。調整に手間取っているに違いない。もう少し猶予をいただきたい」

こう述べて沈静化に努めた。その後、徳川慶勝らが大坂に出向き、将軍に面会する。恭順、領地返納のため近日上京するとの確約を取り付ける。いつの時代も政治の混乱とはこのようになる場合が多い。言った、言わない、煮え切らない、仲介するの繰り返しだ。端から見ていて気が滅入る。

だが、この頃江戸では別の動きがあった。西郷隆盛の指示で、薩摩藩が雇い入れた浪人たちが、将軍の留守を狙って、市中にて放火、暴行、略奪等の悪行を繰り返していた。手を出してはいけないと承知されていたものの、ついに堪えきれなくなった庄内藩兵らが、三田の薩摩藩邸を焼き討ち、併せて二百名もの浪士を捕殺。薩摩藩の挑発行為に、見事に乗ってしまった。

焼き討ちの報が、新政府側、幕府側の双方に入る。大坂城では気勢が上がり、「討薩」の声が一気に高まった。ついに重い腰を上げた慶喜は「討薩表」を作成、年が変わった慶応四（一八六八）年一月二日、幕府軍が京都への進撃を開始する。名目は「慶喜殿上京の後先供」であった。

桑名藩を含む主力歩兵隊は鳥羽街道。会津藩および新選組は伏見街道を北上する。それを御所側が迎え撃つ。四年前の禁門の変の再現であった。ただ、立ち位置はまったく逆転していた。

進撃の知らせを受けた新政府側は、小躍りした。まんまと挑発に乗ってくれた。あとは上ってくる幕府軍を打ち破り、そのまま前将軍を捕虜にでもできれば物事はすべてうまく回る。そう思った。

三日、緊急会議が開かれ、慶喜の軍隊を「朝敵」とするかどうかで紛糾する。岩倉具視の半ば強引な決定で倒幕の勅諭が出され、全面戦争に発展した。これが鳥羽、伏見の戦いとなる。同時に戊辰戦争の開始であった。

いったん戦争と決まれば、先手必勝だ。

三日夕刻には、下鳥羽にて街道を封鎖する薩摩兵と入京を目ざす大目付滝川具挙《ともあき》の軍が衝突する。といっても、のんきな幕府軍は、銃の並んでいる先に隊列を整えたまま行進していった。先頭が遭遇したとたん、前触れもなく薩摩が狙い撃ちする。ばたばたと幕兵が倒れ、すぐ離散。銃声が伏見にも聞こえて、伏見御香宮《ごこうぐう》付近でも戦闘が始まった。

この時点で政府軍五千に対し、戦場に出ていた幕府軍は二万。戦力的には圧倒的に幕府軍有利だが、装備には決定的な差があった。新式エンフィールド銃は、幕府の持っているゲーベル銃と雲泥の差があった。射程も命中度も決定的に違う。

やがて、鳥羽で指揮官滝川が逃亡。命令系統が混乱した幕府軍は、しゃにむに狭い街道を突撃するのみで、新政府軍の射撃によって前進を阻まれた。すぐに撤退。この軍に加わっていた桑名藩兵は、四中隊四百人。率いるのは家老服部半蔵であった。狭い街道を逆流してくる幕兵を避けながら前進。引いてきた大砲を全面に押し並べ、そのまま新政府軍に発砲した。薩長軍が若干ひるんだところで、全軍が撤退首尾よくできた。そのまま殿《しんがり》を務めながら後退する。

伏見方面でも奉行所の争奪で、会津藩兵と新選組の連合軍が薩摩小銃隊八百名の連続射撃にて敗走。一対一の斬り合いなら新選組も勝機があったかも知れないが、新式小銃を並べた一斉連続射撃に手も足も出ない。まるで戦国の世の長篠合戦を見ているようであった。

敗走と併せ、伏見奉行所を含めてあたり一帯が炎上する。この時、直前に暗殺されていた坂本龍馬の定宿《じょうやど》、寺田屋も消失している。

翌四日はさらに激戦となった。下鳥羽方面では幕府軍が兵の数に物を言わせて押し返した。しかし、新政府軍の飛び道具の威力は計り知れない。指揮官佐久間信久が戦死し、富ノ森まで後退。この時桑名藩兵二十名が討ち死にしている。ほとんどが新式銃の餌食になったものだ。

伏見では土佐藩兵が新たに東軍に加わり、勢力の逆転から旧幕府軍が敗走した。

同じ日に新たなる動きもあった。朝廷が仁和寺宮嘉彰《にんなじのみやよしあきら》親王に錦の御旗を与えたのだ。先頭に何本も錦旗《きんき》が翻る。これで薩長を中心とした新政府軍が官軍となる。ということは旧幕府軍は賊軍。いっせいに怯んだ。それほど錦旗の威力は絶大だった。もしかしたら、朝廷側の想像を超えていたかもしれない。もっとも、いちばん効果があったのは徳川慶喜に対してであったろう。

五日になった。伏見口の旧幕府軍が淀千両松に布陣して新政府軍を迎撃する。ある程度の戦果を上げるも、援軍続かずやがて撤退。鳥羽口の軍も新政府軍の射撃を恐れ後退、この時点で富ノ森を失う。幕府軍は、元老中であった稲葉正邦の本拠淀城にいったん入り、戦況の立て直しを図ろうとした。ところが淀城の門が開かない。入城を拒まれたのである。

城主であった稲葉正邦は、当時江戸表にいた。在国城代の一存で決めたことであったが、行き先を失った幕府軍は、西国街道、山崎の向かい側に位置する橋本方面まで撤退した。混乱の中、常に先陣を務めていた新選組の多くが戦死した。井上源三郎はここで亡くなっている。共に戦線を張っていた桑名藩兵も多くが傷ついた。ひどい戦いであった。

敗走が続くうち、六日を迎える。旧幕府軍は大坂方面に下がって、石清水八幡宮のある男山《おとこやま》の両側に別れ、なおも新政府軍を迎撃しようとした。

西国街道の宿場町橋本では、副長土方歳三率いる新選組主力が構えた。桑名藩士も前後を固める。いよいよ戦闘開始と思われる瞬間に、淀川対岸から砲撃があった。津藩がこの場面で朝廷側に寝返ったのだ。

津藩といえば藤堂家である。天正慶長の昔から、藩祖藤堂高虎は風を読むのに長けていた。常に強い方へなびき、戦国史上ただ一人、信長、秀吉、家康の三英傑に仕えた大名である。風見鶏と称されても、見事に江戸末期まで家名を残した。血筋がここでも発揮されたのか。とにもかくにも、この砲撃は鳥羽伏見戦の勝敗を決定づける。関ヶ原合戦での小早川秀明の動向を見るようであった。

幕府軍は、思わぬ方向からの砲弾で、この戦い中最も多くの被害を出した。戦意を失い、総崩れ。淀川守備隊は足並みも揃わないまま大坂へ撤兵する。

無惨な戦いが続いた。戦死した兵は数知れない。幕府軍の主力となっていた京都見廻組隊士の佐々木只三郎、新選組監察山崎烝など、揃って津藩大砲の餌食となった。ちなみに、この時戦死した佐々木只三郎が、先の、坂本龍馬、中岡慎太郎暗殺の近江屋事件下手人だと言われている。

佐々木は衆目一致するところの小刀《しょうとう》の達人で、「小太刀《こだち》日本一」の称号を頂いていた。のち幕府講武所の剣術師範を勤めたが、江戸にて、先述した清河八郎を暗殺したことでも知られる。同じく小太刀で坂本龍馬を殺したか。だとすれば誰の依頼を受けたのか。当時は重要人物の暗殺が続いていた。

京都見廻組も新選組も、自身の判断だけで暗殺という非常手段に出ることはない。いわゆる「上の命令」によって行動する。上と言えば、京都守護職である会津藩か、あるいは京都所司代の桑名藩か。彼らはこの二藩主には絶対服従であった。亡くなった京都見廻役隊長佐々木只三郎が実行犯だとすれば、いったい誰が龍馬暗殺を指令したのか。真相は闇のままに、歴史の渦の中に消えていった。

山崎街道へ戻る。幕府側敗戦のもとは、洞《ほら》ヶ峠を決め込んだ藩のせいだった。すでに御三家筆頭尾張藩、譜代の重鎮井伊家など堰を切ったように新政府軍になびいた。

一方、徳川慶喜は六日時点で大坂城に留まっていた。開戦には消極的であったといわれているが、いったん始まれば御大将として真摯に対処しなければならない。それが幕藩体制の頂点に立つ者の役目である。現にこの日の夜には、大坂城大広間に容保、定敬を筆頭とする幕府諸兵を集め、次のように演説をぶった。

「事すでにここに至る。たとい千騎戦没して一騎になるといえども退くべからず。汝らよろしく奮発して力を尽くすべし。もしこの地（大坂）敗れるとも関東あり。関東敗れるとも水戸あり。決して中途に已《や》まざるべし」

幕臣は感激し、誰もが落涙した。桑名戦記にも「ことごとく感泣悲慟《かんるいひどう》せざるはなく、それぞれ決心して死をここに致すべきと覚悟しけり」と書き残されている。一部慶喜の本心であったろう。だが心の底では、錦旗が上がったことを聞きつけ、「朝敵」という烙印《らくいん》を押されることに怯えきっていた。もちろん命も惜しかった。

結局、この夜遅く、徹底抗戦を叫んだ張本人が大坂城から逃亡する。すべてを置き去り、船にて江戸へ逃げ帰るのである。何たる展開。

陸軍少将　立見尚文《なおふみ》

君かね、わしに会いたいという新聞記者は。

よかろう、よかろう。自分も数日後には、遠い異国へ旅立つかも知れない。どこへ行くかは言えないが、皇国の行く末を決める神聖な戦いが始まる。君も心して物事にあたってほしい。そんなことより、わしの身の上話が聞きたいのだろう。もちろんよい。そのために部屋と時間をとった。他でもない、松平定敬様のご紹介なら、断るわけにもいかない。できる限りのことをさせてもらう。まずは座りたまえ。そう、そこだ。

心配するな、忙中閑《ぼうちゅうかん》ありだ。軍人といっても、一日中戦争のことばかり考えているわけではない。時には昔の話をしたいときもある。よいよい。

どうだ、一杯やるか。いける口か。そうか。なら自分だけ飲ませてもらおう。

ところで、定敬様のお話をすればよいのだな。どのあたりだ。上様に初めてお会いした時から、どれほどでも話せる。一晩中でもやれる。知っていると思うが、定敬様は自分とほぼ同い年。厳密に言えば一つだけ自分が年上だが、もったいなくも、定敬様からは、実の兄のように接していただけた。ありがたかった。

そう。江戸にて桑名藩主になられたときから、お側に仕え申した。小姓として、生活を共にさせていただいた。光栄だった。今でも、当時を思うと涙が出る。随行した京でも楽しい日々が過ごせた。不肖立見尚文、十分すぎる人生を送れた。

その後のことか?

本来なら御一新の混乱の中で戦死か、また命長らえても、逆賊の汚名を着せられ、打ち首。運がよくても、どこかの牢屋内で浅黄木綿の服を着て泥土にまみれていただろう。だがこうして、自分は意義ある人生を送ることができた。晴れて皇国のために働ける。もう命などまったく惜しくない。日本臣民のために投げ出す覚悟が、十分にできている。それもこれもすべて定敬様のおかげだ。心の底から感謝申し上げておる。

少し感情的になったか。軍人としてよくない振る舞いだ。

まあ、生い立ちくらいから申し上げよう。

そうだよ、わしは、桑名藩江戸詰藩士、町田伝太夫を父として、八丁堀の長屋で生まれた。家は八十石。江戸勤めとしては普通の家禄だ。

知っているのか。そうか、かなり下調べをしてきたな。よかろう。だったら承知のことと思うが、自分は三男だ。兄が二人いる。長兄の老之丞《おいのじょう》が家督を継いだ。物心もつかない五歳で貰われた。叔父にあたる立見作十郎尚志に婿入りしたのだ。一人娘、美濃の許嫁となって入った。そうだよ、殿様と同じ境遇だ。

立見家は御馬廻役二百十石。名家であった。家督相続が正式に認められたところで、桑名へ戻った。故郷桑名では、わしは懸命に文武に励んだ。

ついては、少し子供の頃の自慢話でも聞いてもらおうか。まずは武道だ。槍術は風伝流に学び、目録をもらった。馬術、弓術もたしなんだ。剣術は藩の流儀である新陰流を習得した。十七歳で、別伝「三拍子の事」を伝授されるほどになった。のちに剣術は大いに役に立ったが、その話はまずはやめておこう。

聞きたいのか。話の流れで、口から漏れるかも知れんが、まあ、君の聞き方次第だ。

文の方も励んだ。八歳から藩校立教館にて学び、十一歳で「春秋左氏伝」の素読に合格した。十五歳で甲州流軍学に入門し、大塚晩香の私塾で四傑と称された。功を認められ、江戸へ戻ったのちには、湯島の昌平坂学問所でも学んだ。

江戸へ戻ったと言ったが、戻った理由が、若殿様の小姓勤めを命じられたからだ。これが安政六年のこと。翌文久元（一八六一）年、江戸出府の折にも同行した。というよりも、以後はほとんど寝食を共にさせていただいた。畏れ多くも、殿様と枕を横にしたこともある。

先に申した昌平坂学問所へ入寮したのは文久四年。わしが数えで十八歳の時だ。算術すればわかるが、実際に学んだ期間はほとんどない。お忙しい若殿様に付き従ったため、江戸で落ち着いて学問に励むことは、残念ながらできなかった。

承知しておるな。その殿様が、君に紹介文を書いた松平定敬様だ。以後、二十数年、住む場所は離れても心は通じておる。わしが今生きている意味が、定敬様だ。はっきり、お慕い申し上げている。

殿様との思い出は多いが、忘れもしない、文久三（一八六三）年十一月五日。江戸城内で火事が起きた。わしは殿様に付き従って江戸城内一番乗りを果たした。桑名藩の防火隊も連れて行った。将軍様より大いにお褒めの言葉を頂いた。

その後、家茂様二度目の御上洛にも付き従った。目まぐるしく世の中が回った。京都所司代を拝命した折も、同行させてもらった。以後は走馬燈だ。王城での奮闘。新選組との連携、池田屋事件。

新選組の話をし出すと、本当に止まらないぞ。目を閉じると、隊士の顔が次々浮かんでくる。沖田総司は面白い男だった。奴こそ刎頸《ふんけい》の友だ。年もほぼ同じ。御一新の混乱の中で病死したと聞いた時は残念に思ったよ。

近藤さん、土方さんは尊敬できる武士の鑑《かがみ》だった。身のこなし、考え方、すべてが自分の憧れだった。井上源三郎さんとも妙に気が合った。永倉さん、藤堂さん、山南さん、斉藤一さん……。すべての方々が魅力に溢れていた。懐かしい限りだ。

その後だよ、長州との蛤御門の戦いが起きる。

ところで君は、「蛤御門」の名の由来を知っているか。

そうだろう、なら教えてあげよう。あの門は滅多《めった》に開けることはない。だから一般には「禁門」と呼ばれていた。滅多に開かない、口を固く閉じたままだ。ということで蛤のような門から蛤御門。嘘ではないぞ。どうだ、桑名藩が命を賭けるにふさわしい門だろう。そうだよ。焼き蛤だ。

実際、わしは血湧き肉躍った。苦労の末に長州を追い返したときは、孝明帝ご自身からお声をかけていただいた。このわしにだ。畏れ多くも、神の末裔と信じて疑わない天皇ご自身から、仲介を経ず、定敬様、そして自分にもお声があった。官位をもたないわしにだ。これぞ奇跡だ。我々はまさしく忠臣だった。王城の護衛に全身全霊を賭けていた。

その後も寝食を忘れ奮闘した。新選組と同じ行動を取ったこともある。腐れ浪士をたたっ斬った。斬れば斬るほど京の町が治まっていった。見回りというのはこういうことだと、肌で感じ取った。

わかるか。斬り合いとは場数だ。道場でいくら一対一で剣術に励んでも、実際の斬り合いになったら糞の蓋にもならない。度胸と機転が制する、それが斬り合いだ。もちろん剣術は大切に決まっている。

だが、先立つものはひるまない気持ちだ。そして先手必勝。あとは、先に相手の体に刃を突き立てる秘訣をつかんでいれば、必ず勝てる。故郷で何々流の免許皆伝といっても、三人で囲めば赤子の手をひねるように命を奪うことができる。それが新選組流だ。

まずは呼び止める。残念ながら武士は、この時点で脱兎のごとく逃げ出すなんてことはできない。必ずゆっくりと振り返る。そういう生き物なのだ。正面に、呼び止めた一人が立つ。その役目をよく沖田は自分にくれた。そうだよ、正面だ。振り返ったところで、残りの二人が両斜め後ろに回る。もう相手は顔面蒼白だ。問答もそこそこにやがて斬りかかる。時に必ずこちらを、つまり正面向いて抜刀するが、次にこれも必ず、初太刀を左斜め後ろへ振り下ろす。そこへ正面にいる自分が袈裟懸けを浴びせる。突きでもよい。ほぼ絶命だ。あとはいったん後ずさりし、右斜めと左側から、同時に追い打ちをかける。槍で突く場合もあった。

突かれた相手は、残りの力を振り絞って、何とか一人でも道連れにと考える。今度は相手も突きを入れてくるが、避けるのは容易だ。横に避けたあたりで絶命する。

わかるか。三人に囲まれた相手は、初太刀に突きは絶対に入れない。なぜなら、突きは次の一手がない。刀が即座に抜けない「死太刀」なのだ。一人殺したとしても、抜こうと焦るうちに、残りの二人に必ずやられる。だから刀を斬り回して、何とか逃走を図ろうとする。

何度か、いや何人かこれで殺した。多くは不逞の浪士だ。純朴な勤王の志士もいたかもしれない。信じられないかもしれないが、新選組同志も殺した。粛清というやつだ。これで護衛隊士の秩序が守れる、そう信じて断行した。

だがな、その頃のことはわしは悔いておる。「血気盛んだった」で済ます話ではなかった。今はこうして、帝国軍人として皇国のために命を捧げておる。それは当時も同じだった。しかし心のどこかで、人を斬る楽しさを求めていたのかもしれない。実際何人か斬った。自分が斬られたくないから斬るのだと、一人納得していたが、殺生をしなくても済んだ場合も多かった。今からそう思う。

王城の巷で露と消えた者たちも、遙か故郷に守るべき家族を抱えていた者もいただろう。母親の慕情を一身に受け、大切に育てられた若者もいたはずだ。生きながらえておれば、明治の世で「元勲」として大いに活躍したかもしれない。今更ながらかわいそうなことをした。だがやってしまった。

そうだよ。わしは幼少の頃から腕白だった。江戸でも桑名でも、野や川を走り回った。魚や虫は、見つけ次第殺した。全部だ。父上様に注意を受けたこともあった。だが直そうとしなかった。ある時、こんなことがあった。

揚羽《あげは》を知っているな。今までにないきれいな青い揚羽を見つけ、懸命に飛びついた。何度か棒を振り回して、やっとの事で打ち落とした。羽根をちぎられて散らばった揚羽を拾い上げ、初めて後悔した。「どうしてそのままにしておいてやらなかったのだ」とな。優雅に飛び回るあの美しい蝶は、こうして自分の手の中でごみになった。

元治、慶応の頃もそうだ。腑《はらわた》や脳水を出して死んでいった若者は、もう戻ってこない。自分の体が返り血で赤く染まったあと、少しだけ後悔したが、本当に悔やんだのはもっと時間が経ってからだった。あの浪士は今頃いくつになったのだろうか。嫁をもらって子供ができた時分だな。生きていればこの明治という新しい世で、たいそう活躍したかも知れない、などと考えてな。

戊辰の役のことは一切言わぬ。そう誓った。言わぬが、これだけは感じた。憎っくき薩長と思って刃を振り下ろした朝日山でも、血まみれの死体をよく見れば、年端もいかぬ子供だった。いってて十八、もしかしたら十四、五だったかも知れぬ。無益な殺生をした。乱戦の中で、脇腹を切り上げ股に刀を差し込んだ。血が噴き出した。よく覚えている。

会津で官軍を打ち返したときも、何人か手に掛けた。うちの一人だ。新政府軍と思い死ぬ気で斬り込んだ。達人だった。二度ほどしのぎを削って、再びつばぜり合いになった時、相手の金的を膝で蹴り上げた。怯んだあと、やっとのことで首筋に斬り入れ倒した相手をよく見たら、鉢巻きが米沢藩だった。まだ息をしながら「無念」とつぶやいていたが、本当に無念だったろう。つい先日まで奥羽越同盟で契りを結んでいた米沢藩士。藩主の意趣返しで、今度は新政府軍の仲間入りだ。そうなると、戦国の昔からの慣習で、討伐軍の先陣を務めなければならない。

どんな心持ちで、あの男は戦っていたのか。自分とどう違うのか、今でも悩むところだ。似たようなことは数え切れないほどあった。

だからわしは、以後無益に血を流すことを極力避けた。戊辰の役の折は、土方さん率いる新選組とも、再び苦楽を共にした。その時土方さんの、軍律を厳しく守ろうという姿勢には、少しついて行けないところもあった。

わたしはこのやり方とは違う道を歩きたい。友軍兵はもちろんだが、敵兵に対しても、攻勢ならすぐ降伏を求めた。西南の役でもそうした。どこが敵でも、異人が相手でも同じだ。立派な若者が未来を絶たれるのは、本人だけでなく、その国にとって不幸だ。

妙に納得顔だが、こんな風に思いを述べていればいいのか。それが聞きたいのか。よい、続けよう。

当時の京で、桑名と幕府はすこぶる良好と思っていた。そのすぐ後だ。将軍家茂様と孝明天皇が相次いで亡くなられた。すべての流れが変わった。

今はこうして大日本帝国陸軍に身を捧げ、畏れ多くも天皇陛下から少将の位まで頂いた。わしは身も心も帝国軍人だ。今上陛下に背くような言動は、努めて慎んでおる。当たり前だ。したがって、戊辰の役のことも、昔話だ。言ったように、決して口外しないようにしておる。その話なら聞くこと叶わず。あきらめてくれ。

もっとも、鳥羽伏見での戦いなら、少しくらいは話してもよい。

そうだよ、あの負け戦だ。新選組と同一行動と言ったが、あの時もまったく同じ時間をもった。伏見街道での肉弾戦。一進一退を繰り返し、朝敵を討つべく奮闘した。

笑い話だが、我らは相手を分けた。君も知っていると思うが、「官軍」は揃いの身なりをしていた。どこで手に入れたか知らない。藩が違うはずなのに、歩兵は同じ段袋《だんぶくろ》を履き、西洋軍服に身を固めていた。そして将校はしゃ熊を被っていた。説明しにくいが、そうだ、歌舞伎の連獅子の短い奴と思ってくれ。この獅子の毛色が違う。

憎っくき長州が白毛、薩摩が黒毛、そして土佐が赤毛だ。我々は長州を憎んでいた。だから、桑名と新選組は白毛を狙う。会津はこんな事態を引き起こした裏切り者の薩摩、つまり黒毛だ。「薩摩をやらせてくれ」と哀願していた。残り幕府軍は、急にしゃしゃり出てきた土佐を抹殺する、そう分担を決めた。

さていくさだ。ところが始まってしまえば分担どころではない。逃げまどい、目の前にいる敵にやっと斬りかかれるかどうかだ。相手の新式銃の射程から這い蹲《つくば》って逃げ、何とか白兵戦に持ち込むが手一杯。いつしか分担など頭から消え去っていた。

うちに信じられないことが起きた。錦の御旗が薩長軍に上がったのだ。

わしか？　わしは「何だあれは」くらいにしか思わなかった。切り刻んでやれとみんなで叫んでいた。まだ戦意は萎えていなかった。

周りは驚いていた。新選組はとりわけだったろう。奴らは武士道最後の勇士だ。義で生きている。旗印が「誠」の奴らだ。その義がひっくり返った。いつしか逆賊だ。賊軍だよ。しょげかえる新選組をなだめつつ、戦意を維持するのは並大抵のことではなかった。しかし、有利な体勢を明朝まで保ちたい、そう考えていた。

ところがだ。次の日に起こったことはさらに悲惨だった。地の利を得たと思っていた橋本宿で、対岸の大山崎から砲弾が飛んできた。たまげた。彼《か》の地には藤堂藩が陣取っているはず。そこから実弾が、幕府軍側を狙い撃ちだ。

「何やってるんだ。敵は向こうだ」と叫んでいる幕兵がいた。しかしすぐ理解できた。津藩は寝返ったのだ。芸州浅野、彦根井伊、尾張徳川は聞いていた。初めは中立とか言う。やがてなし崩しに、新政府軍側に転んでいった。わかっていた。

しかし、戦いの最中の味方からの砲撃には参った。ちりぢりに撤退後、夜を迎える。腹に入る物なんかない。みんなお腹を空かせていた。しかし憎しみは増していた。難攻不落の大坂城に入ったからには、慶長の昔の冬の陣の再現だ。見事に真田幸村公になりきって攻撃軍を打ち破ってやる、そう思っていた。その夜だ。

知っているな、御大将の逐電《ちくでん》を。聞いたときには頭の中が真っ白になった。体から力が抜けた。慶喜様はそういうお方だったのだ。

大坂の陣の話に戻そうか。あの時、というか、関ヶ原の頃からそうだったのだ。豊臣恩顧の大名たちが秀頼様に従わなかったのは、心のどこかで、「この人は本当に秀吉様の子なのだろうか」と考えていたからではないか。確かに淀様がお産みになられた子だ。太閤殿下も溺愛していた。しかし、どこか不信感があった。よって、徳川家康公になびいた。

わしは幕末の時も同じではないかと近頃考えるようになった。徳川慶喜様は確かに利発な人だったという。待望論もあった。だが、徳川宗家ではない。遙か慶長の昔まで血筋を遡らなければならない。よって、「この将軍は、本当に徳川宗家の直系なのだろうか」と誰もが考えていた。本当に将軍を継ぐべき人なのだろうかと。

言い過ぎだろうか。そうでもなければ、西日本のほとんどの大名家が、雪崩を打って新政府軍になびいた訳がわからない。保身だけでは説明できない。外様ならまだいくらか理解できるが、譜代の重鎮や、尾張、紀州、水戸の御三家まで討幕派に次々転んだ。そんなことがあってよいのだろうか。

少しぼやきが過ぎたか。大坂城から御大将が逃亡したところからだったな。我々は定敬様を捜した。と言ってもわしの身分では、城内を自由に歩き回ることなどできない。情報をかき集めただけだったが、やがて将軍様だけでなく、会津中将様、我が殿松平定敬様、老中首座板倉勝静《かつきよ》様、姫路藩主酒井忠惇《ただとう》様、大目付戸田様などもいないことがわかった。

昼前になって、昨晩遅く小舟にて城内から脱出されたということまで伝わってきた。

二万以上の幕府忠義の将兵は、置き去りにされたのだ。

「何か御心づもりあってのことに相違ない」そう思いたかったが、当面の指示もないままの敵前逃亡に城内は大混乱だ。我々桑名藩士はいっそうだった。前日六日は、まだ新政府軍と戦闘。桑名が殿を務め、撤退にほぼ成功した。わしも混乱の中、新選組諸士と共に、やっとのことで大坂城内に到着した。

「今日明日の内には、本国桑名から、物頭の高木主鈴が二百名の援軍を連れてやってくるはず」との連絡も受けていた。その日の夜のできごとだった。

君には、あの時の気持ちが理解できまい。藩士の中で血気盛んだった中村瑛次はこう叫んだように記憶している。

「皆はそれぞれこの城を枕に討ち死に覚悟をした。しかし、将軍は舌の根も乾かぬ間に人々にも告げず関東へ逃げ下りしは如何なる事か。天魔の所為ともいうべきか」

天魔とは、仏法で最悪の悪魔のことだ。これ以上の言葉が見つからなかったのであろう。前日、最後の一兵まで戦うと大演説をぶったのに、その夜逃亡。繰り返すが信じられなかった。藩公用人次席の高野一郎右衛門は、まだ声高に徹底抗戦を叫んでいた。

「このまま籠城し、西軍を迎え撃って決戦すべし」

もともと剛勇で知られ、これまでの戦いでも数々の武勇を上げてきた高野の言葉は、この度だけは耳に届かなかった。そのはずだ。何せ指揮官がいない。

結局、撤退しかないのだ。残った力で、新式大砲をこなごなに壊し、堀の中に放り込んだ。目玉の飛び出るような高い金をつぎ込んで買った洋式兵器を、皆で壊して回った。このまま新政府軍に渡してなるものか、せめてもの意地だった。そして黄昏の城をあとに、紀州へ落ちる。あとの旅路は悲惨だった。

夜、堺あたりで野宿しようとしたが、大坂城が燃え上がるのが見えた。なぜ炎上したのかわからない。幕府側が自ら火を付けたのか、あるいは西軍の兵が速くも侵入したのか。

どちらにしても、追っ手がすぐそこに来ているような気がして、隊列も組まず夜通し歩いた。「これが落ち武者というものか」と、しみじみ思った。以後はてんでばらばらだ。服部様の命令により、今後は各自の判断に任せるということになった。

結果、桑名兵はほとんどが紀州串本まで歩いた。そこで大型船を雇い、桑名帰還を目ざした。乗ったはいいが、悪いことは重なる。乗船後すぐ嵐に遭い、志摩の名もない入江に逗留《とうりゅう》。あっという間に数日経った。誰もが皆、空腹だった。治まるのを待って出船し、やっと桑名の対岸、知多半島の横須賀へ漂着したのが一月二十四日。小舟を雇って上陸した時には、桑名は西軍が包囲しているという情報が入る。

仕方なく、「以後、各桑名藩兵の進退は自由」とのお触れを出した。つまり、このまま桑名へ入って恭順してもよし、江戸へ行っているはずの、藩主松平定敬様の元へ駆け参じてもよし。どちらの道をとるか、本人任せとした。

結果、江戸へは数名の者が直接行くこととなる。先に触れた高野一郎右衛門や中村瑛次は東海道を下って二月初めに江戸へ入った。高野は、のち上野寛永寺の戦いで戦死したという。立派な男だった。わしか。わしは串本へは行かなかった。一日でも早く桑名へ戻りたい。そのためには大人数で行動するより、気心の知れた仲間と迅速な行動をした方がよいとの判断だった。そう家老の服部様へ願い出た。よって、紀州より小舟を雇って、桑名を目ざした。

君に聞くが、その小舟に何人乗っていたと思う。十七人だよ。船頭を入れたら十八人。体を寄せ合ったまま、船は外洋に乗りだした。横になることもできない。

思った。いつ転覆してもおかしくない。だが悪運が強かったのか、何とか船は伊勢の海に入った。同じく雨風にさらされ大変な船旅であった。もっともこの時に目に見えない絆が結ばれて、乗り合わせた者どもが、のち奥羽戦争で協力し、活躍できたのかも知れないがな。

乗船者か。まずは町田老之丞だ。これはわしの実兄だ。初めに言ったな。次いで馬場三九郎《さんくろう》、田副嘉《たぞえか》太夫《だゆう》。他も歴戦の勇士ばかり。とにかく、本当に死ぬ思いをして桑名についたのが一月二十五日。慌てたつもりが、「急がば回れ」だ。串本からの組の方が一日早く桑名にたどり着いていた。

城下から離れた浜地蔵という砂浜に上陸する。

そこで、桑名開城という噂が耳に入った。驚いた。再び小船に乗り込み、知多の岬を回って三州吉良まで向かうことにした。いったん着いた故郷から離れるにあたって、誰の目にも涙が溢れた。このまま桑名に上陸し恭順という思いも、かすかに脳裏をよぎった。実はわしにも家族があった。早くに祝言を上げていたのだ。立見家の一人娘美濃と、文久元（一八六一）年に添い遂げていた。そうだよ、数えの十六歳だ。だから慶応四年は所帯を持ってから七年目。ほとんど家でゆっくりしたことがない。顔は見たかった。

しかし自分には使命がある。船の上から、城と多度《たど》の山並みに手を合わせて船首を三河へ取った。そして吉良に上陸。東海道を江戸へと急いだ。途中はもうめちゃくちゃだった。

関所か？　あるにはあったが、全部素通りだ。大井川の渡しも、川越人足たちがてんで勝手なことをしている。女、子供から大金をぼったくり、見栄えのよい若い女は乱暴され、どこかへ売られていた。逆に刀で脅されるとただで運ぶ。強い者勝ちの無法地帯だ。世が末なら巷はこうなってしまう。やはり大切なのは上の姿勢だ。そう心に刻まれた。やがて箱根を駆け足で越え、関東へ入る。あとも急ぎに急いだ。

築地屋敷に泥だらけで駆け込んだのが、二月三日夜。驚いたことに、藩主定敬様は八丁堀上屋敷ではなく、ここ中屋敷にに御在邸という。深夜につき、その夜は旅の垢を落としつつ、翌朝お会いすることとした。

のちに聞いたところでは、築地屋敷に入られたのはこの直前だったという。江戸に帰って数日は、兄君である会津容保様と、一橋家屋敷に逗留してみえた。次いで容保様の移転と共に、和田倉門の会津藩邸へ移られる。この頃、将軍徳川慶喜の恭順の意思を確認したため、半ばあきらめて築地へ移っておられたのだ。そして、四日早朝拝謁《はいえつ》。

時の、一挙手一投足はすべて覚えておる。広間に殿が先に詰めておられた。遅れて入った我々四名を見るなり、大粒の涙を流しながらこう賜れた。

「なぜ、昨晩起こしてくれなかった。一刻も早くそちたちの顔が見たかったのに。大坂の出船俄にしてその方に申し開きもせず、誠に不行き届きでありし……」

それだけで、誰もが涙を流した。一人一人に護符《ごふ》を手渡し、続けられた。

「皆の者、大坂より以来、一方ならぬ勤めにて疲労のほど察する。しかるに不幸にして今日の事態に至りしゆえ、格別慰労が叶わなかった。皆の難儀は大変であったろう。ますます体を大切にし、報国の志を磨き、不肖わたくしを少しでも安心させていただきたい」

聞いた我々は、この思いやりに嗚咽《おえつ》し、誰も顔を上げることができなかった。

意は決した。徹底抗戦しかない。我らが守るべきものは、徳川慶喜様ではない。神君家康公の作り給うた江戸幕府だ。断じて薩長に天下を渡してなるものか。先の帝の忠臣である殿に、この身のある限り付いていこう、そう決意した。江戸にいる桑名藩士と、遅れて江戸にたどり着いた別働隊と一緒になって、奥羽を転戦する長い戦いの始まりであった。

そうだよ。徹底抗戦だ。北越のいくさなど、つい昨日のことのように覚えている。亡くなった藩士の顔も浮かんでくる。同僚や配下を何人も失った。それについては言わぬ。先ほど述べたとおりだ。

改めて思ったが、わしはいつ死んでもおかしくない命だった。それが定敬様に取り立てられ、身分を上げ、他の誰もできないような貴重な体験をさせてもらえた。以後もそうだ。今こうして帝国陸軍に身を置けるのも、ひいては定敬様のおかげだ。

おお、一時間という約束だったな。とっくに過ぎておる。わしは部下にいつも触れておるのが「時間を守れ」、ということだ。これくらいにしておくべきかもしれない。何度も言ったように、わしは戊辰の役のことは誰にも話さないようにと心に決めておる。以後の話は、別の元桑名戦友にでも聞かれるとよい。

わしはすぐに旅立つ予定だ。今度こそ帰ることができないかもしれない。もっとも過去にもそう言って、奥州からも帰った。西南の役からも無事帰った。まだ皇国のために身を捧げよと、定敬様がおっしゃっているかもしれない。改めて奮闘しよう。

そうだ、別の桑名藩士といえば、経済界での大活躍している者がいる。面白い経歴をもっている奴だ。先日、メリケンから帰ってきたと聞いた。そうだよ、メリケンに行っていた。その男にも話を聞いてみるとよいだろう。紹介状を書いてやる。少し待ち給え、うん。

書きながらで失礼だが、最後にこの話を付け加えておこう。わしらが拝謁して六日後のことだった。元将軍から定敬様に伝令が来た。内容は簡単。「以後登城するあたわず」。つまり桑名藩主江戸城出入り禁止だ。殿様の兄君であられる会津中将容保様にも同じ伝令が走ったらしい。

何ということだ。無理矢理大坂城から連れ出しておいて、今度は登城禁止。あの小賢しい将軍には開いた口がふさがらなかった。別の場において、こうも述べられたという。

「余をしてここに至らしめしは、肥後（容保）と越中（定敬）の業なり」

今度は責任転嫁だ。人の上に立つ者として最低の行いだ。反吐《へど》が出る。

いや、決して言い過ぎではない。いつでも同じことを申し上げよう。言葉に責任は取る覚悟はもちろんある。覚悟がなくて、人を率いて戦争などはできない。わしは、以後肝に銘じた。部下の失敗は上に立つ者の責任だ。その逆はない。


〈桑名開城〉


年月の流れるのは速いものである。美濃高須藩八男鍥之助が江戸藩邸に生まれたのが弘化三（一八四六）年十二月。伊勢桑名藩主となったのが、日米修好通商条約の結ばれた次の年、安政六（一八五九）年であった。正室の子初姫の婿養子になる形での、藩主就任であった。

それから様々な混乱の中、御一新の年までに、丸九年が経った。十三歳の少年藩主は二十二歳になる。数え年三歳の初姫は十二歳へ。触れたように、初姫には同じ歳で脇腹の弟、万之助がいた。彼も十二歳に成長している。初姫は形としては定敬の妻だが、幼くして婚姻関係を結んでも、同居はまるで子守をしているようであった。孤独に育てられた定敬にとっては、逆に癒された日々であったと前に述べた。

その後、政治の混乱の中で別れ別れになる。互いに歳月を重ね、うちに鳥羽伏見の戦い。いつの間にか桑名藩は、天皇の忠臣から朝敵になっていた。承知のように桑名と京は近い。早馬を飛ばせば一日で着くことも可能である。しかし両者の間には、鈴鹿という、標高は低くても険しい山並みが続いている。

余談だが、この山越えは何度も歴史の舞台になっている。太古、壬申《じんしん》の乱では、大海人皇子が必死の思いで峠越えをした。首尾よく吉野から尾張の地へ入った皇子は、陣形を立て直し、軍をまとめて関ヶ原から近江へ侵攻、弘文天皇の軍を打ち破る。その上で天武天皇として即位された。

以後も、逸話は枚挙に暇がない。本能寺の変では、堺にいた徳川家康が命がけで山越えを行った。関ヶ原の戦いにては、戦いに参加しなかった薩摩軍が、戦場離脱後、この山並みを騎馬にて越えている。迂回して泉州堺にたどり着いたときには、千五百名の薩摩兵はわずか八十名に減っていたという。

南北に連なる鈴鹿山脈は、それぞれ峠道があり、道一つ一つに有名な史実を残している。ある時は行軍中の織田信長が狙撃された。元禄年間には、大石内蔵助が秘密裏に江戸へ向かった。江戸時代になって、ほとんどの旅人は鈴鹿峠を通行するようになったが、それでも他の峠もしばしば使われた。

桑名藩は、京への最短距離で、治田《はった》峠越えという道をよく使った。狭い往還《おうかん》である。しかしほとんど領内を通行し、また峠を越えて近江に入ってからも、比較的のんびりした道を歩くことができる。ちなみに、近江永源寺に入ってから、有名な湧き水があった。名を「京の水」という。平成の今でも昏々と湧き出ているが、まだ京には遙かな道のりも、人々は都での楽しい日々を思い浮かべ、この水を飲んだ。

慶応四年正月。この峠を行き来した兵士たちも、「京の水」も必ず飲んだことだろう。どんな思いで雪道を越えたのだろうか。鳥羽伏見の苦戦で、桑名から援兵が到着寸前に、大坂城からの将軍逐電があった。報が入り、応援の中隊二百名はむなしく引き返す。逆に大坂にいた桑名藩士は、彦根、津藩領を通ることを避け、峠越えを断念。いったん南へ下って、紀州から海路桑名へ入ろうと図る。誰もが手間をかけた。

その間、新政府軍は鈴鹿峠道を中心に、進撃を開始した。

京では「会桑」と一括りにされていたが、二つの藩の位置は大きく違っている。会津は陸奥の国。今でいう福島県だ。京から遠いことが、幕末には不都合も多かった。対して桑名は伊勢の国の北、東海道の通行の要地である。都から近いし、海路も便利。そのことが、いったん戦争となれば逆になった。西軍から攻められる立場となると、すこぶる不利になる。

手早く言えば、上方のいくさが収まれば、桑名はすぐに新政府軍の標的になるわけだ。実際、立見鑑三郎たちが苦労に苦労を重ね、故郷桑名へたどり着いた頃には、すでに西軍が城を取り囲んでいた。まるで、関ヶ原の役の石田三成であった。彼は関ヶ原敗走ののち、伊吹山麓に身を隠し琵琶湖東岸の佐和山城へ逃げ込もうと考えた。数日潜んでいたものの、佐和山城が先に落城。観念した三成は捕らえられ、三条河原で斬首される。

この時も同じであった。繰り返すが、不幸は桑名が京都から近いことにある。当たり前だが江戸より手前。隣接した藩はすべて倒幕側に転んだ。近江井伊家、津の藤堂家、そして何より尾張徳川家。周りに置かれた親藩譜代の重鎮すべてが、薩長側についた。まさしく四面楚歌だ。

ときに藩の意見は真っ二つであった。恭順か抗争か、城内は紛糾していた。城を守る家老は、温厚派の酒井孫八郎。若いが血気にはやることもなく、全体を鑑みて判断することができる。実は酒井は、別の家老服部半蔵の兄弟であった。歳も同じ。先代家老、服部半蔵の別腹で、孫八郎の方が酒井家に養子に出された。いずれものち家老になり、年下の藩主松平定敬を支えた。

その酒井も悩んだ。藩主定敬が京にてとった行動や、帝を奉っていた思いもよく承知していた。述べたように、松平定信公以来の藩意もある。中立というよりも、どちらかといえば佐幕に近く、ということは抗戦派であった。だが官軍は迫り来る。藩内の意見を早急にまとめなければならない。どうするのか。

悩んでいるあいだも、新政府軍は錦の御旗を立てて桑名へ近づいてきた。なおも激論。この時酒井は、当時よくあった方法で意を決しようとした。護国神社にて衆目の前でお神籤《みくじ》を引いたのである。

結果は「抗戦」だった。薩長軍と戦うとの神のお告げ。しかし下級武士たちが「藩主不在で、圧倒的武力をもった東征軍に勝てるわけがない」と声を上げた。恭順派の吉村権左衛門（外記）ら家老が酒井と激論し、結果、神籤による決定と別の道を選んだ。

時に慶応四年二月。述べたように、定敬が桑名藩主になったときに三歳だった万之助は十二歳になっていた。彼が桑名藩総代となって、四日市に迫っていた新政府軍に恭順の意を伝えに行く。

時を同じくして、大坂方面からの敗残組が桑名周辺へ到着していた。彼らは桑名開城の噂を聞き、多くがそのまま江戸へ向かった。しかし厳密には、二月十五日の段階ではまだ桑名は落城していなかった。藩主名代松平万之助が、四日市にある東征軍の陣屋へ入ったのが二十二日である。

新政府軍の指揮官は、朝廷参与橋本実梁《さねやな》。公家出身で、攘夷に染まり長州藩と結びつく。例の八月十八日の政変で京を追われ、しばらく西国で潜伏する。慶応三年に恩赦を受けて御所へ舞い戻ったのち、官軍の司令官に納まっている。「東海道鎮撫《ちんぶ》総督府」という新しくできた組織の総督に奉り上げられ、幕府追討の命を朝廷から受けていた。とりあえずもっとも近い「朝敵」が桑名だ。全軍二千五百。肥後、備前、彦根、膳所《ぜぜ》、佐土原藩の藩兵らからなり、もちろん全兵が最新装備を備えている。十八日に大津を出発し、二十二日に東海道の宿場で言うと桑名の一つ手前、四日市へ入る。途中戦闘は一度もなかった。

その陣へ、桑名藩主名代《みょうだい》松平万之助が降伏調印に出向く。

四日市河原町にある新政府軍本陣に入る幼き万之助の姿に、家臣や領民だけでなく、政府軍側の兵士も涙を滲ませたという。大きめの裃《かみしも》に、急遽そり上げた月代《さかやき》、髷《まげ》を小さく結い、軍司令部の中に歩み行った。そのまま白砂に引き出され、縁の上から下知を受ける。場に、他の桑名藩士は一人としていなかった。青白い顔のまま命を聞く。かすかに震えていたものの、藩主名代として立派な振る舞いを見せた。毅然としていた。

一方、新政府軍側には桑名藩に対して遺恨をもつ者も多かった。無体な仕打ちをしようとする者もいたという。しかし、成り上がりとて橋本実梁は、れっきとした公家である。周囲の雑音に耳を貸さず、万之助にていねいに呼びかける。

こうして東海道の交通の要地桑名は、無血開城した。新政府軍は、開城降伏の証しに、桑名城の焼き討ちを命じた。触れたように、四層の天守閣は元禄十四（一七〇一）年の桑名大火災にて焼失し、以後再建されていない。代わりに、城南東にあった辰巳櫓を燃やして、落城の印とした。炎は桑名城下はもちろん、大川を挟んで、尾張藩内まで見てとることができた。

（佐幕派の牙城、桑名が落ちた。）

噂は、新政府軍が進むよりよほど速く東海道を駆けめぐる。前述したが、東海道の大名家は江戸幕府成立時に、ずらりと徳川親藩もしくは譜代重鎮を並べた。これは豊臣秀吉も同じで、やがて来る攻撃軍を迎え撃つために、寝返る可能性のない実直で屈強な大名を配置したということ。それがまったく機能しない。

関ヶ原の時も同じだった。東向きに並べられた大名は、将棋倒しのように家康に下った。この時も新政府側に転がり始めた各大名は、桑名落城を以てすべてが官軍になびいた。早くから新政府軍に加わっていた尾張徳川家を筆頭に、岡崎、吉田（豊橋）然り、浜松、掛川、駿府然り。鳥羽伏見の戦いで幕府軍の中核となった大垣藩もこの時期に転向し、以後東山道にて官軍の先鋒となる。新政府軍は、東海道においては一発も銃弾を撃つことなく進撃した。

桑名藩へ話を戻そう。家老酒井孫八郎の恭順決定前後から、国元に残っている藩士の中にも、恭順絶対反対の者が多くいた。酒井は懸命に説得するも、少なくない藩士が国元を離れ江戸へ向かう。血気にはやった脱藩者が続出する中で、酒井孫八郎は国元に留まり、戦後処理に尽力した。彼はのち、定敬と蝦夷で再会する。

一方、酒井の実の兄である服部半蔵は、この後松平定敬と合流。共に戦いを続け、奥羽を転戦し、最後は庄内藩にて官軍に降伏した。詳しくは後述する。

さて江戸では、藩主松平定敬の元に約六百名の藩士が集結していた。迫り来るべき新政府軍と一戦を構えようと意気盛んであった。桑名を出奔した藩士は、その輪の中へ次々と加わった。代表が小林権六郎である。彼は藩主定敬の幕府擁護の姿勢に痛く共感し、数日後に江戸藩邸へ入った。桑名藩中興の祖、松平定信公に心酔し、江戸まで駆けつけた忠誠心厚き武士である。のち、宇都宮城戦で華々しく戦死する。桑名はまた人材を失った。

少し時間が飛ぶが、宇都宮城戦とは、神君家康公が眠る日光東照宮を新政府軍に渡さぬよう、旧幕府軍が奪還をめざしたものだ。桑名藩士は大鳥圭介《おおとりけいすけ》の伝習隊と共に行動し、進んで最前線で戦う。その戦闘で小林権六郎ら桑名藩士五人が戦死した。同城は四月十九日に奪還される。翌日に行なわれた祝宴において大鳥は、先鋒で活躍した桑名藩兵へ、真っ先に杯を与えたと言う。

こうした忠臣たちに囲まれても、肝心の元将軍は、一切考えを変えようとしなかった。恭順の意を固め、和平を求めていた徳川慶喜は、二月に入ってから会津肥後守、桑名越中守との面談を避けるようになる。たびたび城内へ訪れ、「恭順撤回」を申し入れていた兄弟に、合わせる顔なかったのであろうか。

二月十日、ついに二人に対し登城禁止を申しつける。その上で、容保には本国へ、つまり会津へ帰るよう、またすでに本国が官軍支配下に入った定敬には、深川で謹慎するよう命じた。

これとは別に、江戸に戻って間もない一月十五日、慶喜は幕府主戦派の中心人物、小栗忠順《おぐりただまさ》を罷免する。その上で、江戸城を出て上野寛永寺にて自主的に謹慎を始め、天皇に反抗する意思がないことを積極的に示した。これが二月十二日。

これでは周りの者の戦いようがない。のちには、上野にいる慶喜の元へ血気盛んな幕臣が結集しだす。すると今度は江戸を離れ、水戸まで移って謹慎した。御大将は三度も忠臣を見捨てた。

三月に入る。様子を感じ取った松平定敬は、主戦派の山際、町田、馬場、高木、中山そして立見鑑三郎らと数度懇談。改めて徹底抗戦を決意する。しかし、このまま江戸に留まる意味を感じず、自身は越後へ移りいったん謹慎の立場を見せようと考えた。大久保一翁に説得を受けたことも理由の一つだが、とりあえず桑名藩領のある新潟柏崎へ移動し、様子を見ることにしたのである。

主戦派の藩兵は江戸に残った。主従はいったん別れるも、桑名藩士たちの忠義の戦いは、以後も延々と続くこととなる。

### 松平定敬㈤　大坂から江戸へ、そして北越へ

おお、来たか。どうだ、立見鑑三郎には会えたか。

いや、今や帝国陸軍を背負って立つ少将様だから、呼び捨てではいけないな。それに名前も、鑑三郎

から尚文に変えている。いつまでも昔の呼び名では失礼というものだろう。なかんずく、近々清国との大きないくさが始まるかもしれないときに、会えなくても無論問題はない。

だが改めて聞こう。会えたか？

そうか、会えたか。何っ？　殿様のお言いつけならば、聞かない訳にはまいりませんと言っておったか。立見め、いつまでもかわいい奴だ。

何々、一時間も話が聞けたか。立見は、たとえ自分が忙しくても、約束は必ず守る男だ。だから旧幕府軍出身でありながら、あそこまで上り詰めることができた。次の戦争で活躍したら、のちには中将、あるいは大将まで昇進することも夢ではない。戊辰の役でいったん朝敵となった者が、押しも押されもせぬ帝国陸軍大将。考えただけで痛快だ。

いや、つまらぬ感傷はもうよい。どんな話だったかも聞かないでおこう。かつては、人がどんなことを話したか気になった時もあった。だがもうよい。自分は自分だ。今日は今日とて、当時の思いをわたしなりに話せばよいだろう。ここ一週間ばかり、そんなふうに考えていた。

さあ、させてもらうぞ。大政奉還から王政復古の大号令のあとだ。よいか。

すでに薩摩の精鋭軍が京都に到着していた。その軍容を見て度肝を抜かれた。言ったように、薩長に遅れてはならじと、桑名も洋式兵法を学んでいた。自分もフランス軍服を身につけ、総髪にて洋式馬の上にまたがった。ブーツを履いた。指輪というものもした。決して遅れているつもりはなかった。だが遅れていた。

そうだよ。まず銃が違った。高い金を出して買い込んだ銃が時代遅れだとわかったときははっきり目眩《めまい》がした。しかし今更どうしようもない。この軍備でできる限りのことをしよう、そう考えた。それが京都でのできごとだった。

うちに、将軍慶喜様に対し、辞官納地の朝旨が出された。「そんなことができるはずがない」と将軍様は息巻いていたが、空威張りであることは、端から見ていてすぐに感じ取れた。我々以上に、慶喜様は物事を楽観的に考える癖がある。政《まつりごと》を朝廷にお返しすることで、世の中が雪崩をうって変わっていく可能性を感じていない。慶喜様が考えているほど朝廷は未熟ではなく、百戦錬磨の公家連中を見くびっている。何とかなるだろうと、ぼんやり思ってみえる。

そういうお質《たち》なのだ。前々からわかっていた。決して今になって言うことではない。当時から強く感じていた。

だったらなぜ逆らわなかったというのか。それは難しい。人格そのものを疑っていても、目の前には現に将軍様がおいでになる。その将軍が、「ああせい、こうせい」と口角泡を飛ばして話される。対して「お言葉を返すようですが…」などと述べることなど無理だ。兄君である会津公もそう考えられていたことだろう。慶応三年の暮れには、何かあるごとに二人で困った目を合わせることが多くなった。我々はどうしたらよいのだろうか、何を進言したものか、そんなことばかり考えていた。

まあ、昔話になったがな。

しかし、本当に悔いたのは年が変わってからだ。あの時のことは、何度悔いても余りある。できることなら、慶応四年元旦に戻ってやり直したい気持ちだ。

何のことかわからないかな。妙ににやついているが、もしかしたらこのあたりの事情を、すでに誰かに聞いたのか。いいだろう。初めに申したように、人は人、自分は自分の思いを述べさせてもらおう。ここ数日、そう決めていたのだ。先ほど言ったばかりだな。続けよう。

さて、王政復古の大号令が出されたのが十二月九日だ。これは承知していた。四、五日前に越前藩より耳打ちされていた。越前藩というのは松平春嶽様が治めていた藩だ。のちには議定に取り立てられるほど、朝廷内の情報には明るかった。聞いたとたんに「大変なことになる」と思った。

元将軍様か？

さっき言ったとおりだ。お手並みを拝見しようくらいで、真剣に考えようという気持ちが欠けていた。うちに大号令の内容が伝わってきた。将軍職辞職を勅許。京都守護職、京都所司代の廃止。江戸幕府および朝廷内の摂政、関白の廃止。新たに総裁、議定、参与の三職を置くというものだ。

存じてみえるはずの慶喜様は、飛び上がって驚いた。まだ「できるわけがない」と声高に叫んでいた。わたしたちが慶喜様に直に問いつめても、「余に深慮あり」と述べるだけだ。この頃将軍様は、「深慮あり」が口癖になっていた。もちろん何もない。奉らなければと承知していても、後ろを見せたとき、蹴り倒してやりたい欲情に駆られたこともあった。自信満々を装っているが、内心は大きく動転しているその背中を蹴る。爽快な気分だろう。そう何度も考えた。実行する勇気はなかったが、そのくらい、徐々に嫌悪感が増していた。

いつの世にもこうした人物はいる。勝手に物事を自分の都合のよい方に解釈し、目先が見えず、根回しも下手。紆余《うよ》曲折の末、結局何もできずに終わり、浴びるのは罵声だけ。うまくいかないのは全部周りが悪い。自分はこんなに懸命にやっているのに、困ったことだ。そう思いこんでいる。そして切羽詰まってすべてを投げ出す。

話が変わるが、わたしは幼少のみぎり、女中衆から様々な教えを受けた。ほとんどは反発して受け入れなかった。しかし座右の銘となる言葉も幾つかあった。うちの一つに、「思ってもいけない」があった。心の底で思っていれば、口には出さずとも必ず行動の端々に表れる。故に、人に悟られて困るようなことは、思ってもいけない。思わないように努めよ、ということだ。

若年ながら「なるほど」と思い、できる限り守ろうと考えた。

喩《たと》えが悪いかもしれないが、妻の初が桑名へお国入りしたとき、同じ屋根の下に住む母君珠光院様は、三十歳前の後家だった。言ったと思うけれども、輝くほどの美貌で色香がむんむん漂っていた。当時わたしは、木の股を見ても興奮する若駒だった。しかし、いらぬことを思ってはいけない。思うだけならよいだろう、とも考えなかった。思えれば、必ず我が行いにそこはかと出る。だから思わないようにした。つまり教えを守った。

この度も、将軍様を嫌ってはいけない、軽蔑などもっての他とわかっていた。だがはっきり無理だ。嫌悪感は日々募っていった。しっかり「思った」。今から思えば、自分の表情や行いに出ていたかもしれない。致し方ない。心底嫌っていた。嫌うなと思えば思うほど、嫌った。まあ、今となってはどうでもよい話になったがな。

戻るぞ。師走十二日になって、慶喜殿は大坂に下ると言い出した。自分と容保様に付いてくるようおっしゃる。この頃には、西宮あたりで様子を伺っていた長州藩士も京に接近していた。二条城内は討薩、討長で溢れている。「出陣だ」の一言ですべてが始まるはず。なのに大坂へ下るという。はっきり逃亡だ。会津藩士が門にて立ちふさがり、将軍が出奔するのを止めようと図った。もちろんわたしもだ。

しかしその時もこう言い放った。

「余に深慮あり。しかれども事密にならざれば敗る。今、明言すべからず」

本当に、何かあるのかもしれないと思った。信じて行動し、元将軍の秘策に賭けてみよう、そう理解するしかなかった。薩長軍側も同様に感じたらしい。難攻不落の大坂城を拠点に体勢を立て直し、また京に向かって進軍してくるに違いない、そう考えていた。

将軍と老中二人、京都守護職、所司代の豪華五人組は、幕臣と会津、桑名両藩士に守られ二条城裏門を出た。これが夜も更けてからのこと。鳥羽街道を通り、大坂城に入ったのが、翌日午後四時を過ぎた頃だった。

この城にて陣形を再整備し、来るべき薩長軍を打ち破る。まだその時には、本当にそう思っていた。

ところが、結末は君の知っているとおりだよ。聞いているだろう。

よい、続けよう。大坂城内にて慶喜様はきびきびと行動した。十六日には、一国の長にふさわしく、外国六カ国の公使を城内に呼び、情勢説明を行った。わたしは将軍様の横にいた。慶喜様が「片時も離れず側におれ」と命じたからだった。会津公もだ。我々兄弟は、講談に聞いた元禄の昔の、水戸黄門に仕える「助さん、格さん」だった。常に両脇を固めた。

その間も公使には大言壮語する。わたしたちは何度か顔を合わせ、その都度苦笑いをした。当たり前だろう。慶喜様は威勢はいい。いわゆる外面《そとづら》がいい。だが、もはや薩長軍と正面衝突する気などなかったのだ。口から出る言葉は、言い訳ばかりだった。

物語の結末を先に言うことになるが、ずっと後になって聞いたことがある。わたしではない、他の誰かが聞いた。

「あの時、肥後守と越中守をお連れ出しになられたのは如何に」

あの時とは、直後の大坂脱出の時のことだ。聞かれた慶喜様は、即座にこう答えられたという。

「あれを残しておけば始まる」

つまり我々二人を、京大坂に残しておけば新政府軍との全面戦争が始まる。優柔不断の長としては、衝突をどうしても避けたい。何より早く江戸へ戻りたい。そして恭順。元将軍様の頭の中はそのことしかなかったのだ。だがこの時、我々もまだ信じていた。この方に付いていけば何とかなる。そう信じたかった。周りもだ。

うちに慶応三年が暮れようとする。押し詰まった二十八日、大坂城に驚くべき一報が入った。三日前の二十五日、薩摩藩江戸屋敷を庄内藩兵らが焼き討ちしたという。薩摩藩が雇った浪士が江戸市中で徹底悪事を働き、その挑発に乗ってしまったのだ。不逞浪士は江戸のあちこちに放火を繰り返し、江戸城二之丸にも火を放とうとしたらしい。よっての反撃だ。該当浪士二百名は、三田の薩摩藩邸にて捕殺されたという。

「しまった」と元将軍は叫んだ。片や城内諸兵は歓声を挙げ、主戦一辺倒へ傾く。倒薩表を掲げ、「薩長討つべし」との気力がみなぎっていた。

年が変わった。慶応四年元旦。わたしは二十二歳になった。肥後守容保様は三十三歳、慶喜様は三十二歳。三人にとって、思い出の正月となった。もはや武力衝突しかない。わたしは藩士を城内へ呼んだ。全員というわけにはいかない。各隊隊長十数名だが、集まった者にこう述べた。

「本日までの事態にて合戦は避けられず。各人覚悟にて用意をし、明二日をもって幕府軍ともども総体出立する」

目的地は京都。再び上洛を目指す。会津藩は伏見街道、桑名藩は鳥羽街道より北上し、うちに出会う薩長軍と戦闘を始める。間違いない。賽《さい》は投げられた。

この時、併せて桑名へ早馬を送った。援軍の依頼である。使者は三日午後には桑名へ到着し、その夜には高木主鈴率いる中隊二百名ほどが大坂へ向けて出発した。迂回路をとったために奈良へ入ったのが七日。彼らも、将軍逃亡の噂を聞いて敗残兵となり、ちりぢりに桑名へ逃げ帰った。本当に申し訳ないことをしたと思う。

結末が先に出たな。二日の続きから話さなければならないだろう。

そうだよ、我らが藩士は鳥羽街道を進んだ。新選組もほとんどが同行。衝突したのは三日だ。赤池にて互いに軍容を確認する。戦闘態勢をとるべく行進を続けたが、遙か彼方からの薩摩軍の小銃攻撃に、なすすべなく敗走した。伏見でも敗れた。切り込みを目論んでいた幕府側と、新式エンフィールド銃の一斉射撃を続ける薩長軍との戦法に、まったくの違いがあったのだ。

翌四日は作戦を変えた。待ち伏せだ。狭い街道脇に潜んで敵に攻勢をかけた。白刃舞い乱れる中、いったん勝ちを収めかけたが、兵糧も銃弾の補給も連結を欠いていた。午後には劣勢となり、鳥羽街道から淀まで退いた。この日だけで桑名藩士が二十名も討ち死にした。かわいそうなことだった。思うと本当に申し訳ない。そうだよ、何度言っても言い過ぎではない。

だがこの日にはもっと驚くべき事が起きた。新政府軍に錦旗《きんき》が上がったのだ。堤の上に翻った錦の御旗を見ても、前戦の兵は、初めは意味がわからなかった。しかし誰かが「我々が朝敵になったのだ」と声を上げると、戦意がはっきり萎えたという。足取りが急に重くなった。しかし、一番萎えたのは将軍様だったと思う。

わたしは、大坂城にてその報告を受けた。当然、戦況報告が先だ。涙ながらに聞いていたが、慶喜様は無表情だった。うちに、「ところで…」のあと錦旗の話が出た。将軍は思わず飛び上がられた。お言葉はなかった。その日だ。大坂城にて幕府諸兵を集め、あの名演説をぶたれた。知っておろう、その内容を。

そうだろう、お言葉は誰の心にも響いた。あちこちで談話を取っているなら、必ず耳にしているはずだ。わたしも、一言一句諳んじることができる。言ってみてやろう。

「事すでにここに至る。たとえ千騎戦没して一騎になるといえども退くべからず。汝らよろしく奮発して力を尽くすべし。もしこの地破るるとも関東あり。関東破るるとも水戸あり。決して中途に已まざるべし」

どうだ、聞いた話と一言の違いもないだろう。場の将兵は例外なく涙した。城を枕に討ち死にする覚悟ができた。

次の日、つまり正月六日だ。二日に江戸を出帆した順動丸に乗って、若年寄の浅野伊賀守氏祐《うじすけ》が城に入った。老中板倉勝静が派遣した出迎えに従い、慶喜様に拝謁した。浅野は軍事奉行も兼ねており、この時フランスの軍事顧問も同行していた。

名前か。知らない。シャルルとか何とか言ったが、覚えていない。わたしはもちろん同席していた。言ったろう。この頃わたしと容保様は、寝るとき以外は常に慶喜様の側にいた。そういうご命令だったのだ。しかし、一刻も早く自分のところへ参れ、と呼び出され、浅野奉行の前で宣《のたま》った言葉は耳を疑った。

話は「委細のことは伊賀（板倉勝静）に聞きつらん」で始まった。次いで「間違いにより伏見にて開戦したが、錦旗に発砲せりと誣《しい》いられて」と続けた。わたしは兄君と顔を見合わせた。また始まったよ、くらいのつもりだったが、最後に「余は速やかに東帰して恭順を貫き、謹みて朝命を待ち奉らんと欲するなり」と口に出した。

驚いた。心の底から驚いた。

フランス軍事顧問の某も、通辞から趣旨を聞き驚いた。我々より先に反応し、同じく通辞を介して「何をおっしゃっているのですか」と話した。剣幕に驚いた元将軍は「戯《ざ》れ言よ」と彼方を見ながらつぶやいた。わたしは行く末に不安を感じていたが、この軍事顧問シャルル某は、「何だ、そうですか」と日本語で述べ、大げさに安心した。

当然である。城内は主戦派が圧倒的で、恭順しようとする者は、少なくとも大坂城内には一人もいない。何よりも、「徹底抗戦」の大演説を前日述べたばかりである。東帰などできるわけがない。

夜十時になり、また新しい動きが起きた。主戦論者が「将軍自ら出馬されますように」と依頼し、慶喜様が、「よしこれよりただちに出馬せん。皆々用意せよ」と気勢を上げたのだ。聞いていた衆目が、勇んで持ち場へ帰った。その隙に行動を開始した。

わたししか。その時のことを思い出すと、悲しい気持ちになる。なぜ従ったのか、どうして従ってしまったのか。答えは兄君の言うとおりにした、ということなのだが、責任逃れだろう。この二十数年間悩み続けている。はっきりしているのは、言い訳は一切できないということだ。あの時慶喜様の力のこもった檄を聞き、一安心して寝所へ戻った。

明朝早く出陣。自分の命も尽きるかもしれない。だがこの二日で、桑名藩士は二十数名が落命している。それに報いるのが藩主というもの。わたしは若いが、思い残すことはない。そんなふうに考え、布団に入ろうとしていた。

寒い夜だったと記憶している。世話をしてくれていた女中が、足下に炭火の炬燵《こたつ》を入れてくれた。その時お呼びがかかった。そう、慶喜様からだ。今夜出立に変更かと思い、あわてて身支度を調え、御前に出た。すでに兄、会津肥後守様はお出でであった。続けて老中酒井忠惇、板倉伊賀守、外国奉行の山口直毅が順次着座する。

揃ったところで、将軍様が口を開いた。

「ただいまから出かける」

やはりそうかと思った。戦場へ出向くなら一刻でも早いほうがよい。早朝、あたりが明るくなったときには、陣はもうできあがっている。源平の昔から、戦場での理《ことわり》であった。自分も覚悟を決めた。

だが違っていた。そのまま いくさ装束に着替えもせず大手門へ向かう。深夜につき門衛にとがめられるも、「小姓の交代である」と先導する者が話した。何っ、と思ったが言い争いをする場所ではない。そのまま付き従い小舟に乗り込んだ。暗い海へ出る。

わかった、東帰だ。幕府軍二万を見捨てて出奔する。わたしが気づいたときには兄君たちも気づいていた。「将軍様」と誰かが声をかける。その声を待っていたように、慶喜様はこう述べられた。

「申したであろう。我に深慮あり。付き従うのが忠臣たるものの立場ぞ」

以後会話は止んだ。舟は八軒家から天保山沖に漕ぎ出た。闇夜であった。月明かりさえないまま、小舟は漂った。目指すはこの付近に浮かんでいるはずの幕府最新鋭艦「開陽丸」二千五百九十トン。船長は新進気鋭の旗本、榎本武揚《たけあき》である。しかしその船が見あたらない。将軍は焦ってきた。水兵を怒鳴り散らした。

やがて目の前にメリケンの船が見えた。頼んでに乗り込ませてもらい、夜明けを待った。外国奉行山口の機転による処置だ。縄ばしごを登りあがり、小部屋をあてがわれる。船は突然の訪問客に驚くも、冷静に対処してくれた。食事ももらえた。仮眠を取り、明け方開陽丸へ向かう。

後で聞いたが、米船から開陽丸へ伝令を送り、乗船を願い出たという。これも山口直毅の機転であった。時間は午前四時。冬であるので、まだ周りは真っ暗だった。事の重大さを知った開陽丸乗組員たちが、連絡通り米船に赴き、「高貴な方々」を船に迎えた。

この時、艦長榎本武揚は外出中であった。副長沢太郎左衛門が対応し、船の中などを案内してくれた。慶喜様はのんびりと説明を聞いていた。我々はそれどころではない。残りで固まり、今後のことについて話し合いをした。だがどうしようもない。将軍直々のご命令に、「率爾《そつじ》ながら、大坂城へ戻り致した方が…」などと言えるわけがない。

「ここは申しつけに従うよりなかろう」と板倉伊賀守様がおっしゃり、あとは口をつぐんだ。

ここで問題が一つ出た。副船長が将軍の東帰に異を唱えたのだ。老中板倉が江戸へ戻れと告げると、驚いた沢太郎左衛門が拒否した。戦況はまだ互角。今御大将が逃げると幕府軍は終わります。言葉を選びながら、幕府旗艦である開陽丸は大坂を離れるべきでない、また今は艦長榎本が不在、このまま江戸へ帰るのはすべてが異例であります。そう告げた。

対し将軍様は、榎本艦長を一時的に解雇し、沢を艦長にすること。また旗艦を開陽丸から富士丸に変更することで問題解決しようとした。任命権者の仰せには従うしかない。相変わらず、将軍様は知恵が回る。八日夜出航。折からの北風に翻弄されながら、東海道沖を進んだ。

艦内で肥後守容保様が一度だけ将軍に尋ねた。内容は出奔の理由である。兄君の問いは理路整然としていた。去る五日にご訓辞は皆の心を打った。士気は振るい、幕軍は誰もが翌日の決戦に向け、命を賭ける覚悟を決めた。もし一戦して幕府の力を少しでも示したなら、今後の行く末も違ってきただろう。しかるに、なぜ東帰された、と。

慶喜様は答えてこう述べられた。

「あのように命じざれば衆兵奮発することなし。ゆえに権宜《けんぎ》をもって命じたまでだ」

権宜とは、その場のなりゆきということである。意味がわからない。何が仰せになりたいのでありますか、と怒鳴りたい気持ちであった。この「東照大権現の生まれ変わり」は、決断の早さだけは徳川家康公に似ていたのかも知れない。あとは大事な物をもち合わせていない。期待は、周りの者の勝手な買いかぶりでしかなかった。

どうあれ、我々を乗せた船は大坂を着々と離れていた。気の重い船旅であった。もちろん船も揺れた。だが自分の心根が、さらに大きく揺れていた。さもありなん。七日朝には大坂城内は大騒ぎになっていたのだ。幕府軍は天地をひっくり返したような大混乱になった。

当たり前だ。自分を信じて付いてきてくれたあの親愛なる藩兵を置き去りにしたのだ。どう言い訳をしても償うことはできない。常に陰から支え、心ある忠告を繰り返し、ある時は盾になってくれた立見鑑三郎も見捨てた。桑名藩主として、最後にしでかした事実はこれだった。

何度思い返しても涙が止まらなくなってくる。今からでも腹かき切って死にたいくらいだ。

話を次に進めてもよいか。

十日夕方に江戸湾に入り、いったん浦賀沖で投錨《とうびょう》、品川港へ十一日午前に到着した。上陸地を捜しているうちに一日過ぎ、十二日明け方を待って上陸した。今の時間でいう八時頃だと思う。開陽丸のボートで浜御殿に上陸した。

そう、今の浜離宮だ。茶屋で一服すると騎馬にて江戸城へ向かった。実はこの時、我々は耐え難い空腹だった。何でもよいから食べたかった。江戸城へ入るのも待てず、料理を注文した。そんなことなら浜御殿で腹を満たせばいいものを、慶喜様は一刻も早く城の中へ入りたかったのだろう。二ヶ月後には進んで退出する、あの城へな。

さて、注文したのは鰻《うなぎ》だった。日本橋の大黒屋に頼んで大急ぎで届けさせた。城内に入るやいなや、みんなでそれをむさぼり食った。味か？　味など覚えていない。よく空腹の時に食べたあの味が忘れられない、などという者がいるが、わたしにはそれはあたらない。ただかき込むだけで、味わっている暇などなかった。

将軍様は違った。「うまい、うまい」と鰻丼をかき込むと、合わせて注文してあった鮪《まぐろ》を、さしみ、味噌付け、そして葱鮪《ねぎま》鍋にして食べた。たいらげた後、大きなゲップをし、「満足じゃ」と仰せになった。

知っているか。武士は鮪というものを食べなかった。鮪は別名「しび」とも言う。これが「死日」と重なるから、少なくとも関東の武士は誰も食べなかった。幼少の侍でも承知している常識だ。その常識を慶喜様はもち合わせていなかった。いや、知っていても「古い慣習」として無視していたのか、後者であってほしいと何となく思いながら、その食べっぷりを見ていた。食後、そのまま寝所へ赴かれた。

わたしか。わたしはその足で京橋の桑名藩邸に帰った。疲れていたが、様々な思いが駆けめぐって、寝付いたのは外が明るくなってからだった。すぐまた登城し、今後のことについて話し合いを始めた。この頃には、もうかつての小難しい序列や慣例は、なし崩しになっていた。何より会議を仕切っていたのは、下級旗本出身で役職も不明な勝海舟であった。数年前なら江戸城へ上がることすらできない身分の者が、将軍と同室で、それも対等に論議している。またそのことを「おかしい」という者も一人もいなかった。

もっと変だったのは、話し合いをすればするほど結論が遠のくことだった。恭順派と主戦派が論戦しているのではない。誰もが主戦派だ。だが、話し合いが長引くにつれ、どんどん恭順へと傾いていく。誰も恭順派はいないはずなのに不思議だ。

兄君もわたしも、旗本八万旗に今すぐ動員をかけて、中山道、東海道の関所を守らせようと進言した。

「その儀について、早々に方法を講じて……」などと論じているうちにまた元に戻ってしまう。次の日も同じだった。故事に「小田原評定」というものを聞いたことがあるけれども、まさしくこの様だったのだろう。瞬く間に数日過ぎる。勝海舟はこの会議の様子を日記にこう書いたと、のちに聞いた。

「これよりして日に空議と激論とをただ日をむなしくするのみ、あえて定論を聞かず」

結論は出ない。うちにも「官軍」が江戸へ一歩一歩近づいてきている。この頃はわたしは、実兄の一橋茂栄《もちはる》様の屋敷に寝泊まりをしていた。京橋の屋敷から通うのは遠いというので、一橋邸に仮り住まいしたわけだ。

一橋茂栄殿は知っているか。

そうか、承知しているなら話は早い。確か一度も触れたことはなかったように思う。父君高須義建様の五男というから、会津容保様より上の兄君だ。一度は尾張藩主となり徳川を名乗られた。慶勝様が安政の大獄で井伊直弼様から隠居させられた後釜だ。次の尾張藩主を、慶勝様の子、義宜《よしのり》に譲り、自身は慶応二（一八六六）年、慶喜様の跡を継いで一橋を名乗られた。慶喜様の将軍就任で空席になった一橋家の跡継ぎに入ったためだ。少し混乱するな。

戻るが、一橋家に寝泊まりしていたのも数日。その後、会津藩邸へ移った。会津藩邸は和田倉門にあり、さらに登城に便利だったからだ。移った理由は、登下城の道筋が不安だったからもある。江戸城周辺の治安は日に日に悪化していた。出自のはっきりしない浪士がいるだけではない。主戦派の幕臣たちも、兵を見捨てて逃げ帰ってきた弱虫の大名を襲うかもしれない、などと考えていた。

致し方ない。それくらいのことを我々はしたのだ。

決して言い訳でないぞ。置き去りにした藩士たちは、今頃どうしているのだろうか。我が藩桑名にも、新政府軍が接近しているのではないか。そう思わない時はなかった。あれほど自分を慕ってくれた森弥一左衛門や立見鑑三郎始め多くの家臣の顔が、浮かんでは消え、飯ものどを通らなかった。何とか上方の情報を集めようと努めたが、切れ切れに聞こえてくるだけで、どれも信用できない。

わたしも容保様も、顔を合わせるごとに慶喜様に徹底抗戦を申し入れていた。執拗に述べた。元将軍様か？　あからさまに嫌な顔をされて、返事らしきものは一度もなかった。だんまりを決め込んでいる。何をお考えか、図り知れなかった。

後から思えば、もう慶喜様には気力がなかったのだ。時として世にいる人間だ。人を影で操るのはうまい。黒幕としてあちこち口出しする。端から見れば頼もしい。人一倍上昇欲があり、ついては幕政に真剣に励みそして上り詰める。そうなると、何をしていいのかわからなくなる。あとは自身の落としどころを考える。のちの世に書かれる物語の中で、自分がどう評価されるかを考える。人に一番大切な情熱や気力というものがない。今までの体制や秩序を守り抜こうという気持ちが欠けていたのだ。

これものちに聞いた話だが、我々のいないところで、慶喜様はこうもおっしゃったという。

「余をしてここに至らしめしは、肥後と越中の業なり」

すべてはわたしたち兄弟が悪かったというのだ。ご自身のせいではない。

我々両名、会津肥後守と桑名越中守は、「余の側におれ」と将軍から命じられた。将軍の傍らに常に付き従った。もっとも、意見を求められたことはなかった。我らのどちらかが、「その議においては…」

と私見を述べることはあったが、実行されたことはない。優柔不断にて頑固、頭脳明晰にして先が見えすぎる。しかも気が弱い、それが慶喜様だった。

よって、かくたる状態へ追い込んだのは全部我ら兄弟が悪い。そう述べられたのを聞いても、驚きはなかった。むしろ、徳川幕府を守りぬこうという気持ちがますます強まったのを覚えている。会津中将様も同様だったろう。

はっきり言おう。我らは、十五代将軍徳川慶喜に仕えているのではない。神君家康公が作った徳川の御代《みよ》に命を捧げているのだ。したがって、何があっても薩長の軍門に下るわけにはいかない。たまたま今、将軍の地位にいる「あの方」とは違うのだ。

だから最後まで戦いを続けたのか、と聞くか。

今から思えばそうなのだろう。保身とか戦後の身のもち方など一切考えなかった。徳川家への忠義だけが頭の中にあった。言い方を変えれば、やんちゃな自分が、我《が》を貫いたということ。ために多くの若い命を奪ってしまった。深く反省すべきことだった。今でも思うと胸が痛む。

自分の思いばかりで、話が進まなくなったな。続けよう。

そう言えば一月十五日のこと。先の会議でもっとも強く新政府軍と戦うべきと主張していた小栗忠順が奉行を罷免された。将軍様の指図である。フランス式の軍制導入に尽力した小栗。新政府軍が箱根関所前に入ったところを陸軍で迎撃、同時に榎本武揚率いる幕府艦隊を駿河湾に突入させ、後続部隊を艦砲射撃で足止め、箱根山中の敵軍を孤立させて殲滅《せんめつ》する、という策を提案したとされる。完璧な作戦であるが、元将軍には聞く耳がなかった。

これものちに聞いた話だが、江戸総攻撃の先頭に立っていた大村益次郎が小栗の案を聞き、「これが実行されていたら官軍は壊滅していたことだろう」とため息をついたという。その男を罷免。幕府はまたもや逸材を失ったのだ。

十七日には、例の勝海舟が海軍奉行並となり、さらに二十三日には陸軍総裁に栄転した。勝は慶喜様に召されると、改めて将軍に直接問いただした。内容は一点、「主戦か恭順か」。続けて、もし戦うのであれば、清水港に幕府軍艦を集結させて東海道を進軍する敵をたたき、あわせて鹿児島に艦隊を送って町を砲撃すべしと献策した。

同席していたわたしは膝を打った。周囲の言いたいことを見事に代弁してくれた。必ずお心に響いたはず。続けて慶喜様の顔を見る。元将軍は、うつむいたまま目を合わそうとしない。しばらくあって、驚くような大声で「すでに一意恭順に決したり」と叫ばれた。

容保様もわたしも、思わずため息を漏らした。「はぁー」と、少し大きめな声が出た。すると、よどんでいた目が急に鋭く光り、慶喜様がこちらを眺めた。誰を見たわけでもない、わたしを、この越中守定敬を見た。「何を小僧が」という憎悪がはっきりと感じられた。やがて、「陸軍総裁、ご苦労」と勝海舟に捨てぜりふを吐き、大げさに席を立たれた。何かを決心したらしい。退出時も、わたしを一瞥《いちべつ》していった。

改めて考えれば、わたしは年少である。御上のご決意に口を挟む立場ではない。だが昨今の優柔不断ぶりには、ほとほと参っていた。自分の後ろに、何十万人もの幕臣とその家族、二百六十年続いた江戸政権、ひいては六百年以上続いた武家社会の行く末がかかっているという自覚がない。その夜もむなしく屋敷へ帰る。

この時が、慶喜様との最後の別れになった。明治も二十七年を数えるが、以後一度もお会いしていない。あれほど「常に余の側におれ」と宣っていた慶喜様が、自分を避けたのだ。

時間を追って述べよう。数日が過ぎ、二月になった。桑名が開城したという噂が聞こえてきた。もしかしたら城を枕に全員が討ち死にか、そう思っていたの自分にとって、犠牲者が少ない開城は、よい知らせであった。しかし血に飢えた薩長軍がそのまま桑名を通過するはずがない。国家老の酒井孫八郎は切腹したのであろうか、初姫や万之助は無事であろうか、そんなことばかり考えていた。

うちに、予想しないことが起きた。二月四日早朝である。

言ったように、わたしは寝付きが悪くなっていた。言い忘れたが、二十三日を過ぎてからは登城の要請もなく、会津藩邸から築地の中屋敷に移っていた。そこへ大坂より遠路町田老之丞や立見鑑三郎を始めとする十七名が到着したのである。聞けば昨夜遅く入邸という。わたしは珍しく、付きの者を叱りとばした。「なぜすぐ起こさぬのだ」とな。

気が高ぶっていた。うれしいのか、あるいは申し訳ないのかよくわからなかったが、早く会いたかった。「すぐ通せ」と命じたものの、もしかしたら彼らは烈火のごとく怒っていて、顔を合わせたとたん、逆に恨み辛《つら》みを言われるのではないか、そうも思った。しかしその時は素直に謝ろう。とにかく一刻も早く元気な顔が見たい。

部屋に先に入る。襖が開いてやってきた四人の家臣たちは、やせこけてはいたが、確かに我が親愛なる武士《もののふ》たちであった。見たとたん涙が溢れた。

四人の名前か。立見と町田の兄弟で二人だ。町田の方が確か七つ年上だったと記憶している。だから三十歳か。あとは馬場三九郎と田副嘉太夫《たぞえかだゆう》。部屋にはいない他の十三名を含め、地を這い、草をかき分けながら江戸へたどり着いた忠臣たちだ。初めの数分はただ見つめ合った。あとは何をどう話したか記憶にない。ただただお互いに涙を流し、最後は手を取り合って泣いた。

今だから言おう。申し訳ない気持ちなど、どこかへ飛んでいった。初めて心が通じ合った、そう思った。立見だけでなく、他のすべての者と、「死ぬときは一緒だ」と思うまでになった。同時にその場は何も関わりのないはずの、将軍様への憎悪も重ねて涌いてきた。あの方と自分は違う。最後まで江戸幕府存続のために尽力しよう、薩長軍と戦い続けよう、そう覚悟した。

何っ、立見はあの時のわたしの言葉を、一言一句覚えていたのか。恥ずかしいような、複雑な気持ちだ。護符を渡した？　そうかもしれん。記憶していないが、向こうが言うならそうだろう。覚えていてくれたことははっきりうれしい。

いや、くっきりと覚えていることもあるぞ。立見鑑三郎から逆に、「江戸城内の様子は如何でしょうか」と聞かれた。答えようがない。ただ涙がこぼれ落ちた。鼻水と涙が混ざりあって落ち、新調したばかりの袴の裾を止めどなく濡らした。答えか。奥歯に物の挟まったような言い方しかできなかった。

面会は小一時間だったと思う。聞けば藩邸に入ってから、手足を洗い握り飯をかぶりついたものの、まだ寝ていないという。すぐに休むよう命じた。「今後のことはまた話し合おう」と付け加えた。まだ江戸での長い戦いは続く。そう思っていた。

ところがだ。知っているか。

そうだ、二月十日に将軍様から登城禁止を言い渡されたのだ。兄肥後守様と二人がだ。もはや観念した。加えて容保様には会津へ戻るように、戻る場所のないわたしは深川の霊巌寺へ入り謹慎するよう言い渡された。頼りにされていたつもりだったのに、こんどはお払い箱だ。もはや元将軍に逆らい恭順の妨げになる輩は、江戸城内に必要ないということだろう。仕方なく移動したものの、わたしは考えた。

この混乱の世に、たまたま将軍の座にあった気まぐれ男によって、江戸幕府を終えてはいけない。絶対に阻止する。

そうなると改めて確認したくなった。果たして我が家臣たちはどう考えているのだろうか。本当に幕府のために身も心も捧げたいと思っているか。国元桑名が新政府軍の手に落ちた今、どうすることが彼らの今後のためになるのか。

蟄居中の寺に次々家臣たちを呼んだ。そうだよ、心根を知るためだ。中には初めて顔を合わせ、初めて話をした者もいたが、そんなことはどうでもよい。一つだけわかったことは、どの藩士も会うと涙を流し、藩主つまり自分のため、あるいは江戸幕府存続のため命を賭ける覚悟をもっているということだった。

だから今後は、彼らのために逆に命を捧げよう、そう決心した。何より先に家臣のことを考える。決して過ぎ去った昔のことだから、いい加減なことを言っているのではない。いい子ぶる気も毛頭無い。

少し力が入りすぎたな。先に話を進めよう。

わたしは、江戸城総攻撃の期限が迫ってきた三月八日、長岡藩家老河井継之助があつらえたプロシア船に乗った。つまり江戸から退出した。藩兵百名も同船した。

江戸を出された理由は、わたしが府内にいることが江戸無血開城に邪魔だったからだ。もはや将軍に戦意はない。幕閣も恭順になびいていた。よっての退去命令だ。

よくわかっていた。わたしや会津中将様は新政府軍に悲しいまでに睨《にら》まれている。江戸在府していれば和平交渉が頓挫する恐れがある。十分に感じている。だが直接にそう言われると、心に痛むものがあった。言われたのは、知らぬ間に会計総裁なる不思議な位に就いていた大久保一翁《いちおう》だった。

後で聞いたが、勘定奉行にあたるらしい。その時には勝海舟は、もう若年寄まで上り詰めていた。二人とも、口から出る言葉は格好がよいが、要は恭順派だ。つい数年前までは自分に会うことも不可能だった旗本ふぜいが、堂々わたしに指図する。これも時代の流れとして、致し方ない。

しかし最終的に江戸脱出を決断したのは、その者たちに言われたからではない。もはや江戸に残っていても官軍と一戦を交えるのは不可能と判断したからだ。慶喜様も蟄居中の上野から水戸へ移動されるという。慶喜様の元へ、つまり上野へ集結した幕軍は置いてきぼりにされ、烏合《うごう》の衆となる。このまま江戸にいても、新政府軍と正面切って戦うのは不可能。そう考えた上での判断だ。

間違っていたかもしれない。今考えても、答えは見つからない。当面の目的地は越後柏崎。聞いたと思うが、そこに桑名藩の飛び領地があった。藩士一人一人に聞き、残留を希望した者たちは幕府歩兵奉行の大鳥圭介に預けた。彼らは江戸を脱出、下総市川に集結し幕府脱走兵と共に行動することとなる。かの新選組隊士は、ほとんどが回り回ってこの中にいた。残留組藩士は幕府参謀土方歳三の指揮の下、新政府側に寝返った宇都宮城を攻略、二ヶ月後にまたわたしと再会することとなる。

その間、四月十一日に江戸城は開城した。江戸の町が戦火に包まれることはなかった。旗本八万旗は戦わず、ほとんどが隠居して御一新を迎えた。当時は嘆かわしく思ったけれども、考えればあれでよかったのかもしれない。戦乱が起こったなら、こんなにうまく近代国家に生まれ変わることはなかっただろう。下手をすれば、混乱の中にエゲレスやフランスの植民地になっていたかも知れない。後から聞いたが、プロシアも日本を狙っていたという。当時、我らに妙に便宜を与えてくれたプロシア。どこにあるか、オロシャとは違う国なのかなどと詮索していたが、狙いは漁夫の利だったのだ。

結果、無血開城でよかったのだ。ということは、我らがやったことは、昔話でなく、笑い話だったのだ。

少し時間が過ぎたな。もう自分の話も終わりに近くなった。御一新後の方が、本当は後の世に残しておかなければならない話かもしれない。だが、今上陛下に弓引いた戦いについては触れていけないだろう。我が藩士の活躍奮闘は、自分からは詳しく言えない。大まかな経過くらいは話してもよいが、聞きたくなったらまた来てもよい。

それより言ってなかったが、もう一人桑名藩士出身で明治の世にて大躍進している者がいる。そうだよ、陸軍少将様の他にだよ。その男にも話を聞いてくるとよい。わたしの続きはそのあとにしよう。彼が今どんな思いで仕事に励んでいるかも、実は大変気になるところだ。名前か。高木貞作という。承知していないだろう。

知っている？　知っているのか、どうしてか。

そうか、やはりか。立見少将の紹介か。なら、わたしが入らぬ口出しをするまでもない。彼らに任せておこう。昔と同じようにな。

今夜は月夜が気持ちよい。夜風が年寄りの体に悪いかもしれない。

いや、そんなことはどうでもよい。だったら口にしなくてもよかったな。うん。


〈忠臣たちは北へ〉

幕軍と共に戦った新選組は、悲惨な道を辿ることになる。元々は、数年の強引な治安維持方針にあった。朝廷と幕府のためにと思ってしたことが、尊王攘夷派浪士に積年の恨みとなっていた。

もっとも京都市中の警護といっても、新選組がすべてを受け持っていたわけではない。所司代配下や後発の京都見廻組も巡回していた。当初は分担を決めずに王城の警護に当たっていたが、若干の縄張り争いや、稀には同士討ちもあった。そこで京都守護職の権限で分担を決め、このあたりは京都見廻組、ここは所司代配下などと地図上で区分された。

なか、主に繁華街を担当したのが新選組であった。実績が認められ、やがて境界線を越える活躍をする。触れたように所司代配下は軟弱だ。そのぶん新選組が奮闘したが、励めば励むほど、恨みを一心に受けた。お抱えということで、会津藩そのものの印象も徐々に血塗られてきた。

加えて、慶応三（一八六七）年十一月十五日の近江屋事件である。暗殺された坂本龍馬と中岡慎太郎の下手人として新選組が疑われた。二人が倒れていた部屋に新選組の鞘《さや》が落ちていて、犯人＝新選組説が一気に広まる。

もちろん近江屋事件以前にも、上げた血しぶきは数え切れない。仲間同士の同士討ちもあって、その生き残りからもすさまじく遺恨をもたれていた。加えて龍馬暗殺の犯人と疑われたことで、土佐藩も交じった新政府軍の矢面に立つ。以後、新選組は消滅の歴史を歩むこととなった。

まずは局長近藤勇の狙撃である。王政復古の大号令直後の十二月十八日、伏見街道移動中に狙い撃たれた。撃ったのは、直前に仲間割れし大多数が粛正された御陵衛士、俗にいう高台寺党の生き残りであった。銃弾は右肩を貫通する。命に別状なかったものの、剣士にとって右肩が動かないことは致命的である。病気悪化の沖田総司とともに大坂へ送り返された。

年を越えて起きた鳥羽伏見の戦いは散々だった。浅葱色の揃いの衣装は真っ先に標的となった。彼らの姿が見えると、誰より先に狙撃された。「百姓出身の似非侍《えせ》め」と、問答無用であった。薩長軍歩兵の主力兵器新型エンフィールド銃は、射程も長いが威力もすさまじい。行進する前列兵士の胸を打ち砕いた銃弾が、次の者の腹を貫通、さらに突き抜けて三人目の顔面に命中。一発の銃弾が三人を即死させる、などということもざらにあった。

この頃の講談話で、付きの者が「人間の盾《たて》」となって、主人の前に立ちふさがり、主人公の命を守りぬくという美談を語ることがある。だが新式銃の前では、前方で壁となっても、通り抜けた銃弾は後ろの者を十二分に倒す力をもっていた。速射も可能で、玉込めの間に接近して肉弾戦、などという戦国時代の武勇伝は昔話となる。

銃剣という最新装備の発明もあった。鉄砲の先に両刃の剣を取り付け、近距離の肉弾戦になれば、その剣にて戦う。これがなかなか手強い。白兵戦になったからといって、斬りつける前に銃剣で腹を刺される幕府側兵士も出た。犠牲者の中には新選組隊士も含まれる。

鳥羽伏見の戦いそのものは、正月三日の城南宮付近での銃撃から始まった。「討薩表」を掲げて進む幕府の大軍は、待ちかまえた薩摩軍の一斉射撃で大混乱に陥る。戦闘隊形を取る遙か彼方から攻撃され、なす術《すべ》がない。伏見でも、新選組のいる伏見奉行所を新政府軍が包囲し、徹底的に攻撃された。御香宮にいた敵軍に向け白兵突撃するも、ただ犠牲者を増やすのみ。伏見奉行所は焼け落ち、新選組も全員が撤退した。

明けて四日には、鳥羽街道脇で待ち伏せ攻撃を敢行し、ある程度の成果を上げる。しかし、陣形を立て直した新政府軍の攻勢により再び敗走。五日になり、淀千本松付近で激突。敵に若干の被害を与えるも、井上源三郎が戦死、その他数名が命を落とした。この時、錦の御旗が目に入る。見えない力に押され撤退。途中の淀城には入営を拒否される。仕方なく、淀大橋を焼いてさらに退いた。

六日になりさらに悲惨な状況となった。対岸の山崎より、藤堂藩の大砲の玉が次々と飛来した。大打撃を受け全軍撤退する。そのまま大坂城へ逃げ帰った。新選組は、隊士の三分の二をこの三日間で失った。その日の夜、徳川慶喜大坂城脱出。信じられない知らせだった。

ここで、桑名藩士と新選組の大きな違いが出た。述べたように、桑名藩士はいったん紀州へ南下し、地元の船を雇って桑名へ戻ろうと図った。苦労の末に着いたときには、すでに新政府軍が桑名城を包囲していたことも触れた。

対して新選組は、全員が大坂湾上の船に乗ることができた。幕府所有の順動丸と富士丸に分乗し、速やかに江戸へ向かう。療養中の近藤勇や沖田総司もつつがなく収容できた。そして思いの外早く江戸に戻る。実はこれが逆に不幸だった。

新選組は屋敷をあてがわれ休養。来るべき新政府軍襲来に向け、力を発揮するつもりだった。しかしこの頃の幕府方針は恭順へと徐々に傾いていた。少し先になるが、逃げ腰だった元将軍は、上野寛永寺に移って自主的に謹慎し始める。ふがいない将軍の代わりに江戸城内を仕切っていたのは、実質は天璋院（家定正室の篤姫）であった。彼女も恭順派である。出身が薩摩藩ということもあったかもしれないが、女性故の優しさから、江戸の庶民が苦しい思いをすることに耐えられなかったのであろう。時代は進んだとはいえ、落城した町衆の末路は悲惨である。略奪、強姦は常識。親愛なる江戸庶民に、そんな思いをさせたくない。天璋院はそう念願していた。

いきおい幕府側は、来るべき新政府軍に、降参でほぼ一致していた。ということは、士気の高い新選組は、桑名、会津藩士とともに邪魔だったのである。何とか厄介払いしたい。その格好の地が甲府であった。新選組を甲陽《こうよう》鎮撫隊の名で再編成し、中山道を進撃してくる新政府軍討伐のためと称して、甲府へ派遣した。

三月一日に江戸出発、二日に故郷日野を通過する。近藤も土方も大歓迎された。早く言えば故郷に錦を飾った。誰もが意気揚々であった。

ところがこの時すでに、甲府城は板垣退助率いる土佐軍の手にあった。鎮撫隊が入城して西軍を迎え撃つ計画は叶わなかった。三月六日に勝沼で衝突するが、三方から集中砲火を浴び敗走。多くのけが人を引き連れたまま江戸へ戻る。帰ったときには江戸城は無血開城が決定していた。留守の間に潮が動いていた。近藤、土方が新政府軍に攻撃されていた同時刻に、勝海舟の命を受けた山岡鉄舟は、駿府で西郷隆盛と面談。江戸無血開城の話し合いを進めていたのだ。

この頃新選組の分裂もある。江戸へ逃げ帰ったあと、創立以来の仲間である永倉新八、原田佐之助が、容保のいる会津へ行き再起を図る案を出す。土方は「勝手な策は許可できぬ」と言い放ち、険悪な雰囲気のまま決別。両陣営は違う道を歩むこととなる。違うとはいえ、いずれも、北への敗走流転であった。

直後、官軍に囲まれた流山にて、近藤勇の投降。逮捕、板橋にて打ち首。

これも不可解なできごとだった。捕縛は仕方ないにしても、切腹ではなく斬首。その後、京都にて晒された首塚には、「右の者、元来浮浪の者にて…朝廷や徳川の名を偽り」とあった。直前に近藤勇は、勝海舟より若年寄同格まで任じられている。それが「浮浪の者」として斬首の上、京都三条河原にて三日間晒《さら》し首。何とかならなかったのか。勝も自分のことが手一杯で、そこまで気が回らなかったのであろうか。

対し土方は生き残る。そこへ、元幕臣たち志願兵が集結し、新選組隊士は一時的に増えた。勢いに乗って、新政府側に寝返った宇都宮城を攻めこれを落とすも、四日後には再び新政府軍に攻められ撤退する。攻略戦に桑名藩兵が大活躍したのは触れたとおり。

新選組隊士は、敗走後に松平容保の居城会津鶴ケ城へ向かう。さらに一部は春近い奥州路をそのまま北へ、蝦夷地箱館へと流転していく。あてのないさすらいの旅であった。

故郷桑名を占領された松平定敬と、その藩士たちも同様であった。

徳川慶喜に罷免された小栗忠順のその後にも触れておこう。述べたように、小栗は徹底抗戦を叫んでいた。結果、慶喜の指図で老中松平康英《やすひで》より御役御免を申し渡される。そこで旧知の三野村利左衛門から、米国への亡命を勧められるが断る。二月末には、上野彰義隊隊長に請われたが、「将軍に戦意がない以上、大義名分なき戦いはしない」と、これも拒んだ。

のち小栗は、田舎へ戻ろうと上野国《こうづけ》権田村への隠居願いを提出。侍を捨て、百姓となる道を選んだのである。三月初頭、小栗は一家揃って権田村に移り住み、土に親しむ日々を過ごす。

二ヶ月後のこと。小栗は新政府軍の命を受けた兵により捕縛される。取り調べもされぬまま、近くの河原に三人の家臣と共に引き出され、そこで斬首された。

慕っていた村人が見守る中、新政府軍軍監に家臣が小栗の無罪を大声で述べると、小栗は「お静かに」と言った。それが最後の言葉と言われている。享年四十二歳。混乱の幕府内にて出色の働きを見せた勘定および陸軍奉行は、報われぬまま非業の死を遂げた。維新の戦死者といえば尊王攘夷派ばかりに光があたるが、幕府側にも悲しい死が多く存在している。

会津藩の話をしよう。二月十日に、松平容保は登城禁止を言い渡されたことは触れた。しかし定敬と同様に、容保の気持ちも微塵《みじん》も揺れることはなかった。慶喜はたまたまこの時勢に将軍になっていただけなのだ。我々が守るべき江戸幕府は、神君家康公が作られた幕府である。決して、成り上がりの身勝手な男が判断すべきものではない。そう考えるようになった。慶喜の守るべき体制と、我々が守り続けていたものは根本的に違うのだ。したがっての決断である。

十五日には藩士をほぼ全員集めた。自身の大坂からの脱出を改めて詫び、今後のことについて確認をした。こうなれば会津にて迎え撃つ。将軍が戦う意志を見せない江戸では、これ以上の滞在は無意味であり、速やかに帰国の徒につく。藩士も全員が賛同した。翌日から江戸脱出が始まる。

まずは藩主松平容保が、十数名の家臣を伴い江戸屋敷を出た。十八日には藩邸内の婦女子が帰国を開始。その後全員が江戸を出て、三月下旬には会津へ戻った。この地にて来るべき官軍を迎え撃つ体制を整えようと画策する。

片や、主戦派の双璧を担っていた庄内藩は、藩主酒井忠篤《ただずみ》が会津藩と前後して江戸を離れ国元へ向かった。同じく庄内にて迎撃体制を構築しようと考える。

残されたのは松平定敬であった。戻るべき国元は、すでに官軍によって占領されている。つまり守る故郷はない。したがって、国元へ戻り体制を立て直すこともない。悩める藩主は、二月下旬には藩祖松平定信の墓のある霊巌寺に入る。ここで形としては蟄居。この頃江戸府内には、桑名藩士が約三百名ほど集結していた。もともといた者、素早く駆けつけた者、あるいは語るに尽くせない苦難を乗り越え、やっと江戸藩邸にたどり着いた者。それぞれの事情を抱えての在府であった。いきおい、主戦派と恭順派が激しく対立し、この時点で恭順派が増加傾向にあった。国元の桑名が無血開城したこともあるが、もっとも影響があったのは、江戸城そのものが恭順に傾いたことだ。

そんな中の二月二十七日、定敬は蟄居先にほど近い深川富岡八幡宮にて集会を開いた。集まったのは、実の兄弟である立見鑑三郎と町田老之丞を筆頭とした二十数名であった。参加者は、ここにて徹底抗戦の契りを結んでいる。藩主定敬の意向を汲んでのことでもあった。

彼らは、仲間を八十名ほどに広げたのち、江戸府内から脱走してきた幕府諸兵と合流して、宇都宮城攻略に成功する。この作戦の指揮官は大鳥敬介、参謀は元新選組副長の土方歳三であった。

定敬自身は、三月新政府軍が間近に迫ってきた頃になって、江戸退去を迫られる。この沙汰を出したのは、触れたように幕府重臣の大久保一翁である。

「府内にあるはよろしからず。僻遠の地に退き、謹慎して朝命を待つべし」

簡単に言えば、幕府が降参するにつけ、新選組と同じく、新政府の目の敵にされている桑名藩主は邪魔だったのである。会津藩主と同様に、早くどこかへ退去してもらいたい。恭順の意思を見せる幕府側の、切実な願いであった。

定敬はここでついに決心する。三月七日に築地藩邸に戻ると、翌日早朝、小舟で品川沖に向かった。藩士百名が同行。乗ったのはプロシア船であった。長岡藩があつらえた船と言われているが、詳細は不明である。

やがて船は北へ向かう。この船には、のちの長岡戦争で幕府軍と激戦を展開する河井継之助も同船していた。船は快調に北上し、蝦夷地箱館を経由して日本海に入り、今度は向きを変えて越後に到着する。三月二十三日のことであった。

この頃、新政府側は逃亡軍の戦意を本気と見て、奥羽征討軍を編成、軍総督を任命している。また軍の北上と併せて、早くから新政府側に加わった伊達家や上杉家に、会津などの討伐を命じている。鳥羽伏見に端を発した戊辰の役は、東海道を越えて、陸奥の国に飛び火していくのである。

実はこの時期、本国会津へ帰った松平容保は、周辺を鑑みて恭順の意思を固めていた。戦国の昔から、落城悲話は多い。兵士も家族も、あるいは罪もない民衆も語り尽くせない辛酸《しんさん》をなめる。藩主としてどうしてもこれを避けたい。結果、朝廷へ恭順の嘆願書を何通も送る。ついにその数二桁になるも、朝廷側はこれを無視。武力での制圧を選んだ。

京都守護職として権勢を奮った会津藩を武力にて滅ぼすことで、戊辰戦争の幕を引き、新しい時代の到来を狙ったのである。会津若松、鶴ケ城悲劇の始まりであった。

## 銀行頭取　高木貞作

陸軍少将殿から連絡をいただいたが、君か、わしの話が聞きたいというのは。

いいともいいとも、何でも教えてしんぜよう。同士立見尚文様の紹介だ。ただし、わしは話し出したら止まらないぞ。桑名の幼少時代も、御一新の話も、新選組の頃も、なんなら土方歳三の最後も、望むならどれだけでもお話させてもらおう。もう何十回も話したので、いちいち考えなくても、頭の中からすらすら出てくる。べんべんと机を敲《たた》いて、講談調でやってあげてもよい。わっはっは。

何か。わしと陸軍少将様とどちらが年長だと？

いきなり年の話か。もちろんわしが年下だ。わしは嘉永元年、揖斐川のほとり桑名赤須賀生まれだ。立見鑑三郎様の方が三つ大きい。同じくらいに見えるか。まあ、自分は異国暮らしが長くて苦労をしたからな。

そうだよ、わしはメリケンから帰ってきたばかりだ。この春ニューヨークから戻ってきた。知っているか、ニューヨーク。いい町だった。気候もいい、人もいい。何年いても飽きることのない魅力に満ちた街だ。食べ物も口にあった。

あまりほめると、今毛嫌いされている「洋行かぶれ」というやつになるな。一昔前なら「天誅」を受けるかもしれない。もっとも流行《はやり》の洋行かぶれは、何日か行っただけで「欧米では…」と大げさに吹聴する輩のことだ。わしは訳あって何年もいた。それも三回もだ。甲斐あり、メリケン人とは普通に話ができる。それだけはよかった。それともう一つ、外国のここが進んでいるとか、日本がやっぱりよいとか比較するのが昨今の流行だが、そんなことはもうどうでもよい気持ちになれた。国を比べることに意味はない。要は中身だ。どちらもそれぞれよいところがある。

そうか、メリケンのことも興味津々だな。これも話し出したら止まらないぞ。初めに行ったのは明治五年だ。大昔のことになったな。行った理由は後で述べよう。取り持ちをしてくれた外国商人の関係で、東海岸のニューヨークへ行き、そこで商業を学んだ。いったん帰国するが、今度は大蔵省派遣の開拓留学生として再度渡米、正式な学校へ入って、「運上所」の勉強をした。

運上所はわかるらしいな。そうだよ、税金だ。「関税」という言葉を、何年か前にわしが述べた。国と国との貿易に対する税金だ。品物がよその国から入っている時に税金をかける。逆に出るときはかけられる。開国時の日本には、そういった知識がなかった。安い外国商品が自由に日本へ入ってきて、外国の思うままだ。これではいけないと気づいたのが貿易が本格化したあと。何とかしなければならない。だから懸命に励んだよ。それが、日本のため、自分のため、そして御一新の時に亡くなった同士のためになると思った。

帰国したのは明治八年だ。商法講習所を立ち上げ、学び取って商業簿記を教えた。そう、それが今の高等商業高校（現在の一橋大学）だ。

銀行も大切だ。近代国家はしっかりした銀行が不可欠。進んで勤めた。その後三回目の渡米。明治二十五年から二年間だった。三度目は余裕があったが、行くたびにニューヨークの街は進歩している。すごい街だ。それにも増してメリケンはものすごい国だ。人間も国も桁違いにでかい。

いいか、君も新聞社に勤めているというから、これだけは言っておくぞ。将来どんなことがあっても、あの国とだけは戦ってはだめだ。資源も違うし、国の規模も違う。人間の気質もまったく違う。負けず嫌いでしつこく、それでいて誇り高い。万が一戦っても、金輪際勝つことはできない。もし初めに少しくらい勝てたとしても、のちにはこてんぱんにやられる。間違いない。

これくらいにしておこう。あまり饒舌《じょうぜつ》になると、また右翼とやらに叩かれるからな。

もっと聞きたそうな顔をしているな。それなら別の話をしてみよう。わしが初めてメリケンに行って驚いたことだ。そうだよ、服装や言葉はもちろん違う。わかっていた。ではなくて、まず一番にびっくりしたのが「日曜」だ。今は日本でも役所などで言われるようになった日曜日という習慣、これには度肝を抜かれた。人は大人も子供も、六日間働くと、ションデイという日になって、街は人っ子一人いなくなる。みんな家でゆっくり休む。そして教会とかいう場所へ揃って出かけ、歌を歌ったりする。あれにはたまげた。

日常の生活でも驚くことばかりだった。ベッドか。あんなものは三日で慣れた。便所や風呂も一緒だ。確かに日本式のどっぷり浸かる風呂が懐かしいと感じる時もあった。だがそんなのは数日だ。使ってみるとシャワーというのも楽なもんだ。

それより何より、「ペット」というのに驚いた。そうだよ、どの家でもペットを飼っている。日本の家にいる金魚や鈴虫とは違う。とてつもなく大きな犬や、猫など何匹も家族同様に生活させている。犬と一緒に寝ている女も大勢いた。ベッドだよ。ベッドの中で人と同じように寝かせている。やがて日本にもあの習慣はやってくるかもしれない。そんな時代は、絶対に来てほしくないがな。

犬ならまだいいが、蛇やトカゲを飼っている家には閉口した。住んでいる屋敷の玄関あたりに、蛇が何匹も大きな金魚鉢の中でうにょうにょしているのは、正直気持ちのいいものではない。

金魚鉢で思い出した。名前は忘れたが、何とかいう平たい大きな魚を、ガラスの大きな水槽で飼っている家もあった。わしが下宿していた家にもそれが二匹いた。説明がむずかしい。メダカのばかでかい奴と思ってくれ。いやそんなに小さくはない。二尺近くはある。そうだよ肉食だ。毎日、餌の魚を入れるのだが、これがなかなか悲しい。水槽の中へ、鮒のような小魚を数匹放り込んでやる。放り込まれた魚はおびえて動かず、上の方でじっとしている。やがて思いだしたように散らばり始める。そこへ平たい化け物がゆっくり両脇から近づいてきて、突然「がぶり」だ。飲み込まれて一巻の終わり。化け物の餌となる。

今でもあの光景がときどき夢に出てくる。メリケン人は「爽快だ」と言っていた。だが何だか、御一新の頃の我々を見ているようで、正直気分がよくなかった。自分たちも、世の中の大きな動きの中に突然放り込まれた。身動きがとれず隅っこでじたばたしていると、突然大きな口に飲み込まれる。飲み込まれたが最後、いくらもがいても無駄だ。やがて消化される。

いや、大きな二匹が薩長というわけではない。あんな奴らは小物だ。メダカが群れて聞き取れない大声を出しているだけの、小心者の集まりだ。今では誰もが「藩閥政治」とか称して東京の真ん中で大きな顔をしているがな。

我々も、あの頃は「これがよかれ」と思って励んだ。桑名藩のため、天下国家のためと信じていた。だが天然の流れの強さはどうしようもない。今から思えば、隅っこの方で震えて、無駄に動いていただけかもしれない。時の流れにいつしか飲み込まれていたのだよ。

自戒を込めて言わせてもらった。そうだったな、わしの話だ。もちろん続けさせてもらおう。幕末の頃だろう。よく覚えている。他人にも詳しく何度も話した。さっき言ったな。

メリケンでも話したかと聞くのか。もちろんやった。そう、英語でやった。大いに受けた。サムライの話は、外国人も大喜びだ。話す方も楽しかった。

ところで君は東京から来たらしいな。わざわざ神戸までこうしてご苦労様だ。そうか、住まいは京都か。京都と言っても、その年なら、御一新の頃はまだよちよち歩きだな。それが今、当時の様子を調べて回っているのかね。近頃そんな奴が多くなった。先日は講談師が俄《にわか》にやって来て、「新選組の話を聞かせてくれ」と言ってきた。話してもよかったが、うちに妙に、「いや違う」とか「そんなはずはない」とか大声を出し始めたので追い返してやったよ。実際に見た自分の話を否定するとは、何を考えているのか。まあ余計な話だが、我々のような生き証人が健在なうちに、きちんと紙に書き残しておいてくれ。

ところで何が、というか、誰の話が聞きたいのだ。

何？

誰だって。

定敬様とは、松平定敬様のことか。桑名藩主松平越中守様か。

そうだよ、わしの藩主様だ。もちろんいろいろ話せる。だが、定敬様のお話なら、直接ご本人に聞いてみればよかろう。近藤局長や土方副長、あるいは我が藩の家老連中と違って、まだご存命だ。

そうか、お会いになったのか。

何だ、もう何回も会われたのか。五度もお話を聞かれた。

今は日光に見えるのだろう。確か東照宮にて宮司様を務めてみえると思うが。お元気であられたか。

そうか、よかった。このたびの帰国の際、お手紙だけ差し上げたが、お返事はなかった。

では逆に聞きたいが、わしのことは何か言ってみえたか。

名前は出たか。他には何かお聞きできたか。

何もか？　そうだろう。聞いておいて変な言い方だが、お話は出ないはずだ。わしのことは、お触れにならない。いや、忘れてみえるわけではない。お気を遣われて、あの頃のことに触れるのは控えてみえる。わしがよいと言えば、喜んで述べられる。理由は後で言う。

そこへいくと立見少将は違う。彼と自分は同士だ。戦友だ。もう言ったな。そうだよ、桑名藩が京都へ派遣されてから、王城の治安維持に全力を尽くした。蛤御門の戦いから鳥羽伏見の戦い、その後の江戸漂着まで、まさしく苦楽を共にした。

新選組とも仲良くさせていただいた。これは立見閣下に負けないぞ。箱館戦争まで土方様とご一緒できた。戦死された瞬間も見届けた。立派な方だった。明治の元勲にはあれほどの方は、失礼ながら誰もいないだろう。

坂本龍馬、誰だそれは。知らぬ。木戸孝允、あれは生臭すぎる。西郷隆盛か。あの人は明治の元勲ではない。今や逆賊だ。そういえば西南の役の話も聞きたいのだろう。これも出し惜しみしないぞ。いや、御一新の頃から順に述べよう。いいか。

まずは鳥羽伏見の敗走だ。ひどい戦いだった。

桑名藩士は伏見奉行所炎上のあとは、ほとんど新選組と行動を共にしていた。互いに刃を交えた白兵戦ならお手の物だが、戦いはとっくに新式銃の撃ち合いに変わっていた。弾丸雨あられの中、ただただ這《は》い蹲《つくば》っていた。

最後の一戦と思っていた橋本宿では、対岸の山崎から味方の砲弾が飛んでくる。驚いたけれども、実はすぐにわかったよ。藤堂藩が寝返ったのだ。散々だった。今まで元気に走り回っていた若者が、肉のかたまりになって飛び散った。何もできないまま、ひたすら逃げた。やっとのことで大坂城へ駆け込む。その夜だ。将軍様が、我が殿と会津公、老中などをすべて引き連れ江戸へ逃げ帰った。置き去りにされた我々は、買ったばかりの大砲を壊してはお堀の中に投げ込んだ。そう、これだけはしておかないと気が済まなかった。苦労して手に入れた新式大砲を、むざむざ薩長に渡したら、奴らの兵力がますます強化される。それだけはだめだ。そう思うと、壊す手に力が入った。

こんな話をばかりだと、まったく前に進まないな。少し飛ばそう。二月初旬だった。苦労の末、桑名藩江戸築地屋敷に辿り着いた。まさしく辿り着いた。

二月三日か。そうかも知れん。月日のことはどうでもよい。翌朝早く、立見様たちとお会いになられたあと、定敬様が我々のところへもみえた。手を取り合って泣いたよ。涙が止めどなく出た。契りがますます強くなった。絆を深めた。我が命は、この主君に捧げようと思った。

しかし幕府の思いは、もはや恭順一色だ。我々会桑は、江戸城のお歴々から邪魔者扱いされていることがわかった。そこで、立見様たち武闘派は江戸を出て、大鳥敬介様と行動を共にすることとなった。藩主定敬様は、船に乗せられ越後へ追い出された。越後柏崎に桑名藩の飛び地があった。そこへ行って謹慎しておれというのが、腰抜け幕臣たちの指示だった。つまり桑名藩士は兵力を二分することとなった。

わしか。わしは定敬様に従って、プロシア船に乗った。百名ほどがお供したが、船というのは便利な乗り物だと思ったな。少し揺れるのを我慢さえしていれば、ごろごろしているうちに目的地に着く。のちには嫌と言うほど船に乗せさせてもらったが、この時つくづく実感した。

そう、我々は蝦夷地経由で新潟へ行った。上陸し、陸路柏崎へ入る。ここにてしばらく謹慎するが、もちろん形だけだ。我らの腑は煮えくり返っていた。同船していた他の藩士たちも、表向きは恭順するため越後へ移ったのだが、大久保一翁の命に従おうという者と、断固徹底抗戦派が混在していた。代表か。そうだな、恭順派は限られていた。家老総宰の久徳隼人様、軍事奉行の金子、長尾、三宅弥惣右衛門様などの年寄り連中。

対して若者はほとんどが主戦派だ。山脇十左衛門、彼は隼太郎の父だから少しだけ年配だ。以外は小寺、富永、谷口、山内などの血気盛んな若侍。これに小姓の木村、成合、そしてわたしと山脇隼太郎など。

話し合いを始めればすぐに激高した。この論戦に、陸路柏崎へ来た連中が加わった。約百二十名がいくつかの道を辿り、越後へ結集した。その中にはもっとも強く恭順を唱える家老の吉村権左衛門様や、中間派と言ったらいいのか、服部半蔵様もいた。

ごっちゃになったな。我々もよくつかめないほど、この頃の桑名藩士はたくさんに分かれていた。混乱の中、早々に桑名へ帰国する者もいた。

一方、江戸に残った主戦派は、市中取り締まりをしながら新政府軍とやりあった者もいたという。もちろん刀を抜いての刃傷沙汰だ。だが、四月十一日に江戸城が無血会城したあとは立場を失い、分散して北へ向かった。その代表が立見少将殿だ。開城の前日、市川に結集した幕府脱走兵は総数約二千。大鳥敬介隊長のもと、前後軍に分けられた。前軍の副長が土方歳三様、参謀が立見鑑三郎様だった。この時は倉田某とかいう変名を使っていたが、桑名藩士はほぼ全員が前軍に加わり、北上して宇都宮城を落とす。立見殿の働きはすさまじかったと聞いている。

柏崎か。柏崎にいた藩士たちは意見が二分され、毎日激論を交わしていた。先ほど言ったな。そう、抗戦か恭順かだ。ところが吉村家老が到着してから、恭順の方に意見が流れてきた。吉村様は、藩士を全員桑名へ連れて帰ると言い出した。もともとは、越後にて謹慎せよとの命令だ。それを遵守すれば自然の流れ。しかし藩主定敬様は、憎っくき薩長に一矢を報いたいと考えてみえた。

「自分は慶喜様と違う。正真正銘の譜代大名である。家康公の作られたこの幕藩体制を維持する義務がある」

そう話していた。うちに宇都宮城攻略で桑名藩士が奮戦したという報が聞こえてくる。

時に閏《うるう》四月二日夜。藩主定敬様に直接呼び出された。わしと、山脇隼太郎の二人だ。閏月というのはわかるな。この頃は旧暦だ。慶応四年は四月が二回あった。時間が戻ったようだが、そうではない。ただの暦の上での話だ。事態は着々と進んでいる。

呼び出されたときに、拝命すべき内容はおぼろげながらつかんでいた。突飛な話ではなく、予想通りだった。せっかくのことなので、君に教えてあげよう。まあ公然の秘密だ。定敬様は今でも気にしてみえるが、我らの周りは皆知っている。

ご命令は二つ。一つは関東を転戦中の、一度は袂《たもと》を分かった主戦派をここ柏崎に集結させること。二つ目は恭順派の首魁《しゅかい》、吉村権左衛門を誅殺すること。聞いた我らは体が震えた。もちろん武者震いだ。

次の日の夜、吉村家老は定敬様のいる勝願寺へ呼び出される。用事を終えた吉村様が大久保陣屋への帰路の途中、待ち伏せしたわしと山脇の二人が襲撃する。そうだよ、誅殺《ちゅうさつ》したのだ。闇夜に斬りかかった。お付きの者は二名。「どけっ」と叫んだらその場に立ちつくしていた。脇をすり抜け自分が逃げようとした吉村様を袈裟懸け、倒れる直前に山脇が突きを入れた。即死だったと思う。その時になって、付き人が「ご無体な」と叫んだ。もう遅い。吉村家老は御年四十四歳にて逝去された。

驚いたかね。すぐその場から逐電、夜陰にまみれて柏崎を出た。街道途中に立見様や町田老之丞様と出会い、殿の密書を渡した。後のことは聞いた話だが、四月九日に町田様ら主戦派六名が柏崎に入り、定敬様と再会された。殿は手を取り合って喜んでみえたという。さっそく酒宴を催し、宇都宮城攻略の話など喜々として聞いてみえたそうだ。やがて、続々と桑名兵が柏崎へ到着した。その兵士たち全員と定敬様は拝謁されたという。官位など関係ない。慣例無視だ。関東を転戦してきた勇士たちは、全員お目通りを許された。誰もが感激し、涙を流していたという。

町田様も「いにしえより君臣水魚の思いとはこの時なるべし。先立つものは涙なりけり」と述べられたと聞いた。恭順の風潮は一掃され、柏崎の藩論は徹底抗戦一色になった。

兵制も一新される。「入れ札」によって新しい隊の幹部も決められた。そう、今流行《はやり》の選挙という奴だ。そこで一番隊隊長に、改めて立見鑑三郎様が選ばれた。年は若いが、その時は当然と思った。といっても、自分と山脇はもうすでに越後から姿を消していて、仲間には入れなかった。陸奥の国を北へ、身を隠しながら休み休み進んだ。

その間も様々あった。新潟は高田での戦い。家老の河井継之助様も奮戦した。桑名藩士はさらにがんばった。鯨波《げいは》戦争以下、新政府軍を何度も打ち破った。連戦連勝、だが結局は多勢に無勢だ。新発田藩の翻意もあり撤退。会津落城、庄内へ転戦後、やがて一部は蝦夷地へ向かう。

我ら二人は各地で戦ったのち、箱館へ行き着いた。ここで桑名本隊と合流を図ったが、それは叶わなかった。たどり着いたときには、すでに定敬様は蝦夷を離れた後だった。仕方なしに新選組に加わった。同行の士は二十名。今から考えてもそれしか方法はなかった。そして五稜郭の戦いを迎える。

聞きたいのか、あの悲惨な結末を。

はっきり言うが、旧幕府軍はとっくの昔に「歴史の孤児」だったのだよ。この時に始まったことではないがな。新式銃に切り込み隊が勝つと思っていた。弱虫ばかり集めた薩長土肥の軍隊など、根性がないから最後は我々が必ず勝つと息巻いていた。あげくが射撃の的だ。うぬぼれてはいけない。これからもそうだと思う。

新聞記者だと言ったな。「根性が、言い換えると大和心《やまとごころ》が最新兵器を上回る」などと宣《のたま》う時代がもしまた来たら、必ず反対してくれよ。そんなことはあり得ない。西南の役の薩摩藩士も同じだった。薩摩の不平士族たちは、新しい徴兵令で集められた軍隊を「呑《どん》百姓軍」と馬鹿にしていた。まるで戊辰の役の我々だ。それが近代戦法の新型兵器の前に壊滅さ。目先の勘違いはいけない。精神力でいくさに勝てるのなら、新選組が日本で一番強いはずだ。そんなことはなかった。

五稜郭の戦いも、右往左往しているうちに、あっけなく終わった。年は変わって明治二年だ。

奥羽のいくさから、話を片づけなければならないな。前年に戻るが、言ったように北越で新政府軍相手に連戦連勝、孤軍奮戦していた桑名藩士主力は、庄内藩領まで辿り着いていた。この頃の奥羽戦線はもう末期だった。奥羽列藩が断末魔の叫びを上げながら、新政府側に順次投降した。そして会津落城。

桑名藩および庄内藩だけがいくさを続けた。

いくさというと聞こえがよいが、最後は新型銃の狙い撃ちだ。ばたばたと藩士が倒れる。寒河江《さがえ》の戦いもひどかった。薩摩の黒田清孝率いる、いや先の総理大臣様だから呼び捨てではいけないな。黒田清隆様率いる官軍は、ますます勢力を増して、総勢二千五百。先鋒は直前に寝返った米沢藩士だった。三百余りの桑名庄内連合軍は、装備もひどい。九月二十日の早朝に、新政府軍の嵐のような猛攻を受けた。あちこちで反撃を試みるも、次々と倒れてていく。若い同士が二十二名も戦死だ。何とか最上川を舟で上り、体制を立て直そうと図ったが、ここで庄内藩が降伏した。根無し草になった桑名藩士も仕方なく降伏。これが九月二十五日のこと。官軍は立見鑑三郎をやっと確保できたと、大喜びしたという。

そうだよ、その頃は現陸軍少将様は、新政府軍の驚異の的だった。悪魔のように恐れられていた。陸軍少将に上り詰めた今からは想像できない。そのまま翌明治二年三月一日まで、立見様ら桑名藩兵は、その地で謹慎していた。

時に、海を越えた箱館は、同時期はひとときの平和を楽しんでいたという。官軍の音沙汰無しをよしとして、蝦夷共和国なるものを本気で作ろうと考えていた。我ら二名も、そこへ何とか潜り込めないかと考えた。

ところが、先ほど言ったように、自分と隼太郎らが箱館に着いたときは、藩主定敬様は榎本武揚様の勧めもあって、箱館を脱出されたあとだった。

もとは、明治元年十二月末のことだ。はるばる桑名から、家老の酒井様が生駒伝之丞様を伴に連れ、箱館までやってきていた。定敬様を、本国桑名へ連れて帰ろうと画策したのだ。土方さんも榎本武揚様ももちろん拒否。今桑名藩主に抜けられては、蝦夷地全体の兵士の士気に関わる。

年が変わった正月に、やっと定敬様にお目通り叶ったが、酒井様の言葉にも定敬様は首を縦に振られなかった。仕方なく、酒井家老はそのまま寒い箱館で春を待った。明治二年の春は、のんびりした楽しい期間だったらしい。まさしく嵐の前の静けさだ。

酒井様も命の洗濯をされたと聞いた。また定敬様は乗馬に勤《いそ》しんだり、異人について英語の勉強もされたという。すさまじい上達だったと後で伺った。もともと利発な方であり、さらに、自分の命も長くないかもしれないという緊張感が、上達を助けたのではないか。僭越《せんえつ》だが、あとでそう思った。

だが、楽しい時間というのは長くは続かない。官軍が襲来するという確実な情報が入ってきたという。四月初めのことだ。蝦夷政権に緊張が走った。新選組も体制を立て直し、警備方針を確認した。この時点で定敬様は、榎本武揚様の勧めで箱館脱出を決心される。

四月七日、定敬様に家老酒井孫八郎様、松岡孫三郎様、後藤多藏様、越後の商人金子屋寅吉の計五名で、箱館から森村に出発。十一日乗船し、室蘭経由で横浜へと向かわれた。乗ったのはメリケンの船だ。四月二十六日に横浜へ着くも、定敬様は下船せず、そのまま中国上海まで行かれたと聞いた。あとで知って驚いたが、これも何かお考えあってのことだったのだろう。家老の酒井様たちはそのまま横浜周辺に潜み、定敬様の帰りを待った。

入れ替わりに、我らが蝦夷地へ入る。自分と山脇は僧侶に身を変え、庄内から苦しい旅を続けた。途中仙台で木村忠次郎や長瀬清藏、土田外真記《そとまき》様らと合流。仙台から英国船に乗せてもらい、蝦夷地へやっとのことで上陸、箱館へ入る。四月十四日のことだ。

箱館に到着して驚いたのは、桜が満開だったことだ。四月十四日といってももちろん旧暦だ。今で言うと五月下旬あたりか。北国の春は遅いというのを、身をもって感じた。自分たちも桜の咲くのを追いかけるように北へ進んだ。だが、蝦夷地の、いや今は北海道というのか、北海道の桜はさらに遅い。ちょうど散り際の桜が、旧幕府軍の運命と感じたのは、自分だけの感傷だったかな。いや、くだらない。

さて、肝心の藩主定敬様は出発された後だった。直前の御出立に声も出なかった。そして我々の到着を待っていたかのように官軍が接近してきた。すぐにも戦闘が始まる。我ら桑名藩士としても、何とか薩長に一泡吹かせたい。そこで土方さんに頼み込んで、新選組に入隊させてもらった。そう、言った通りだ。

そうこうしているうちに、官軍が上陸したという確実な報が入った。場所は箱館の北西、江差のさらに北にある乙部《おとべ》。「意外だ」という声を聞いたが、地理に疎い自分としては、迎え撃つ体制が整えやすいから、遠い方がいいと思っていた。直接箱館湾に軍艦が入って砲撃してきたら困ったのになどと考えていた。まあどちらにしても、砲撃はのちにたっぷりくらったがな。

そして五稜郭の戦いだ。

函館政権側は威勢だけよいが、本気で戦おうという兵士はあまりいなかった。我々は違う。何とか奴らに一太刀でも浴びせたいと、血気盛んだった。命を投げ出す覚悟はできている。そのためにここまで来たのだ。

だが旧幕府軍の中には、何となく時の流れで蝦夷地まで来てしまったという者も少なくない。さらに数ヶ月の平穏、綿入れの布団でぬくぬくと寝ている間に、戦意が萎えてしまっていた。しかし、敵は目の前。

上陸地乙部からの進軍は、三方からだった。最短距離である山越えの二股口防衛は土方歳三様があたった。新選組を率いたわけではない。新選組は残って市中警護を任された。ということは、新選組に入隊した桑名藩士も市中にいた。土方さんに率いられた守備隊は、旧幕府脱走軍が中心だ。彼らはきわめて善戦したという。狭い峠道を塞ぎ、幾度も進撃を阻む。しかし、遠回りであったはずの残り二方面が簡単に討ち破られ、背後に新政府軍が回る形になる。仕方なく土方隊も撤退した。

転進中も海上の甲鉄艦からひっきりなしに砲撃をあびせられ、総崩れになった。うちに箱館に敵の支軍が上陸、待ちかまえた新選組が対処したがたちまち押される。五稜郭とは市街地を挟んで反対側の弁天台場へ逃げ込んだ。見れば箱館奉行の永井尚志様も一緒だ。もはや敵の総攻撃を待つのみ。一同意を決した。

同じ頃に、土方さんが戦死した。官軍上陸を聞き、五稜郭から市街地方面へ出撃、中間地点の一本木関門あたりで敵弾丸に腹を打ち抜かれ即死されたのだ。

訃報に触れ、旧幕府軍の戦意は消滅した。四日後に降伏、五稜郭を開城したのが十八日。ついに戊辰の役はここで終わりを告げた。

わしか。もちろん降伏した。これ以上戦えるはずもない。山脇隼太郎も同様だ。幽閉される。場所は箱館の称明寺。弁天台場を上がった丘の上にあった。そこに数ヶ月いた。狭い部屋で、皆々と寝食を共にした。

改めて思ったが、蝦夷地の冬は寒かった。寒さに凍えながら、我らはいつも腹ぺこだった。たまに出るスープという温かい汁を、ずっと楽しみにしていた。生活には不自由したものの、今から思えば懐かしい日々だ。いわゆる絆が深まった。そういえば土方さんの葬儀もこの寺で行われ、墓も作られた。今はどうなっているのかな。一度尋ねてみたいものだ。

あとは別々に長い道を辿った。そうだよ、こちらは思い出したくもない。東京へ船で護送され、黴《かび》くさい暗い部屋に入れられた。湿った穴蔵を出たのが明治も三年になってからだ。釈放には松平定敬様の強いお力があったと聞いた。どういう手段を使われたかは知らない。

釈放後か。やっと始めに話が戻ったな。本来なら桑名藩へ引き渡しのところだが、わしと山脇だけは別の道を選んだ。そう、渡米だ。メリケンへ渡った。これにも定敬様のご援助があった。異人の商人で、定敬様と懇意にしている者の伝《つて》にて太平洋を越えた。桑名へ帰れなかったについては、先ほど述べた御家老暗殺が関係している。吉村家は桑名では依然として名家で、親族も多い。あの時は藩主の命により「これ以外にない」と考え決行したものの、仇討ちを受ける可能性もあった。もし親族にその考えがなくても、いったん収まった波風を立てるのは賢明ではない。

よっての渡米だ。初めに言った通りだ。

メリケンに渡ってからは懸命に励んだ。日本人は珍しがられたが、自分が日本という国の代表だと思って励んだ。自分が怠けたら「日本人は怠ける」と思われる。自分が短気を起こしたら「日本人は気が短い」と思われる。そんなことばかり考えていた。よって品行方正、商業学校の成績も常に最上だった。英語もそうだ。通じない言葉を初めは笑われた。意地になって勉強し、二年目の冬には、メリケン訛りを笑えるまでになった。

うちに思った。今学んでいることを本国に帰って広めなければならない。「関税」などということは、少なくとも自分がいた頃の日本人は知らない。関税なくして貿易はできない。諸外国の思うままだ。神奈川条約の中にあることを承知していない役人も多い。これでは日本はだめになる、そう考えた。

頼み込んで早々に帰国。先の文部大臣、そう、先日亡くなられた森有礼《ありのり》様と共に商業学校を作った。ここで習得したことを懸命に講義した。国が発展するためには何より教育だ。自分が学んだ経済の知識を、目が輝いている青年たちに注ぎ込んだ。明治八年のことだった。そうなればもう、仇討ちなど怖くない。自分にはやるべきことがある。ひたすら知識を教え込んだ。

そののちか。銀行の必要性を感じ、その設立にも励んだ。

いや、官営ではだめだ。民間が経営する銀行、これが国力を上げる。作ったのが東京十五銀行と横浜正金銀行。そして頭取の立場で三度目の渡米。帰ったのがつい先日だ。

しかし言っておくぞ。わしは浦島太郎ではない。ニューヨークにいたときも、日本の新聞を送ってもらい、祖国の進歩に常に関心を寄せていた。政治も外交も法律制定も、教育制度改革もよく知っている。はっきり言うが、君より詳しいと思う。祖国の発展に一番喜んでいるのは、わしというか我々かもしれない。そうだよ、日本はこれからも伸び続ける。御一新の時に命を落とした青年、名もなき草莽《そうもう》の志士たち。彼らのためにも日本は発展し続けなければならない。それが明治に生き延びた我々に課せられている使命だ。少し、力が入ったか。

立見少将も同じだと思う。あの方も自分も、本来なら明治初年に討ち死にか、あるいは生き延びても浅黄《あさぎ》色の服を着せられ、獄死しているかもしれないところ。それが寿命が延びた。娑婆《しゃば》へ出ても人目を忍んで生きていくはずが、こうしてお日様の下を歩いている。この命、国に捧げなくてどうする。

日本も清国と開戦の様子、一命を賭けて戦うなど当たり前だ。だから立見将軍がご活躍されるのも当然だろう。修羅場を何度もくぐって、私心というものがまったくない。だいいち背負っているものが違う。一人の肩に、志半ばで倒れた多くの忠臣たちの思いが乗っている。

不肖自分も、日本の経済を発展させようと命を賭けている。決して自慢して言うわけではないが、国の上に立つ者たちは、今後何十年、何百年たっても、すべてわしと同じ思いで動いていってもらいたい。

とりわけ政治家は、私利私欲で動いたり、選挙目当てで耳障りのいいことばかり並べたりしてはならない。天下国家を論じ、人の意見に耳を貸し、いったん決めたことはやり通す。それが政治家だ、日本を導く人だ。それができない者は、すぐにこの世から消えてもらいたい。また力が入ったな。

どうだ、言ったようにわしは話し出したら止まらないだろう。そうか、もっと聞きたいか。自分も腹に納めていたことの一割も口にしていない。時間ばかり過ぎたが、またぜひ次の機会を作ってもらいたいものだ。

夜も更けた。何だかよい気分になった。酒を飲んでいなくてこんなに心地よいのは、まったく久しぶりだ。いや、爽やかな夜だ。

〈戊辰戦争の終結〉

奥羽列藩同盟というものが作られた。明治元年の五月のことである。

この同盟を説明するのがなかなか難しい。

元々は朝廷への請願団体だった。「朝敵」の汚名を着せられた会津藩と庄内藩の許しを得るために、奥羽の諸藩が連合して結成した。したがって当初の列藩同盟に、会津、庄内藩は入っていない。

京都守護職会津藩、江戸市中取締庄内藩は、戊辰の役の折には、新政府軍の標的となっていた。京都にて孝明帝に仕え、その信頼を得ていた会津藩。江戸の治安をひたすら守り、過激浪士の挑発に乗って慶応三年末に江戸薩摩屋敷を焼き討ちにした庄内藩。幕府存続のため懸命に励んだ両藩に対し、「朝敵」は残念である。共通した思いが結集した同盟であったが、のちに趣《おもむき》が変わってくる。

四月初旬のこと。仙台、米沢藩を中心に、仙台藩内の白石城で会議を開いた。議題は、会津、庄内藩の赦免嘆願であった。十四日に、仙台へ到着していた新政府側の奥羽鎮撫総督へ嘆願書を出すも拒否される。「お前たちで会津と庄内藩を倒せ」と、引き続き命令してきた。

この時点で奥羽諸藩は、対新政府軍との戦闘を決意し、会津庄内方面の討伐軍を解体する。加えて、秘密裏に薩長と戦う軍事協定を結ぶ。それが奥羽列藩同盟である。白河から北は、ほぼ全藩が加わった。そして新政府軍進軍と共に、戦闘へ突入する。

触れたが、この頃当の会津藩では、藩主の松平容保が養子喜徳《のぶのり》に家督を譲り、朝廷への恭順の意思を示していた。戦いを回避し、藩士、領民の平安を考えたのである。容保は二桁に上る嘆願書を京へ送るも、新政府軍は無視。時代の流れに遅れた奥羽の大名を力づくで鎮圧し、新しい時代を導こうと考えたのだ。戊辰の戦乱を、朝廷側が進んで求めた形である。

うちに、越後長岡藩が若手家老河井継之助のもと新政府軍と戦う姿勢を見せ、新発田《しばた》藩もこれに追随。柏崎、桑名飛び地の松平定敬が加わり、同盟はさらに広がる。のちには、奥羽越列藩同盟と改称され、その数三十一藩を数えた。恐るべき勢力である。こんな拡大を新政府軍は予想していなかった。

奥羽というと、新しい時代に乗り遅れた土地という印象があるが、中には旧幕府軍よりよほど新式の兵器を揃えている藩もあった。代表が庄内藩および長岡藩であった。

述べたように、当初新政府軍は奥羽鎮撫総督を通して、仙台藩、米沢藩に会津松平容保を攻めるよう命じた。同士討ちをさせようとしたわけである。従いかけた仙台藩も、のち翻意。藩内に駐屯していた新政府軍役人を誅殺するに至る。殺されたのが、幕末の物語にたびたび出てくる世良修藏である。もとは防州の庄屋の息子であった。奇兵隊に加わり、紆余曲折を経て新政府軍の下参謀となる。奥羽戦線の拡大と共に、福島へ到達しそこで逗留。

新政府に遠慮した福島藩側が世良を丁重に扱ったため、初志を忘れ傍若無人な振る舞いをした。毎晩酒と女を要求し、藩側が嫌な顔を見せると、露骨に脅しまくった。うちに、同じく下参謀の薩摩藩大山格之助に密書を送付する。文中に「奥羽は皆敵、武力をもって一斉制圧する」と書き記したのを盗み見され、翻意した仙台藩兵の襲撃を受ける。ピストルで応戦するも、宿屋の二階から逃亡を図って下半身打撲。取り押さえられ斬首される。同時に他の新政府側兵士も惨殺され、名目上の指導者であった九条総督、醍醐参謀は仙台城下に監禁された。

この事件がきっかけとなって、仙台藩は新政府軍と敵対し戦端を開くこととなる。心ならずもいくさを開始した同盟軍側は、急遽政策会議をもち、奥羽越公儀所なる機関を設立する。白石城で再び会議を開き、当面の政策を決定した。

大まかに言うと、一、白河以北に薩長軍を入れない。二、庄内、北越の薩長軍は長岡、米沢藩等が排除する。三、新潟港を列藩同盟の管理とする。四、薩長軍排除後、江戸へ侵攻し江戸城を押さえる。五、世論を喚起して諸外国を味方に付ける、等であった。

諸外国とは、プロシアおよびアメリカを想定していた。策としては隙のない内容である。さらに列藩同盟は、新しい天皇を擁立し京都朝廷に対抗しようとする動きもみせた。

同盟軍の強硬姿勢をつかんでいなかった新政府側は、世良暗殺後、奥羽越へ殺到する。その地にて戦闘意欲の増していた列藩側と対峙し、各地で戦闘が起きた。当初は列藩同盟側が優勢だった。

例えば、大山格之助指揮の薩摩を中心とした新政府軍は、思いもよらない新式兵器を揃えた庄内藩兵に大苦戦する。藩内へ突入ならず、蹴散らされる。

長岡も同様であった。いったん和平交渉するも決裂し戦闘開始。たちまち新政府軍は、噂に聞いていたガトリング銃の砲火を浴び、多大な損害を受けた。当時日本にガトリング銃は三門しかなく、うち二門を、何と長岡藩が入手していた。長岡の戦争を、桑名藩の戦いと併せて「北越戦線」とも呼ぶ。

五月中旬、苦労の末に新政府側が長岡城を奪うも、七月には河井継之助率いる藩兵側に奪還される。危機感をもった新政府軍は、一時的にここに兵力を集中、何とか長岡城を押さえた。この時、家老河井継之助は自らガトリング銃を操作し応戦するも、直後に膝に受けた弾丸がもとで破傷風を起こし、病死する。戦意を喪失した長岡藩兵は会津へ敗走した。

他の戦線でも、荒波のように押し寄せる新政府軍によって、徐々に奥羽勢力は押され気味になってくる。

鳥羽伏見の戦いの頃は、兵力の多いのは常に旧幕府軍側であった。時の流れに伴い、なし崩しに新政府側に有力大名が荷担し、形勢逆転する。江戸から奥羽へ転戦する時点では、大勢は新政府軍側に傾いていた。

奥羽でもこの動きはあった。久保田、新庄、本庄の三つの藩は、早々に朝廷に味方するを宣言した。新政府軍側に加わった三藩は、古来よりの習いで先陣を務め、逆に列藩同盟側の攻撃の的になった。この三藩を守るため新政府軍が加勢し、奥羽戦線はさらに混乱する。

新政府軍有利の戦いが進むうちに、列藩同盟内からさらに新政府軍側に寝返る藩も出てきた。例えば越後の新発田藩である。七月二十五日に新政府軍上陸を手引きし、北越の重要地新潟が西軍の手に落ちた。港を失ったのは、同盟軍側にとって非常に大きい。

それでも各地で激戦が続く。

白河城攻防戦は、血で血を洗う白熱戦となった。六月下旬、ついに列藩同盟側が敗走し、江戸攻撃が幻となる。その他、どの戦線でもすさまじい攻防があったものの、殺到襲来した新政府軍のために、徐々に力尽きていく。

夏も深まった七月二十三日、三春藩が降伏。二十八日には最北の松前藩でクーデターが起き、同時に降伏。二十九日には二本松城が落城した。次いで八月六日、相馬中村藩が降伏する。

日本海側では、述べたように新発田藩の寝返りで新政府軍が新潟に上陸。ここから支援物資が続々陸揚げされた。八月中は、米沢藩は下越を戦場にしていたが、遂に羽越の国境に追いやられた。

その米沢藩は九月四日、仙台藩は十二日と、盟主格の二藩が相次いで降伏。続いて十五日には福島藩と上山藩、十七日山形藩、十八日天童藩が降伏。十九日にはついに会津藩、二十日盛岡藩、二十三日庄内藩と、主だった藩が続々と新政府軍の軍門に下った。

ここにおいて奥羽越列藩同盟は完全に崩壊。将棋倒しのように諸藩が倒れた。

時代の流れというものだろうか。のちの歴史では会津藩の落城、とりわけ白虎隊の悲劇が取り上げられることが多いが、どの藩にも悲惨な落城秘話が存在している。

本著の主人公、松平定敬が蟄居していた新潟柏崎でも、すさまじい戦闘があった。述べたように、桑名から若い藩主を恭順させようと、大人の家老、吉村権左衛門が遠路来訪した。いったん藩意は恭順に傾くも、定敬の密命を受けた小姓二名が吉村を暗殺。その後、藩意が徹底抗戦一色に染まる。やがて迫り来る新政府軍を、鯨波《げいは》、北方にて激戦し、朝日山では見事に打ち破る。

朝日山の戦いで雷神隊を指揮した立見鑑三郎は、奇兵隊参謀時山直八を討ち取り、のち明治政府の首相および陸軍元帥となる山県狂介（有朋）に、何度も煮え湯を飲ませた。この攻防戦は、戊辰戦争最大の会戦と言われている。

ときに旧幕府軍側は連戦連敗であったが、ここでは見事に勝利し溜飲を下げる。朝日山は標高三百四十メートル余りの小山である。この地を桑名藩側に奪われた新政府軍は、奇兵隊と薩摩藩兵の精鋭を送り込んで奪回を目指した。

五月十三日早朝、霧に包まれた朝日山に新政府軍が攻撃を始める。守るは立見率いる桑名雷神隊、長岡藩槍隊、そして会津鎮将《ちんしょう》隊であった。対する時山の奇兵隊は、歴戦の勇者ばかり揃えた。たちまち会津隊を打ち破り、頂上付近にいた長岡隊に襲いかかった。いくさ経験のない長岡槍隊は浮き足立ち、銃を捨て槍を持って突撃しようとする。この時、立見鑑三郎が霧の中で叫んだ。

「今突入しては同士討ちの恐れあり。まずはお控えあれ」

続けて、さらに大声でこう言った。

「敵を大勢討ち取った。味方はすでに大勝利である。今一息防戦されたく…」

この声を聞いた敵は一瞬たじろいだ。そこをめがけて同盟側が一斉射撃をし、新政府軍が混乱する。次いで全軍突撃。奇兵隊は命からがら撤退し、桑名軍側の大勝利となった。

述べたように、参謀時山直八戦死。のちに山県有朋は、「戊辰戦争最大の敗戦」ときっぱり述べていた。その後も数倍する新政府軍の猛攻を何度もはね返し、桑名藩兵の勇猛さを日本中に轟かせた。

しかし、戊辰戦争全体からいうと局地的な勝利にすぎなかった。似たような抵抗はあったものの、多勢に無勢。触れたように、新発田藩の寝返りにより新潟港を押さえられる。出入り口を失った同盟側は、徐々に物資が不足し、二十九日には、桑名の盟友と認識していた長岡城再陥落。撤退路を確保できない心細さからか、列藩同盟の中核であった米沢藩が軍を突然引き上げる。ここで列藩同盟側は北越全面撤退を決意する。桑名は庄内、会津藩兵と共に殿《しんがり》を務めつつ転進し、八月十二日会津若松城へ入る。

入城した次の日、桑名藩幹部と松平定敬が久しぶりに再会した。定敬は先月十六日に一足早く若松城へ移動していた。過日と同じく、手を取り合ってお互いを慰労しあう。

この時、北越戦争での桑名藩士の戦死者四十四名。新政府軍や他藩と比べて信じられない少なさであった。常に新政府軍の正面にて戦いを続け、撤退時にはもっとも被害を受けやすい殿を務めながらのこの被害。

立見鑑三郎が「東洋一の兵法家」と称されたのもうなずける。戦後、立見は士族の反乱が続発したとき、請われて帝国陸軍の将校となる。通常では考えられない抜擢であった。力ある者、忠義に励む者は必ず報われるという証しか。

対し松平定敬は、会津若松に新政府軍が殺到する直前、兄容保と別れ、米沢へ向かった。日を置かず、会津は新政府軍に囲まれ、婦女子、少年まで刀を取って戦った。四方からの官軍の突入を防ぎ、容保自身も騎馬で陣頭指揮。しかし兵力の差は歴然であり、やがて力尽きる。

述べたように、降伏したのが九月十九日。二十二日正午、藩主松平容保は、裃《かみしも》を着けて単身官軍本陣へ出向き、降伏の調印をした。

立見鑑三郎率いる桑名藩兵は、この会津鶴ケ城攻防戦でも、新政府軍の会津突入を何度も防ぎ、またしても多大な戦果をあげた。会津藩降伏後は、大軍を支えきれず庄内地方へ撤退。ここでも奮闘するが、庄内藩が降伏した時点で存在場所を失う。

奥羽越戦線で大奮戦した桑名藩兵も、ついにここで降伏する。当初は全員打ち首を覚悟していた。しばらく当地にて謹慎生活を送ったのち、故郷桑名へ移送される。

一方会津を出た定敬は、米沢では冷淡に扱われた。米沢藩もこの時すでに恭順を決めていたのであった。その後、白石、福島と移動し、仙台から蝦夷行きを決める。これが十月十二日。塩釜から榎本艦隊旗艦開陽丸に乗り、北へ向かった。かつて幕府内で老中首座として大きな影響力をもった板倉勝静や、幕府内で最後まで徹底抗戦を叫んでいた、かの小笠原長行《ながみち》も同船していた。

十九日に蝦夷地到着、ここでしばらく平穏な日々を送る。この期間に、進んで英会話を習ったのは述べたとおりである。

時に定敬の元へ客人があった。桑名藩家老酒井孫八郎および生駒伝之丞であった。定敬は喜々として面談し、昔を懐かしんだ。酒井の来訪は恭順の勧めで、本国桑名へ連れ戻すのが目的であった。どういった気持ちで定敬は聞いたのか。またこの頃、定敬は榎本武揚や土方歳三らともたびたび懇談していたという。

春を待つ箱館は、一時の平和を楽しんでいた。しかし、決して手をこまねいていたわけではない。北方防衛を口実に、蝦夷地での共和国成立を朝廷に嘆願していた。拒否されると、今度は陸奥まで出向いて、宮古湾で甲鉄船乗っ取りを図る。結果から言えば、この海戦も悲惨な戦いとなる。

実はこの乗っ取り事件の四ヶ月前、旧幕府軍は旗艦である開陽丸を座礁沈没させていた。開陽丸は、前述したように徳川慶喜らが鳥羽伏見戦の最中、大坂湾から江戸へ出奔するのに使用した船である。船長は榎本武揚。オランダ製で、当時の最新技術の粋を尽くした最新船であった。各所で活躍するが、奥羽の戦闘が収まった時には、行く当てを失った土方歳三や大鳥敬介などを、蝦夷地まで運んでいる。

蝦夷では松前藩をその武力にて平定。その後も様々な活躍をするも、江差沖に停泊中、嵐に遭う。明治元年十一月十五日のことだった。岩礁から脱出を計ったが、五日後に土方らが見守る前で沈没した。

最新式クルップ砲など二十六門を備えた旧幕府軍希望の星は、海の藻屑《もくず》と消えた。

旧幕府軍側としては、来るべき官軍襲来時には、開陽丸を中心に海上で迎撃し、蝦夷地での戦争を優位に進めようと考えていた。それが根本から狂う。次に考えた奇策が、宮古湾での甲鉄船乗っ取りであった。計画としては秀逸。箱館政権側にいたフランスの軍事顧問が提案したものである。

明治二年三月、箱館政権側は、新政府軍の艦隊四隻と軍用船四隻が宮古湾に入港するという情報を得る。旗艦はフランス製最新鑑「甲鉄」であった。全船体を鋼鉄で覆われた、当時世界最強ともいえる軍艦である。これを切り込みによって乗っ取る。

実は榎本武揚は、この軍艦に未練があった。自身がアメリカと交渉し購入した船である。何とかこれを手に入れ、今後の戦争やあるいは外交交渉を有利に進めたい。

切り込み陸兵を乗せた旧幕府軍船三隻、回天、蟠竜、高雄は、外国旗を揚《あ》げ宮古湾へ向かう。三月下旬のことであった。密かに進撃する。

二十一日夜に停泊中、暴風雨に遭い船を繋ぐ綱が切れてしまう。三隻は離散し、何とか回天と高雄は合流できたものの、高雄は行方知れず。うちに新政府軍艦隊が、目前にいるという確実な情報が入った。そこで二隻だけで計画実行を決意する。これが二十四日深夜のこと。

一方、新政府軍側には油断があった。所属不明船の目撃情報が届いていたにもかかわらず無視。指揮官たちは上陸し警戒を怠っていた。そこへ二隻が近づく。ところが高雄のエンジンが故障し、湾内突入が遅れた。仕方なく回天のみが甲鉄に近づき、乗り移りを図る。新政府側は、アメリカ国旗の見慣れない船に安心しきっていた。国旗が日の丸に変わったとたん、唯一警戒の目を光らせていた薩摩船「春日」から空砲が撃たれ、初めて事態に気づく。

回天側も奇襲には成功したものの、船の両側に水車が飛び出した外輪船のため横付けができない。しかたなく船首を甲鉄に乗り上げ、突入を図った。この時回天の甲板《かんぱん》の方が三メートル高く、かつ狭い船首からでは一人ずつの乗り移りになった。切り込み隊は、順々に腰をかがめながら飛び降りる。そこへガトリング銃が撃たれる。

以前にガトリング銃は日本に三台しかないと述べた。うち二台は長岡藩にあったことも触れた。残り一台が、この甲鉄船上にあったのだ。乗り移った隊士は次々狙い撃ちされ、たちまち撤退、船も反転する。

回天と、途中に落ち合った蟠竜は何とか箱館まで逃げおおせるが、故障中の高雄は捕らえられる。計画は出色でも、結果は最悪だった。

この後、箱館政権側は震えて新政府軍の襲来を待つ。四月、春の到来と共に進撃を開始した新政府軍は、江差の北、乙部に上陸する。新選組および桑名藩兵の変わらぬ活躍はあったものの、五月十八日土方歳三の戦死をもって榎本武揚は降伏。戊辰戦争はここに終わりを告げた。

戦後、列藩同盟に加わった諸藩には、厳しい処分が言い渡された。仙台藩が六十二万石から二十八万石へ減封されたのを筆頭に、すべての藩が領地を取り上げられた。

藩主も謹慎、人身御供となった家老が処刑された藩も多かった。とりわけ会津藩は悲惨であった。領主容保は鳥取藩お預かり。明治二年に生まれた嫡男容大《かたひろ》をもって藩名存続が許されるも、二十三万石の会津領地をすべて取り上げられ、陸奥国の北の端に新たに作られた、斗南《となみ》藩三万石へ転封される。

藩士たちは少々の家財道具も持っただけで、北への道を進んだ。豊穣の地から陸奥の北端、穀物の育たない土地への移動であった。たどり着いた五千名近くの藩士とその家族たちは、地の果て、不毛の原野で語るに尽くせない生活を強いられる。三万石とは名ばかりで、実質は五千石もなかったという。見渡す限り背丈の低い森と、小石混じりの火山灰土が続く。年中霧が立ちこめ、日が差すことは稀であった。とりわけ夏の寒さは耐え難いものだった。

幕命により命を賭け、旧帝より信頼された王城の忠臣たちは、凄惨な道を伝いつつ、明治という新しい世を生きていくのであった。

## 松平定敬㈥　夜明けの国で

立見少将が率いる帝国陸軍が朝鮮へ上陸したらしいな。

皇国の発展は望ましいことだ。このまま清国を速やかに打ち破って、亜細亜に向け、どんどん発展してもらいたい。そうなるとオロシャが次の障害になる。日本の何十倍も領土がある国らしいが、何とか脅かして撤退してもらいたいものだ。戦っても勝つことは難しいだろう。

万が一にも彼の国と戦争になれば、また若い兵士の血が流れる。わたしは多くの死を見てきた。幾度も数えたが、桑名藩士だけで百名以上も亡くしてる。いや、戊辰の役の折にだ。この数が少ないという人もいた。意味もわかる。しかし、百人を越える命が現に失われた。できる限り鎮魂をしたい。してみると、今こうして日光東照宮で宮司を務めていることが、自分の救いとなっているかもしれない。

わたしの人生もそろそろ終着が見えてきた。あの世とやらに行ける日も近い。行けば我が桑名の忠臣たちと出会えるだろう。話したいことが山のようにあるが、まずは礼を述べなければならない。詫びを入れる必要もある。自分のような藩主のために、命を落とすこととなった者たち。家老もいた。小姓たちも死んだ。その他多くの勇者が命を落とした。未来ある若者が、わたしの拘《こだわ》りにより、未来を絶ち切られた。

新政府軍と対峙したことがよかったのか悪かったのか、自分では評価できない。遙かのち、世に言う歴史家たちがやかましく述べることだろう。そこで何と言われるか、それこそわからない。だが、近頃《とみ》に感じるのは、世の流れの中で人の営みがいかに小さいかということだ。間違いなく我々は小虫だ。小虫が七十年生きたとか、あるいは十五年しか生きられないとか、ほとんど関係ない。何年生きたかではなく、生きているうちに何をしたかだ。それも、自分のためでなく、人のため世のために何をしたかだ。そのことによって人は評価される。いや、聞いた風な話になったな。

自分はこの年まで生きた。もうすぐ五十歳。あの忠臣たちは若くして死んだ。彼らの方が、人に誇れる人生を送った。そのことだけは間違いなく言える。

徳川十五代将軍慶喜様もお元気だという。以後一度もお会いしていないが、もしお会いできたら、「なぜあなたは生きているのですか」と問いかけてやりたい気持ちだ。いや、それはわたし自身に言うべき言葉であろう。

繰り返すが、多くの藩士たちを亡くした。中にはわたしが命じて殺した者もいる。柏崎でのことだった。当時は致し方ないと思っていた。だが本当にそうだったのだろうか。他に方法はあったはずだ。

森弥一左衛門、今は陳明《つらあき》と言った方がわかりが早いか、彼も申し訳ないことをした。すべての責任を取って切腹。明治二年の八月だったと記憶している。森は常に自分の側にいて、影になり日向になり支えてくれた。最後は桑名藩についての責任を一人で受け、江戸にて見事な最後を遂げた。遠い越後や奥羽で亡くなった若者もたくさんいた。自分の一途な思いを受け止め、身を捧げてくれた愛国の志士たち。改めて思う。戊辰の役の頃は、あちこち転戦した。後から自分で考えても混乱してくる。感情に任せて行動した。理屈は後からつけたものだ。深くは何も考えていなかった。

江戸から越後柏崎へ移ったところまで話したかな。彼の地にて、桑名藩兵は新政府軍相手に奮戦した。会津城守備戦線でも、ただ一カ所官軍を苦しめた。だがその間、我が藩士たちは徐々に減っていったのだ。櫛の歯が欠けるようにと言うが、まさしくそれだ。親愛なる藩士が、血を流し死んでいくのを見るのは辛いものだ。

それでも自分は念じていた。世の大勢が雪崩をうって大樹の元へなびき、新しい時代での延命を図っていた。我が思いはただひとつ。

（決して薩長の軍門には降らず。）

薩長こそ逆賊。自分と、そして兄君松平容保公率いる会津藩こそ皇国を支える忠臣。

連携を取りつつ、理不尽な新政府軍とやらに一泡吹かせてやる。その思いだけが自分を支えていた。ために、桑名藩士たちを多く失ってしまった。中には、自分が命じて命を奪った者もいる。述べたように、恭順を説きに来た家老の吉村権左衛門を手に掛けた。その時は「獅子身中の虫」などと思っていたが、彼こそが本当の忠臣だったかもしれない。吉村家老本人はもちろんだが、我が密命によって暗殺実行した二人にも、大変な思いをさせた。

今は元気で活躍してくれていることだけが、わたしの救いだ。いや誰とは言わぬぞ。わしからは口が裂けても言えぬ。あの世まで持参していくつもりだ。その顔はある程度知っておるな。まあこれ以上は言わないでおこう。

戻るが、恭順するつもりで行った柏崎での波乱。心が痛んだが、関係した二人が逐電した入れ替わりに、密書を受け取った者どもが柏崎へ到着した。そうだよ、江戸から自分とは別の道を歩んだ藩士たちだ。例の宇都宮城攻略では先鋒として奮闘した者ども。

名前か、もちろん言える。言えなければ藩主として失格だ。町田老之丞、馬場三九郎、松浦秀八、大平九左衛門、河井徳三郎、そして立見鑑三郎だ。たしか四月九日だった。到着の汗を流す間もなく、宴をもった。聞きたい話が山ほどあった。それから三日程のうちに、他の藩士たちも次々柏崎へ集結してきた。宿へ入るも待てず、わたしは全員と目処った。その数三百六十名。慣例など無視だ。何という可愛い奴らだろうと心の底から思った。百万の味方を得た気持ちだった。

その後か。これも聞いていると思うが、改めて「入れ札」によって新しい軍制を決めた。時に作られたのが、「雷神隊」、「致人隊《ちじん》」、「神風隊《じんぷう》」、そして大砲の「大驚隊《だいきょう》」の四つだ。北越の戦いから会津転戦、一部は庄内にて、またあるいは蝦夷にて大活躍する。悲惨だった鶴ケ城攻防においても、桑名隊のみが新政府軍に一泡も二泡も吹かせた。

数倍する敵を常に撃破し、北越戦争幕軍強者番付において、「第一桑名、二に佐川（会津）、三に衝鋒隊」と言わせるほど活躍した。だが多勢に無勢、やがて徐々に負けいくさに至る。

わたしも敗走の途中で、米沢にも立ち寄った。八月末と記憶している。米沢上杉家は奥羽で共に戦線を組んだ仲間だが、面談を申し込むも藩主茂憲《もちのり》公は病気と称してお会いすることかなわず。けんもほろろで宛《あて》がわれた宿舎は、城とほとんど離れた場所だ。米沢藩はすでにこの時、降伏の決意を固めていたのだ。だから自分は邪魔者だ。

感じ取ったわたしは、早々に藩外へ出るを決心するも、その時あることを思い出した。我が姉君於幸《おさち》殿が、上杉茂憲公に嫁いでいると風の便りに聞いていた。瞼の姉様はどこにおわすのか。そのことだけは聞いてみたかった。もし叶うことなら、一瞬でもお顔を見てみたい。よって尋ねた。

しかし返答は、同じく「御病気中」であった。すでに恭順の使者も決定している段階での招かれざる客は、ただただ冷淡に扱われたのだ。致し方ない。これも時の流れとあきらめ、早々に城を辞しそのまま城下を離れた。八月二十八日だったと思う。秋風吹く夕暮れの奥州路を、我ら十数名は福島へ向かった。

峠の坂道を登るにつれ、背後に米沢城が見え隠れする。とんぼがむやみに飛んでいた。

馬上の肩にぶつかってくるのもいる。手で避けながら、不覚にも目から大粒の涙がこぼれ落ちた。ここ数ヶ月、自分は何度も涙を流した。多くはもらい泣きだった。家臣たちが泣いているのを見て、自然に涙がにじんだのだ。だがその時は違った。止めどもなく涙があふれ出て、幾度もしゃくり上げた。涙が鞍にぽたぽたと落ちた。

いやそうではない。米沢藩主から邪険に扱われたからではない。かといって、姉上様に会えなくて悲しいわけでもない。なぜかはよくわからないまま、わたしは嗚咽していた。あんなに泣いたのはあとにも先にも最後だったろう。いつも自分は天涯孤独だった。今は忠臣たちに囲まれているが、その寂しさは体に染み込んでいる。だから泣いたわけでもない。よくわからないまま、ただ涙がこぼれ出て手綱がぐっしょり濡れた。体中の水が全部絞り出るのではないかと思うくらい、わたしは泣き続けた。

家臣たちは、誰もが見て見ぬふりをしてくれた。真っ直ぐ前を見て、一人として顔を上げようとはしない。皆、よい人間ばかりだ。

おかしな話だが、わたしは泣きながら心に決めた。これ以後は、人前で泣くのは金輪際止めよう。藩主として、それが正しい有り様だ。人の上に立つ者が、家臣に同情されていてはいけない。これまで家臣に気を遣わせてばかりだった。やんちゃで癇癪持ちの自分のために、周りが配慮する。わたしは未熟ながらも、人を指導する立場の人間だ。皆の涙をぬぐう側の大人になろう、そう秘かに誓った。

米沢藩の降伏は九月四日とのちに聞いた。会津藩の降伏は二十二日。わたしが米沢を後にした頃が、会津若松城の一番の激戦の時分だった。会津でも桑名藩士だけが、新政府軍と互角以上の戦いをしたという。先ほど述べたな。

言いかけて何だが、このあたりの事情については、わたしの口から言うのははばかりたい。例えば、負けいくさの中でいくらわが藩兵だけが手柄を挙げても、それは意味はない。勝った相手も、今上陛下の軍隊だ。武勇伝を述べれば不敬にあたる。

はばかりたいと言ったばかりだが、一言だけ付け加えさせてもらうなら、我が藩兵は心意気が違ったのだ。それぞれの意地というものを目の前の敵にぶつけた。だから強い。そう言い切るのは、藩主としての自己満足か。我らはもとは帝の忠臣だった。歴史の流れとはいえ、いつの間にか桑名藩が逆臣となった。あの、身も心も尊皇に尽くした新選組も大悪人となった。これが世の流れというものか。

いや、嘆くのはよそう。誓ったのだ。志半ばに倒れた若き忠臣たちの分まで、自分は生き抜く。そして、のちの世に、今は亡き桑名藩の正義を伝えよう。そう思った。だが実際は、言ったようにわたしはほとんど口をつぐんだ。その代わりに霊を慰める日々を送っている。それが今のわたしの仕事となった。

ところで、どうだった。君もあちこちで話を聞いたらしいが、自分のように恨みがましい言葉を連ねた者はいたか。

いや、いないと思う。新しい明治の世で、それぞれ自分の命を尊び、自身の生き方に誇りをもち、毎日を暮らしているはずだ。明日にも清国との戦いの火蓋が切って落とされるという。立見少将もますます活躍することだろう。高木貞作も、実に見事に銀行を切り盛りしている。彼が作った学校は、ますます発展するだろう。山脇も実業家として成功を収めている。

思い残すことはない。あるとすれば、自分が長く生きすぎたということだけだ。くどくなったな。そうだよ、長く生きすぎた。

話を戻さなければならない。その後だ。米沢を出て辿り着いた塩釜から、例の開陽丸に乗船し箱館へ移動。家老沢采女や幕府老中の小笠原長行や板倉勝静も一緒だった。時に庄内藩降伏の際、立見たちも恭順して幽閉されていると聞いた。一度でも会って詫びを入れたい。そうした気持ちも涌いてきた。

やがて着いた箱館では、半年ほどは申し訳ないほどのんびりした。

途中、驚いたことに桑名藩家老の酒井孫三郎がわざわざ蝦夷地までやってきた。明治元年も押し詰まってからだと思う。もちろんわたしを連れ戻すためだ。初めは聞く耳をもたなかったが、各所からの勧めもあって、とうとう居心地のよかった箱館を離れることとした。それが年を越した四月七日。

その後が箱館攻防戦だ。あの明治二年の箱館政権崩壊の時に、自分も死ぬべきだった。死ねずに乗ったのはメリケン船。同行したのは、説得に来た酒井孫八郎、松岡孫三郎、後藤多藏らだ。

船はどんどん南へ向かう。わたしは江戸が近づくに連れ、暗い気持ちになった。あっという間に横浜へ着くも、ここはさすがに自分の居場所ではない。そのままわたしだけが船に乗って、かの清国まで行った。もう捨て鉢だった。何もかもから逃げ出したかった。その時わたしはどんどん弱気になっていた。

君は外国へ行ったことがあるか。

そうか、ないか。新聞記者ならこれから機会に出会うかもしれないが、実はわたしは、異国の地に興味もあったのだ。

そうだ。西洋の侵略がどのように進んでいるかこの目で確かめたかった。言い訳であり笑い話だが、別に確かめたいこともあった。聞いたと思うが、蝦夷地にて英語を学んだ。「めざましい上達です」とメリケン人からたびたび褒められた。その英語が本当に通じるかどうか試してみたい気持ちもあったのだ。つまらない理由だが、その時は真剣だった。

そして噂の清国上海へ上陸。二、三日は何も考えず楽しい日々を過ごした。うちに、いつまでもここにいてはいけないと思うようになった。理由か？

二十数年前だ。清国はひどかった。租界《そかい》というところがあって、中国領地内のはずなのに欧米それぞれの国の領土だ。そこだけが繁盛していて、中で働く中国人は生活できた。欧米人のおこぼれをもらって、羽振りのよい生活をしている。そいつらが、西洋人の威を借りて威張りくさっていた。同じ中国人を見下している。租界から一歩外へ、つまり清国の領地へ出たら地獄だ。歩くと、物乞いがアリのように群がってくる。「お前たち働け」と思ったが、働く口がないと聞いた。次の日も街を歩いた。そこで忘れられない光景を見た。エゲレスの若い女性が、馬車の中から食べ物を投げるのだ。

いや違う。もっと若い。十二、三くらいの小娘と思う。その女が放り投げた菓子を、清国の子供たちが懸命に拾うのだ。互いに突き飛ばしながら奪い合う。うちに大人も出てきて、子供を殴りつけて横取りする。泣き叫ぶ子たち。食べ物にありついてほくそ笑む中国人。もっと笑っていたのは、人々が食べ物を奪い合う姿を見ている馬車の中の少女だった。明らかに虫けらを見る目だった。

これではいけない。これが数年後の日本か。いつか我が祖国もこんな風になってしまうのか。そう考えると、激動の日本へ戻らなくてはならないと実感した。

そうだ、自分は逃げた。もしかしたら打ち首か切腹。でなくても座敷牢に入れられ苦しい生活を何年も送るかもしれない日本。そこから逃げた。しかし我が忠臣たちは、日本に留まって裁きを受けようとしている。考えたら、いてもたってもいられなくなった。同じコステリカ号に乗り込み、横浜へ着いた。五月中旬だったと思う。着いてすぐに、兄君徳川慶勝様のいる市ヶ谷尾張藩邸に入り、身を任せた。ここで、蝦夷地を官軍が平定したという知らせが聞こえてきた。つまり戊辰の役が終わったのだ。

しばらく謹慎したのち、取り調べを受ける。

数日経って、津藩藤堂家へ移りそこで幽閉された。藤堂家は、鳥羽伏見の戦い最中に、官軍側に寝返った藩だ。ここだけは嫌だという気持ちもあったが、好き嫌いは言っていられない。そんなことをいえば尾張藩も同じだ。仕方なく従った。

流れ着いた津藩邸は、恐ろしいくらい油蝉が鳴き叫んでいた。雑木が生い茂っていたせいもあろうが、とにかく聞いていて気が狂いそうだった。わたしはひたすら耐えた。

というのも、その数ヶ月内に幾つかの動きがあったからだ。取りつぶしを覚悟していた桑名藩が、弟の万之助を当主として、六万石にて存続が決定。八月一日のことだった。ありがたい。藩士たちが路頭に迷うことがなくなる。

十一月、箱館にて降伏した我が忠臣が、謹慎中の霊巌寺へやってきた。二十一名がわたしの前に並んだ。目が合うと彼らの目に涙があふれ出た。言葉はほとんどなかったと思う。部屋の中に嗚咽《おえつ》が響き渡り、しばらくして自分がこう言ったと思う。

「お前たちには、誠に申し訳ないことをした。家名を汚してしまった」

本心だった。また嗚咽が広がった。蝦夷地にて最後まで苦労を重ねた者には、特に尽くす。それが残りの人生で自分のすべきことと、そう実感した。ところが二日後、さらに申し訳ないことが起こった。

先ほど述べたな。十一月十三日、森弥一左衛門が、桑名藩抗戦派の全責任を取って切腹したのだ。森は、自分が京都所司代に就任して以来、筆頭公用人として支えてくれた男だ。江戸にていったん別れ別れになるも、米沢追放ののち福島で再会。たどり着いた箱館では、森常吉と変名を使って新選組に入り、組長を務めていた。わたしが箱館を出たあとも、弁天台場を本営として迫り来る新政府軍と戦った。その彼が、桑名藩主戦派の中心として全責任を一人で被り、命を絶ったのだ。

文政九（一八二六）年生まれで、わたしより二十歳も年上だった。沈着冷静、常に周りを気遣って行動でき、他藩との外交折衝に活躍した。藩主としての言動を諫《いさ》められたことも幾度となくあった。その森が、深川桑名藩邸にて切腹。介錯人はいなかったという。

苦しかったことだろう。京以後の混乱は、すべて自分の不徳の致すところと書き置きしてだ。そんなことはない。指示を出したのは藩主である自分の責任だ。わかっていて、一人芝居をしたのだ。返す返すも申し訳ないことをした。やんちゃな自分が徹底抗戦を貫き、多くの血を流す元を作った。それに従った公用人が切腹。いたたまれない気持ちだった。

もっともこうした差配はあちこちの藩でもあったと聞いた。藩主が罪一等を減じて謹慎、代わって「本当の首謀者」である家老あたりが切腹。決して自分を弁護するつもりはないが、それで一応の決着を見るのが、家臣の大事な勤めの一つであった。筋書きはわかっているとはいえ、胸が苦しくなった。

こののちも、蟄居先の霊巌寺にて写経の日々が続いた。蟄居といっても、わたしは食う物に不自由せず、暖かい布団でぬくぬくと眠っている。謹慎中の藩士は黴くさい土の上で、百足《むかで》や守宮《やもり》と共に過ごしていることだろう。うちに、自分が何か彼らにできることはないかと考えた。いつ死んでもいいと思っていたのが、気が変わった。彼らのために、できる限りのことをしてから命を終えよう。

謹慎が解けたのが、明治も四年になってからだ。三月、江戸から東京へと名前を変えた町から、故郷へ、つまり弟万之助改め松平定教《さだのり》が藩主の桑名藩へ身柄を引き渡された。

七年ぶりの桑名は、何も変わっていなかった。城はともかく、城下が無事であったのは心が安らいだ。ここでもしばらく謹慎。そして明治五年正月、晴れて自由の身となった。改めてこの年二月、十三年の年月を経て、許嫁の初と正式に婚姻したのだ。わたしが二十七で、初は十六歳。

実は桑名へ着いた端に、初とは目処っていた。あのきかん気でお転婆で、自分の膝の上で暴れまくっていたじゃじゃ馬が、「女」になっていた。蝦夷地ではともかく、謹慎中はわたしは女気を避けていた。だからというわけではないが、初子の成長には本当に驚いた。初の母、貞様も、自分に対するとげとげしさが消えて、温かいまなざしが見られた。貞様はその後も桑名で過ごされた。わたしたちはよい茶飲み友達になった。

結婚は、少しだけ気恥ずかしい気もしたが、楽しい出来事だった。閨《ねや》を初めて共にしたときは不思議な気持ちだった。こんな話は聞きたくないか。十一月には欧州へ旅行へも出かけた。そう、新婚旅行というやつだ。自分も初も、目に新しく耳に新鮮な旅行だった。驚いたのは、わたしの英語がよく通じたことだった。初も目を丸くしていた。うれしかった。

帰国後は、また鎮魂の日々を過ごした。もっとも英語の勉強だけは、メリケン人について地道に続けた。戻るが、明治四年にはご存じ廃藩置県があった。武力にて藩が廃止され、桑名藩も桑名県になった。桑名だけではない、日本中がだ。御一新の時、保身を図って新政府側に付いた藩も同じだ。朝敵になった藩と寝返った藩と、寿命はほとんど変わらなかったということだ。

　その二年後には、政府から禄高交付が廃止されて、日本中の武士が路頭に迷った。隠居届けを出した旗本八万旗も無用人となる。もちろん我が藩士たちもだ。何とか下級役人や警察、教員や軍人などに就職させてやりたかった。だが、この時になって「朝敵」の名が重くのしかかる。いわれなき差別を受け、肩身の狭い思いをした藩士たちも多かった。その日の暮らしに困る者もたくさん出た。残念だった。自分もできる限りの援助をしたつもりだ。

　時は進む。しっかり聞いているな。よし。

　明治も七年になり、激戦を結んだ新潟柏崎に赴《おもむ》いて、桑名藩士戊辰殉難《じゅんなん》七回忌法要をした。次の年の八月には、今度は出羽の国、寒河江に行き、当地で戦死した藩士十八名の鎮魂碑を建立した。

　明治十（一八七七）年に西南戦争が起きた。それまで不平士族はあちこちで反乱を起こしていたが、最後にして最大の反乱が、こともあろうか薩摩で起きた。朝旨《ちょうし》が出て、わたしは戦争参加のための藩士を募集した。すぐに三百五十名集まり、のちには四百名を越えるに至った。ほとんどが生活に困っていた旧藩士だ。

　立見鑑三郎も加わっていた。彼はとりわけ指揮能力を評価され、陸軍から強く請われて、桑名藩兵を含む一個大隊を率い大活躍した。いくさの様子を見ていたが、本当に見事だった。「東洋一の用兵家」の称号は伊達ではない、そう確信した。

　我々は小松宮親王率いる新選旅団に属し、鹿児島総攻撃の折には岩崎谷での戦いで西郷軍を完膚《かんぷ》無きまでに打ち破った。西南の役の分岐点となる勝利を上げた。思えば、この薩摩とのいくさは、積年の怨みを晴らす思いだった。正々堂々、憎っくき薩摩兵を討ち殺すことができる。まさしく溜飲が下がった。

わたしか。わたしも戦線に加わった。陣頭指揮は立見少佐に任せたが、結構砲弾の飛び交うあたりにいた。脇を銃弾がかすめたことも何度かあったものの、不思議と怖くなかった。この頃、やっと自分の腰も据わったと感じていた。

時に、懐かしい新選組隊士の顔も結構見られた。藤田五郎と名乗っていたけれども、顔を見てすぐわかった。王城で契りを結んだ斉藤一が、元気に参戦していた。彼も心の奥底に、薩摩憎しの思いが積み重なっていたのだろう。晴れて薩摩人を斬り刻む機会を得たことを、はっきり喜んでいた。そうだよ。我々は燃えていた。なんとなく新政府に不満をもっていた薩摩藩士たちとは、兵器はもちろん、気力に大きな差があった。こちらはかねてからの恨み、そして名誉挽回の強い思いが渦巻いていた。

立見は戦功によって勲五等ならびに金百円を賜った。そして戦後中佐に昇格、近衛歩兵第一連隊長に就任した。まあ西南の役のことは、これくらいにしておこう。若者が死ぬ話は、やはりよくない。

平定後だ。わたしは朝廷より従三位、正五位の位を受けた。陽の当たる道を歩けるようになったと感じた。そうなるとますます気になるのが、亡き忠臣たちのことだ。県知事に収まっていた定教と相談し、森陳明《つらあき》つまり森弥一左衛門の鎮魂碑を桑名十念寺と、東京品川霊厳寺に建立したのが明治十四年。十七年には新潟柏崎勝願寺にて十七回忌を行い、「桑名藩士戦没墓」を建てた。

明治も二十年になって、桑名城址に忠魂碑をやっと建立することができた。元禄の昔に焼け落ちて石垣だけになっていた天守閣跡に、青銅製の剣型「戊辰殉難招魂碑」を造り上げた。頼み込んで撰文させてもらった。我ながら名文だ。徳川家への忠節を貫いた桑名臣民と、薩長政権の有り様に対する思いを述べさせてもらった。訴追を受けるのではないかとも思ったが、何もなかった。まあ無知蒙昧な政府の奴らは、漢文を理解することもできなかったのだろう。これでよし。

思えば長い日々だった。二年後の明治二十二年には聖勅が出され、わたしを含む桑名藩士たちが大赦となった。ここで、念願だった森陳明の「清忠苦節」碑を、桑名城跡に建てることができた。何とか万分の一くらいは、彼らの恩に報いることができたかもしれない。

その間も、我が桑名は発展していた。地の利を生かして工業が大いに栄えた。富国強兵の軍需産業活性化に便乗して、三の丸跡に大工場も作られた。これもうれしい出来事だった。何より、そこで働く人々が潤う。仕事がなくて路頭に迷うことが、自分の一番の心配の種だったからな。逆に言えば、立見や高木貞作のように、皇国の中心で活躍している人間を見ると、本当に喜ばしく思う。

もうほとんど話すことはないかな。いよいよ面談も終わりか。

おお、君の方から聞きたいことがあるのか。何でも聞いてくれ。

林盛之輔？　誰かな、それは。

東京神田の元町医者。知らぬ。何の関わりがあって、わたしにその者のことを聞く。

孝明天皇の御典医。あの頃、御所に出入りしていた医者は多い。おそらく十五名はいただろう。名前は誰も知らぬ。それが、いやその男がどうした。

何っ、今上《きんじょう》陛下はなぜお写真がお嫌いなのだと。そのことは聞いておるが、何が言わせたいのだ。君はもしかしたら、その林とやらに、何か吹き込まれたのか。とんでもない話か。

何を。睦仁親王と天皇陛下は同じ人かと？　わたしも、そうしたくだらない噂を耳にしたことはある。だが、どれも酔っぱらいの酒欲しさの話だ。間違っても国体を揺るがすような出来事があるはずがない。

よいか、わたしは、孝明天皇の御次男睦仁親王様、つまり今上陛下には、御即位前に何度かお会いしたことがある。ただ、京都にて小御所でのお並びの中に、睦仁親王様がいたかどうかはわからぬ。何せ、孝明天皇の御前では平身低頭だった。いつかも言ったように、帝から数度お声をかけていただいた。よく覚えておる。ばかりに気を取られて、両側に居並ぶ皇室関係、官位の高い公家連中へ目がいくことはほとんどなかった。致し方ない。

しかしこの方が次なる帝だ、と認識したことはある。御崩御直後だ。混乱の御所内で、枕元におみえだった。お顔はくっきり覚えている。間違いない。孝明帝によく似てみえて、お優しそうなお方だった。

その青年と今上陛下は、もちろん同じ方である。違うはずがない。万世一系の天皇様が、畏れ多くも皇国を統治してみえる。我ら臣民は、陛下のもとでこうして毎日がんばって生活している。お顔が違うはずがなかろう。

だが、陛下におかれては、写真がお嫌いという。それは承知している。いつか陸軍大演習の折に盗み撮りということをした不埒《ふらち》な写真家がいたが、即座に捕えられて投獄だ。以後の消息は知らない。だからというわけではないが、お写真が嫌いな理由は知らない。

よいか。わたしは、明治の御代にて天皇様にお仕えする身である。両方のお顔をよく存じ上げている自分は、同じお顔だとしか言いようがない。よって以後の話は続かない。くだらないことに時間を使わないでほしい。

皇女和宮様？

十四代将軍、家茂様の正室だったお方か。それがどうした。

江戸へ東下した方は本物だったのかというのか。何を聞く。それこそ何が言わせたい。それについても不穏な噂はいろいろあった。正直わたしも耳にした。だが知らない。

わたしが以前に、ほのめかしたことがある。そのことについてか。知らぬ。覚えがない。万が一に言ったとしてもわたしは時に、根も葉もない戯れ言を口にする癖がある。

御所御花御殿の開かずの間？　それも知らない。そこに和宮様がずっとおいでだったというのか。もしそうでも、今となってはどうでもよい。江戸に行ったのが万が一替え玉でも、本物は御遷宮の影でひっそり亡くなったとか、明治も二十七年を数える今となっては、どうでもよいではないか。面白いところを突いてきたが、わからぬものはわからぬ。ということで済ましてもらいたい。よいか。

あの頃の宮中は不思議なことが多かった。それもこれも、急に政治の表舞台に担ぎ出されて戸惑ってばかりだったのだろう。一部致し方ない。それに、妙に入れ知恵する輩もたくさんいた。岩倉具視公か。彼《か》の方については、それこそ言及を避けたい。

他にもいろいろいた。いや宮中だけではない。外人の知恵袋もいた。エゲレス公使のパークスは、煮ても焼いても食えない奴だった。

おや、今度は孝明天皇の亡くなられた訳か。それも誰かに吹き込まれたか。

最前の話に答えなかった詫びではないが、一つ喉につかえている思いを吐き出してやろう。わたしは、藩主という肩書きをなくしてからの方が、ひょっとしたら多くの友達を得たかもしれない。それこそ老若男女、様々な友ができた。身分もいろいろだ。異人の知り合いもたくさんできた。異人と交流していると、面白い話がたくさん聞けた。他の日本人では絶対聞けないことも数多く聞いた。

理由のひとつは、わたしが英語が理解できたことを、初対面の異人たちが知らなかったことにもあった。日本人は誰もが英語を話せないと思いこんでいたから、我々の前で平気で秘密を口にする。おかげで自分は多くの怪奇な情報を得ることができた。もっとも、「この黄色い小猿どもが…」とか、「頭でっかちの馬鹿が…」など、聞きたくもない英語も耳に入ったが、まあ致し方ない。しかし、気心の知れた友達もたくさんできた。

その異人の中に、クララ・ホイットニーというう若き女性がいた。メリケンの可愛い女の子だった。歳か。そうだな、わたしが初めて会ったのが明治七年。その時十四、五歳だと思う。好奇心旺盛な女の子で、のちに見た西洋人形のように可憐だった。目の中に入れても痛くないとか巷で言うらしいが、まさしくそれだ。

日本に来た理由か。それは山脇の仲介だ。述べたように、高木と山脇は、さる事件以後桑名には戻らず、メリケンに行っていた。異国で何をしていたか、よく知らなかった。揃って戻ってきたのが、明治も八年になってのこと。聞けば山脇はニューヨークという街で、商売の勉強をしていたらしい。

帰国後、学んだ勉強を広めるための学校を作った。今の商法講習所だ。講師に、ニューヨークで実際に彼らが学んでいたホイットニー先生を、一足先に一家ごと連れてきた。簡単に言うと、ホイットニー家は日本に家族ぐるみで学問を教えに来たわけだ。その可愛い娘がクララ。わたしたちはすぐに仲良くなった。

兄もいた。妹も、優しい母もいた。しかしわたしは、とりわけクララと相性が合った。妻の初も同様だったようだ。行ったり来たり何度かして、どんどんうち解けた。うちに、大人の外国人からは絶対に聞けないことを、幾つかクララから聞いた。それは、耳を疑うことばかりだった。

その前に、クララはその後どうなったか聞きたくないか。そうだよ、日本がたいそう気に入って、日本人の夫と結ばれた。勝海舟の三男、梅太郎と結婚したのだ。国際結婚というのか、当時としては珍しかった。六人も子供を得たという。一男五女だ。ところが、先日子供を連れてメリケンに帰ってしまったと聞いた。十年以上も日本に滞在し、「日本のすべてが好き」と常々口にしていた。何があったか知らないが、残念だった。それぞれ事情があろうが、仕方ない。

さて肝心の話の中身だ。

もう少し、こちらへ寄れ。もったいぶり過ぎか。はっは。何だかまた楽しくなってきた。よいか、クララは外人だ。当たり前だ。彼女は駐日の異人たちとも日常的に交流している。これも当たり前だ。うちに、日本人が絶対に知らないような話を耳にすることがたびたびあったらしい。子供だということで気を許したのか、彼らも、かなりきわどいことを平気で口走ったらしい。クララの耳に自然と入る。それを、少女らしい天真爛漫さで、今度は気を許した日本人、つまりわたしのことだ。この松平定敬の前で話すことがあった。そしてわかった。

信用できない？

子供のおとぎ話というか。

かもしれない。だが、本当なら大変なことになる事実をいくつか聞いた。そのうちのひとつ。

ある時、クララが故郷の話を懸命に話してくれた。わたしはいつものように興味津々で聞いていた。もちろん英語だ。言うに、メリケンは今は白人が住む国である。ところが白人がメリケンに行ったのはわずか三百数十年前だという。それまではメリケンは、インディアンという土人が住んでいたそうだ。我々日本人と肌の色は同じらしい。白人たちがメリケンへ初めて行ったときには、何千万人もいた。それが今ほぼ絶滅という。白人が銃で撃ち殺した数もかなりだったらしいが、それだけで何千万人も殺せない。

わたしは相づちを打ちながら、「どのように減らしたのかな」と尋ねた。するとクララが目を輝かせて語ったのが、「疱瘡の流行」という方法だ。病気に弱いインディアンたちは、この未知の伝染病でほぼ全滅。一つの部落が、大流行と共に壊滅した。まるで毒殺したように。

わたしは、疱瘡の伝播と聞いてある興味が涌いた。よって、「どうやって流行《はや》らせたか」と重ねて聞いた。答えはこうだ。

「毛布を使って伝染させたそうよ」

毛布。今、裕福な家で使い出した、あの羊の毛でできたやつだ。

クララは続けて言う。重い疱瘡に罹った病人が使っていた毛布を、親切に分けてやる。寒いときに渡す。暖かい毛布を土人たちは喜んで使う。中に、疱瘡の目に見えない菌がいっぱい詰まっていて、免疫力のないインディアンたちはひとたまりもない。必死に看病する者にも移る。あっという間にその一部族が壊滅。わざわざ殺す手間がはぶける。

わたしはふむ、と聞き入っていた。ところがそのあたりまでで、クララの父親ホイットニーと、もう一人名を知らぬ大人が突然割り込んできた。そして普段は優しいはずの父親が、クララの手を厳しく引っ張り、連れ去ってしまった。これには驚いた。そして、ホイットニー氏がこちらを向いて、妙に微笑みながらこう述べた。

「子供の空想話に付き合っていただき、ありがとうございます。この子は想像力が豊かで、ときどき聞くに値しない夢物語を話します」となる。しかしその父親たちの慌てようと話の中身に、わたしの胸にある疑念が涌いていた。

君は覚えているか、孝明天皇の御崩御を。わたしも何度も思った。孝明帝がまだあと少なくとも五年ご存命なら、御一新はもっと違う形になったろう。崩御について、だれもが暗殺を疑った。それくらいお亡くなりになったあと世の中は、劇的に変わった。

そうだよ、疱瘡には違いない。お隠れになった理由は今で言う天然痘。話はそこからだ。少し見えてきたか。

わたしはクララにこの話を聞いたあと、他の懇意にしている異人にも、半ば無理矢理話を聞き込んだ。いわゆる「かま」を掛けたりもした。うち一人が重い口を開いたところでは、クララが言った「暗殺計画」を、エゲレスやメリケンの奴らはあちこちで使ったという。そう、メリケンの土人たち以外にもだ。新しく渡った国で、消えてもらいたい人物に毛布を送る。送る側の白人たちは、例の種痘を打っているから免疫ができている。目当ての狙った人物は「病気」でお亡くなりになる。

この話、どんな感想だ。妙に納得顔だな。いや黙ってしまったのか。君の質問と話の中身が変わってしまったが、これはこれで興味が絶えないであろう。自分はこの話を、墓の中までもっていくつもりだった。君がどうするかは、それこそ君次第だ。いや、言いっぱなしで逃げるわけではない。

質問の二つ目か。いいぞ、幾つでも何でも答えてやろう。さあ申せ。

坂本龍馬。

聞いたことはある。どこの藩の者だったかな。そうか、君が時々口にしていた土佐脱藩浪士か。それでどうした。

いや、聞いたことがあるだけでよくは知らない。そうか、薩長同盟を影で推し進めた者か。思い出してきた。そういった輩がいたことは噂にて聞いていた。土佐藩だったな、張り切ったなと思った記憶がある。他には何かあったのか。

海援隊？　知らん。何をした隊だ。武器の運搬か。あの頃そうした商売をしている者は多かった。異人の手先となって自身の利益だけを考え、日本のことを考えていない類《たぐい》だ。

「グラバー？」

「そやつは知っておるぞ。トーマス・グラバーだな。二度か三度、話をしたことがある。オランダの商人で、薩長の武器の売り買いに暗躍した人物だ。先ほどのパークスがエゲレスの黒幕なら、グラバーはオランダの悪徳商人だ。行った悪行は数限りない」

「何、坂本龍馬とか申す脱藩浪士は、グラバーの手先となっていたと申すか。だんだん思い出してきた。しかるに、その男のことを聞いていかが致す所存だ。いや、急に難しい言葉を並べたが、動転した訳ではない。ただ知っているか知らぬかを聞きたかっただけなのか」

「ふむ」

「よいか、グラバーは武器を売って金儲けしていた悪人だ。維新後武器が売れなくなってからは、炭坑を経営し、人買いに近いことをしていたと聞いた。今ではビールなる酒を造って日本で売っているそうだが、奴こそ天誅を加えてやれねばならぬ」

「いや、天誅とは言ったが、殺せとは言っていない。わたしが言うわけがない。現にグラバーは生きているだろう。東京の豪邸で、日本人の妾を何人も囲って長者暮らしをしているはずだ」

「今度は、わたしが命じて殺させた者のことだと申すか」

「言ったように、家老の吉村権左衛門はかわいそうなことをした。もっとも自分だけがいい子になろうというつもりではないが、あの時は仕方なかったかもしれない。せっかく藩内の意見が抗戦に傾いてきた矢先の柏崎来訪だ。まとまりかけた意見がまた分かれ、うちに藩士全員を強引に連れ去ろうとした。粛正には、軍事奉行山脇十左衛門の強い思いもあったのだ。そうだよ、山脇隼太郎の父君だ」

「違う。違うのか。吉村暗殺のことではない」

だったら、他に誰のことを聞きたいのだ。

坂本龍馬。

坂本龍馬とは、先ほどの土佐藩脱藩浪士のことか。承知していない。そんな記憶にない者を、わたしが殺せと命ずるはずがない。急に何を言い出すかと思ったら、気でも触れたか。

いや、いいだろう。少し頭に血が上ったが、これについても口を開く時かもしれない。

いいか、よく聞いてほしい。西洋には「時効」という考え方があるそうだが、聞いたことはないか。わたしは聞いたとき、これは面白いと納得した覚えがある。簡単に言うと、犯した罪が何年か経つと、もう許されてしまうというものだ。「ほとぼりが冷めた」と、この国では言うが、月日が解決させることを、しっかりと法律で認める。それが時効だ。

日本にはこの時効がない。親の敵《かたき》を、つまり仇討ち相手を五十年以上も探した母子がいたという。昔の話だが、これはひどい。いつまでも犯した罪人を求め続けることは、お互いに不幸だ。相手側も後悔し続けているだろう。先ほどの五十年探し続けた母子も、老人となって行き倒れたという。戻るが、西洋の時効を日本でも適用すれば、多くの人たちが救われる。わたしも大赦で無罪放免された。だが大赦と時効とは違う。

何が言いたいのかと思っているだろう。わたしは戊辰の役にてたくさんの配下を殺した。悔やんでも悔やみきれない。何度も言ったな。同じように、京都にて所司代を務めていた頃、何人も勤王の志士たちを殺した。

新選組？　新選組はもちろんしっかり務めた。同様に、多くの可能性ある若者の命を奪った。同士討ちもしていた。だが、新選組はむしろ会津肥後守様に属していた。わたしの言うことにも絶対服従だが、どちらかといえば会津寄りということだ。

対して、秘密裏に人を葬るとき、我ら桑名藩は市中見廻りを使うことが多かった。

そうだよ、京都見廻組。新選組と同じく京都守護職の下に置かれた治安維持組織だ。

主に二条城、御所周辺など官庁街を担当した。新選組が四条などの繁華街を見回ったのとは逆だ。身分も違う。新選組が出自の知れない実力集団だったのに対し、れっきとした旗本御家人の集まりだった。その分自尊心が強くて、全身全霊賭けて任務遂行という気力には欠けていた。今から思えば、団結力も弱かった。それが京都見廻組だ。

わたしは彼らを、時々の重大事にて使用した。もともと腕は立つ。ここぞというときに重要な使命を託した。ここからは、誰のことというわけではない。流行《はやり》の新しい言葉で言うと、普遍論というやつだ。

幕末には多くの男たちが京都で命を賭けた。勤王の志士もいれば、佐幕の重鎮もいる。ひたすら攘夷のみを叫ぶだけで、何も考えていない猪武者もたくさんいた。出身もいろいろだ。太平の世ならば、下級武士のまま部屋住みで終わったであろう者。数年前まで田んぼで鍬《くわ》を振るっていた偽侍もいた。

だが、どの輩にも共通していえるのは、自分の命を科していることだ。もちろんわたしもだ。我が配下も、薩摩も長州も、会津も水戸藩士も、各脱藩浪士も命を賭けていた。例外なく、誰もがいつ死ぬかもしれない魔境、それが幕末の京都だ。王城は血で血を洗う戦場だったのだ。

そんな都も、慶応三年後半にはそろそろ先が見えてきた。幕府は滅ぶ。来年か、二年後かあるいは五年後か、はっきりわからないが必ず滅ぶ。切に思った。このまま、のほほんと新しい時代を迎えさせてやりたくない奴がたくさんいる。新しい日本の発展のために邪魔な奴だ。

まずは、突然うじゃうじゃ涌いてきた下級公家どもだ。顔を見るだけで虫ずが走った。つい最前まで食うに困る質素な暮らしをしていた奴らが、官位だけ高いのをよいことに、政治にどんどん口出しをしてくる。多くが今元勲と呼ばれ、大きな屋敷で生活をしている。長者様になりきって、庶民の血の滲むような税金を無駄遣いしている。天下国家を真顔で論じておる。笑止千万だ。あの頃、もっと間引いておくべきだった。

次が薩長の奴らだ。自分の偏屈な考えを押し通そうとするばかりで、頭が凝り固まっている。討論はできない。だいいち何を話しているのかわからない。聞き取れても意味不明だ。奴らは全員殺しても飽き足らない。そいつらが今の政府の中枢に座っている。藩閥を作って政権をたらい回ししている。

そして、その次に消えてほしかったのが、御一新の混乱に乗じて異国商人の手先になり、金儲けに走った奴だ。

いいか、繰り返すが普遍論だ。自分のことでも、誰かのことをとりたてて言っているのでもない。だが、手先になった奴らは、新しい時代にいてはためにならない、そう思っていた。自分に少しでも力があるうちに、一人でも消えてほしかった。

その内の一人が坂本龍馬だったかというのか。いや、知らぬ。知っている訳がない。もしそうだとしても、時効のない日本で言えるわけがない。坂本龍馬と言ったな。近頃頓《とみ》に名前を聞くようになった。死んだのは慶応三年末だったたな。なら、その近辺で死んだ若者は多い。理不尽な死を迎えた者もいれば、殺されて当然の者もいた。

そうだよ。武器商人の手先となり、輸入した新式銃を売りまくっては金を儲ける。あげく、紀州藩船にぼろ船をぶつけて、難癖をつけ金をふんだくったりする。そんな奴が御一新を生き抜いてよいと思うか。明治という世に大手を振って歩いてもよいと思うか。命じられた京都見廻組も、喜んで刃を振るったことだろう。やりがいがある。

翻って我が藩士たちは、ただただ忠義に走り、忠義の元に多くが死んだ。誰もが立派な兵士だった。みんな死んでほしくなかった。

さっきも言ったが、普遍論だ。だが、もしわたしがもう一度人生を繰り返しても、同じ指令を出したかも知れない。「奴を消せ。天誅を加えろ」とな。坂本某と中岡某を殺せと言ったのはわたしかどうか、知らない。万が一そうでも、言えないし、忘れたということもある。

それよりも、近頃坂本とやらを持ち上げすぎではないのか。あの土佐脱藩浪士が、よい日本を作るために何か一つでもしたのか。先年には従四位を追贈されたそうだが、それならもっと他に光を与えてやるべき志士たちが五万といるはずだ。

先ほど知らぬと言ったばかりで、この言い様はおかしかったな。まあよい。

これくらいにしてほしい。君は本当はこのことが聞きたくて、ずいぶん話を引っ張ったのではないかな。初めに聞くべきだったが、君はいったい何者だ。こうして日光まで何度もやってきて、あの頃の話を聞きたがったのはなぜだ。いや、話をし続けた自分も悪い。

また夜も更けた。一眠りしたら、明日という新しい日がすぐにまたやってくる。

あの頃はいろいろあった。本当にいろいろあった。日本中が大混乱だった。このまま日本は滅んでしまうのではないかとさえ思った。上に立つ者の誰もが自分のことしか考えず、てんで勝手にわめいていた。口では「天下国家のため」、「皇国臣民のため」などと言いながら、腹の底では、混乱の中で成り上がろうと狙う輩ばかりだった。言うこととやることがまったく違う。

そんな奴らが集まっているから、話し合いで解決などできるはずがない。最後は武力だ。ために、また罪もない民衆と、最前線で戦っている純粋無垢な若者が苦しんでいく。だから、そんな自分勝手な奴らは早く淘汰してやるのが政治、もしくは少しでも力ある者の役目だ。

高杉晋作が生きていたらとか、坂本某が明治の世で活躍したらなどという論議は無意味だ。人の一生には活躍すべき舞台がある。幕が下りたのにまだ役者を続けていてはいけない。西郷隆盛を見ろ。御一新の終わった時に死んでいたら、今頃は伝説の英雄だ。やたら明治という時代まで生き残ったおかげで、今や天朝様に弓引いた極悪人になった。

そうだよ、我らも兵を率いて参戦した。活躍できた。おかげで、こうしてお天道様の元を少し歩けるようになった。しかし、西南の役で何人の男たちが死んだか知っているか。薩摩藩側で七千人近くが戦死し、官軍側も同じくくらい死んだ。もし西郷隆盛が御一身の戦乱で消えていたら、あの戦争も起こることはなかった。一万数千人もの若者が死ぬこともなかった。奴は生きすぎたのだ。やがて、歴史の見方が変わって、西郷隆盛という男が再評価される時が巡ってくるかも知れない。だが、この事実だけは消えない。

もう一度言うが、西郷は御一新の時に死んだ方がよかったのだ。そんな奴らは数え切れないほどいる。そうだよ。文化人としてご活躍の元徳川将軍慶喜様も、明治という世を生きていてはいけなかったのかもしれない。もしかしたらわたしもだ。今わたしは、戊辰の役にて亡くなった百名以上の桑名藩士を弔うことだけに生きている。自分が京都所司代にならなかったら、あるいはもっと戻って、桑名藩主にならなかったら彼らは死ななくてもよかったのだ。

ある人がこんなことを言った。

「定敬様が所司代に就任されなかったら、桑名藩は城を挙げて新政府軍と戦い、会津藩のように悲惨な末路をたどったことでしょう。あの時、故郷桑名を離れていてくれてよかった」

わかるか。つまり、京都所司代の任に就いていて桑名を留守にしてくれたから無血開城ができた。わたしが桑名城にいたら、新政府軍に徹底抗戦して、もっと多くの兵や民が死んだ。所司代任務で留守のおかげで、素早く恭順できたとな。

一理あると思ったが、もしそうなったら自分は薩長と戦っていたかどうかはわからない。案外簡単に恭順していたかもしれない。逆に東征軍に加わっていたかも知れない。歴史上の出来事に、「もしかしたら…」という話は無意味だ。

戻るが、出番を失った役者は、早く消えた方が芝居のためだ。あとの者たちがやりやすい。消えた方がよい者はたくさんいた。

もちろん逆の奴もいるがな。

誰かと言われても、すぐには思いつかない。とりあえずは桑名藩士にはたくさんいた。存命なら天皇陛下のために活躍した者は数多く出たと思う。現に立見尚史は陸軍少将として、清国の戦争で最前線にて働いている。高木貞作のように学校を作り、銀行で活躍している者もいる。山脇もそうだ。若者たちには無限の可能性があった。

わたしが「最後の京都所司代」だった時代から、三十年近く過ぎた。日本の夜明けの中でうろうろしているうちに、時間だけが経った。さっき言ったように、生きすぎたのだ。一つだけよかったのは、日本がこうして発展していくのを見ることができることだ。世界の一流国の仲間入りも夢ではない。

いやおかしくない。何を笑う。

そんな時代は必ず来る。あの混乱の頃からは信じられないが、実現可能な、確固たる事実だ。話していることが支離滅裂だが、わたしは長生きした甲斐があった。

日本はよい国だ。いったんは混乱し仲違いしても、いつかまた一つにまとまって前へ進む。遙か先、国中が無茶苦茶になることが何度もあるかもしれない。その時も必ず立ち直る。自分のことしか考えない何人かを淘汰して、名も無き優秀な民衆が日本を導く。それが日本。

国の混乱とは、思えば膝の擦り傷のようなものだ。血がだらだら流れ、痛くてたまらない日々が幾日か続く。痛みがやっと収まった頃に、黒くて醜いかさぶたができる。やがてそれが浮き出て痒《かゆ》くなって、ぽろりと取れたら新しい皮膚が下にできあがっている。変にいじくりまさわない限り、きれいに元通りだ。新しい日常が、何事もなかったように始まる。

だが何もしていないわけでは決してない。皮膚の下では、見えない菌が一生懸命働いて皮膚を作り上げるべく、日夜働いている。それが復活の力なのだ。肝心なところは、いつも表からは見えない。

夜も更けた。今夜もきちんと眠ろう。そして明日の朝もいつも通りに起きよう。長い歴史の中、多くの尊い命の上に成り立っている我が日本。名も無き人たちの活躍と、未来永劫なる日本の発展を、これからもきちんと見届けるためにな。


（完）

参考文献

「京都所司代松平定敬 ─幕末の桑名藩─」 桑名市博物館編　桑名市博物館
「松平定敬のすべて」　新人物往来社
「桑名藩戊辰戦記」 郡義武著　新人物往来社
「戊辰戦争全史」　新人物往来社
「龍馬暗殺の真犯人は誰か」 木村幸比古著　新人物往来社
「新選組日記」 木村幸比古著　ＰＨＰ新書
シリーズ藩物語「桑名藩」 郡 義武著　現代書館
「新選組」 松浦玲著　岩波新書
「戊辰戦争と『朝敵』藩」 水谷憲二著　八木書店
「幕末の桑名」 バーバラ寺岡著　桑名市教育委員会
「三重県の歴史」 稲本紀昭、勝山清次、上野秀治、駒田利治、飯田良一、西川洋著　山川出版
「三重県の歴史散歩」 三重県高等学校日本史研究会編　山川出版
「地図で訪ねる歴史の舞台 ─日本─」　帝国書院
「大久保一翁 最後の幕臣」 松岡秀夫著　中公新書
「新選組を旅する」　ＫＫベストセラーズ

[著者略歴]
日川好平（ひかわ・こうへい）
1951年名古屋市生まれ。大学卒業後、愛知県内中学校で社会科教師、校長を務める。仕事のかたわら、郷土史家と交流しつつ地域の歴史を研究する。
[主な著書]
『海の城 ―佐治与九郎水軍記』『最後の万歳師 ―尾張万歳家元 五代目長福太夫　北川幸太郎』（ともに風媒社）

装幀／夫馬デザイン事務所

最後の京都所司代

2013年3月22日　第1刷発行　　（定価はカバーに表示してあります）

著　者　　日川　好平
発行者　　山口　　章

発行所　名古屋市中区上前津2-9-14　久野ビル
振替 00880-5-5616 電話 052-331-0008　風媒社
http://www.fubaisha.com/

乱丁本・落丁本はお取り替えいたします。
＊印刷・製本／シナノパブリッシングプレス
ISBN978-4-8331-2080-7